Nach eigenen Aussagen war Charles Bukowski »ein alter Schnorrer«, der ein paar Stories auf Lager hatte. Seine ›Aufzeichnungen eines Außenseiters‹ sind gesammelte Geschichten, die er für die ›Open City‹, eine in Los Angeles erscheinende Underground-Gazette, schrieb, »die sich mit den Big-Boys anlegte« und inzwischen eingegangen ist. Bukowski schreibt böse und zärtlich, obszön und witzig und setzt sich als Betroffener aggressiv und zugleich mit großer Empfindsamkeit mit dem »amerikanischen Alptraum« auseinander. »Bukowski ist heute der stärkste Dichter Amerikas.« *Jean Genet*

»Seine Leidenschaft ist mörderisch, seine Stories sprengen den Kopfumfang, sind der Gefühlsspanne nützlich, wertvoll für das Innenleben – aber nichts für kleinbürgerliche Aufgeiler ...«

Basler Zeitung

Charles Bukowski wurde 1920 in Andernach am Rhein als Sohn deutschpolnischer Eltern geboren. Im Alter von zwei Jahren kam er in die USA, wuchs in den Slums ostamerikanischer Großstädte auf, war Mitglied jugendlicher Banden, saß im Gefängnis und im Irrenhaus, arbeitete u. a. als Leichenwäscher, Tankwart, Werbetexter für ein Luxusbordell, Nachtportier, Sportreporter, Hafenarbeiter, Zuhälter und Briefsortierer. Mit 35 Jahren begann er zu schreiben; zuerst Gedichte für Underground-Gazetten, später Erzählungen, für die ihn Genet, Henry Miller und Sartre als »poète maudit« des heutigen Amerika feierten. Bukowski starb am 9. März 1994 in Los Angeles. Weitere Titel von Charles Bukowski im Fischer Taschenbuch Verlag: siehe Anzeige am Ende des Bandes.

Charles Bukowski
Aufzeichnungen eines Außenseiters

Aus dem Amerikanischen übersetzt
von Carl Weissner

Fischer
Taschenbuch
Verlag

36.–40. Tausend: Mai 1995

Ungekürzte Ausgabe
Veröffentlicht im Fischer Taschenbuch Verlag GmbH,
Frankfurt am Main, April 1991

Titel der amerikanischen Ausgabe ›Notes of a Dirty Old Man‹
Lizenzausgabe mit freundlicher Genehmigung
des Melzer Verlages, Darmstadt

Satz: Hanseatische Druckanstalt, Hamburg
Druck und Bindung: Clausen & Bosse, Leck
Printed in Germany
ISBN 3-596-10484-X

Gedruckt auf chlor- und säurefreiem Papier

Vorwort

Vor mehr als einem Jahr startete John Bryan irgendwo in Los Angeles seine Underground-Zeitung OPEN CITY. Es fing an in einem Hinterzimmer im Parterre eines kleinen baufälligen Hauses, das er gemietet hatte, dehnte sich bald auf sämtliche Räume aus, und schließlich wurde der ganze Laden ins Geschäftsviertel an der Melrose Avenue verlegt. Das soll nicht heißen, daß Bryan nun ausgesorgt hat. Die Auflage ist zwar gestiegen, aber die Anzeigen kommen nicht rein, wie sie sollten. Drüben im vornehmeren Teil der Stadt hat sich die LOS ANGELES FREE PRESS etabliert. Und die kriegen die Anzeigen. Das Dumme ist, daß sich Bryan diese Konkurrenz selbst zu verdanken hat; er hatte nämlich zuerst für die L. A. FREE PRESS gearbeitet und ihre Auflage von 16000 auf mehr als das Dreifache gesteigert. Das ist fast so, als wenn man die National Army aufbaut und sich dann auf die Seite der Aufständischen schlägt. Natürlich, es geht nicht nur um eine Rivalität zwischen OPEN CITY und FREE PRESS. Wenn man OPEN CITY liest, merkt man sehr schnell, daß es um mehr geht. OPEN CITY legt sich mit den Big Boys an – und weiß Gott, es kommen uns gerade in diesen Tagen ein paar renommierte Bosse in die Quere. Es ist also aufregender und riskanter, für OPEN CITY zu arbeiten – den mutigsten Fetzen Zeitung, schätze ich, den wir in den USA heute haben. Aber davon allein kann man sich eben in Gottes Namen noch keine Margarine aufs Toastbrot streichen, und für die Katze fällt dabei auch nichts ab; und bald kommt es so weit, daß man den Toaster verschrotten kann und die Katze in die Pfanne hauen muß.

Bryan ist ein verrückter Romantiker und Idealist. Er stieg aus, oder wurde gefeuert, oder beides – damals flog 'ne Menge Scheiße durch die Luft – jedenfalls er verlor seinen Job beim HERALD EXAMINER, weil er Stunk gemacht hatte, als man dem Jesuskind den Bammelmann und die Eier wegretuschierte. Und das auf der Titelseite der Weihnachtsausgabe. »Und es ist nicht mal *mein* Gott«, sagte er zu mir, »es ist denen ihrer.«

Dieser romantischer Idealist gründete also OPEN CITY. »Wie wärs mit einer wöchentlichen Kolumne?« fragte er mich so nebenbei und fummelte an seinem roten Bart. Naja, wissen Sie, wenn ich so an unsere Kolumnisten denke und was für eine müde Soße die sich aus den Fingern saugen, besonders attraktiv erschien mir die Sache eigentlich nicht. Aber ich fing an, nicht mit einer Kolumne, sondern mit einer Besprechung von *Papa Hemingway* von A. E. Hotchner. Dann, eines Tages, nach dem letzten Rennen und ein paar guten Wetten, hockte ich mich hin und tippte die Überschrift: NOTES OF A DIRTY OLD MAN, machte 'ne Dose Bier auf, und das Schreiben erledigte sich von selbst. Nichts von dem verkrampften Gedrechsel, das gefragt ist, wenn man was für *Atlantic Monthly* schreibt; aber auch kein 08/15-Journalistengewäsch. Ich saß einfach am Fenster, kippte mein Bier und ließ die Sachen kommen wie sie kamen. Und mit Bryan hatte ich nie Schwierigkeiten. Ich gab ihm ein Manuskript – in den frühen Tagen – und er blätterte es durch und sagte: »OK, gekauft.« Nach einiger Zeit blätterte er es nicht einmal mehr durch, sondern stopfte es einfach in ein Fach und sagte: »Gekauft. Was gibts sonst Neues?« Inzwischen sagt er auch nicht mehr, »Gekauft«. Ich drück ihm einfach ein paar Seiten in die Hand und damit hat sichs. Das hat mir natürlich beim Schreiben sehr geholfen. Ich glaube, man merkt es den Texten an. Völlige Freiheit, zu schreiben was man will. Es war eine gute Zeit für mich; ich habe es auch ernst genommen, wenigstens ab und zu; vor allem aber bekam ich mit der Zeit das Gefühl, daß mir das Schreiben immer besser von der Hand ging.

An Direktheit und Action, finde ich, ist es Gedichten um Längen voraus. Ein Gedicht wird zur Veröffentlichung angenommen und man kann sich darauf einstellen, daß es irgendwann nach zwei bis fünf Jahren erscheint, und die Chancen stehen fifty-fifty, daß es überhaupt nicht erscheint; oder daß Zeilen daraus Wort für Wort im Opus irgendeines bekannten Dichters auftauchen, und dann kommt man auf den Trichter, wie beschissen es in der Welt zugeht. Nichts gegen Gedichte; nur gibt es zu viele unmaßgebliche Scheißer, die vorgeben, welche zu schreiben, und der Mist wird dann unweigerlich auch noch irgendwo abgedruckt. Bei den NOTES setz ich mich mit einem kalten Bier an einem Freitag oder Samstag oder Sonntag hin und fang an, die Sache in die Maschine zu hacken, und bis Mittwoch hat die ganze Stadt ein Exemplar auf dem Tisch. Ich kriege Briefe von Leuten, die nie ein Gedicht gelesen haben, weder von mir noch von sonst jemand. Leute kommen an meine

Tür – ehrlich gesagt, es sind mir viel zu viele –, um mir mitzuteilen, daß sie von NOTES OF A DIRTY OLD MAN begeistert sind. Ein heruntergekommener Typ kommt an und bringt einen Zigeuner plus Frau mit und wir quatschen und saufen die halbe Nacht. Eine Dame vom Fernamt in Newburgh, N. Y., schickt mir Geld. Sie möchte, daß ich das Biertrinken aufgebe und lieber was Anständiges esse. Ich höre von einem Irren, der sich »König Arthur« nennt und in der Vine Street in Hollywood lebt und mir beim Schreiben meiner Kolumne helfen will. Ein Typ kommt in aller Herrgottsfrühe angeschossen und sagt: »Ich habe Ihre Spalte gelesen und glaube, daß ich Ihnen helfen kann. Ich war früher mal Psychiater.« Ich schick ihn wieder weg.
Ich habe hier Kolumnen aus annähernd 14 Monaten zusammengestellt. Ich hoffe, daß Ihnen das Zeug was sagt. Wenn Sie mir Geld schicken wollen, in Ordnung. Wenn Sie mich dafür hassen wollen, auch in Ordnung. Fest steht, wenn ich Dorfschmied wäre, würden Sie sichs zweimal überlegen, bevor Sie mir an den Karren fahren. Aber ich bin bloß ein alter Schnorrer, der ein paar Stories auf Lager hat. Und der für eine Zeitung scheibt, die wie er selbst schon morgen früh hinüber sein kann.
Komisch. Stellen Sie sich vor, wenn man dem Jesuskind nicht zwischen den Beinen rumretuschiert hätte, würden Sie das jetzt nicht lesen. Na dann: viel Spaß.

Charles Bukowski

Irgendein mickriger Freier wollte den Zaster nicht ausfahren, die ganze Runde behauptete Pleite zu sein, das Spiel war im Eimer, ich saß da mit meinem alten Kumpel Elf, Elf hatte als Kind 'ne Macke gehabt, lag jahrelang im Bett und machte solche verrückten Übungen, Gummibälle kneten und so, und als er eines Tages das Bett verließ, war er so breit wie hoch, ein röhrender muskelbepackter Schrank von Mensch, der Schriftsteller sein wollte, aber zu sehr wie Thomas Wolfe schrieb — und abgesehen von Dreiser war T. Wolfe der mieseste Schreiber, den Amerika je hervorgebracht hat — und plötzlich hatte ich dem Elf eine gescheuert und die Flasche fiel vom Tisch (er hatte was gesagt, das mir nicht paßte), und als der Elf wieder hochkam, hatte ich die Flasche in der Hand (teurer Scotch) und erwischte ihn halb am Kinn und halb am Hals und er ging wieder zu Boden, ich fühlte mich ganz Herr der Situation, ich war Schüler Dostojewskis und hörte Symphonien von Mahler im Dunkeln, und ich hatte Zeit, einen Schluck aus der Flasche zu nehmen, sie wieder hinzustellen, mit der Rechten zu täuschen und ihm die Linke unter den Gürtel zu wuchten, und er fiel gegen die Kommode, der Spiegel ging in Scherben — es klang wie im Kino — blitzte und splitterte, und dann landete der Elf eine direkt über meiner Nase und ich kippte nach hinten über einen Stuhl, das Ding klappte unter mir zusammen als sei es aus Stroh, billiges Stück Möbel, und dann hatte er mich in der Mangel — ich hatte nicht genug Pulver hinter meinen Schlägen, überhaupt keinen rechten Ehrgeiz, und ich hatte ihn noch längst nicht fertiggemacht — und er ging auf mich los wie ein bescheuertes rachgieriges Individuum aus einem Horrorfilm, und für jeden (nicht einmal besonders guten) Schlag, den ich anbrachte, steckte ich drei ein, aber das reichte ihm noch nicht, er wollte nicht aufhören, das Mobiliar ging eins nach dem anderen zu Bruch, ich hoffte irgendwie, jemand würde den Krach hören und der verdammten Schau ein Ende machen — die Vermieterin, die Polente, der liebe Gott, IRGEND JEMAND, aber es ging weiter und weiter, und dann konnte ich mich an nichts mehr erinnern.

Als ich wieder zu mir kam, schien die Sonne, und ich lag unter dem Bett. Ich kroch darunter hervor und brachte es irgendwie fertig, aufzustehen. Platzwunde unterm Kinn, zerschrammte Knöchel. Ich war schon in schlimmerem Zustand aufgewacht, und in weit schlimmeren Lokalitäten dazu. Knast, zum Beispiel. Ich schaute mich um. Es war alles echt gewesen; ich hatte nicht geträumt. Alles in die Brüche gegangen, verschmiert, verschüttet, durcheinander — Lampen, Stühle, Kommoden, Bett, Aschenbecher — ramponiert, völlig sinnlos, alles beschissen, kaputt, am Boden zerstört. Ich trank einen Schluck Wasser und schlurfte zum Besenschrank . . . Es war noch alles da: Zehner, Zwanziger, Fünfer, der Zaster, den ich jedesmal da abgeladen hatte auf dem Weg vom Spieltisch zum Klo. Und allmählich erinnerte ich mich, daß ich wegen des ZASTERS die Schlägerei angefangen hatte. Ich sammelte die Piepen ein, steckte sie in die Brieftasche, legte meinen Pappkoffer auf das schiefe Bett und begann meine paar lumpigen Sachen einzupacken: Arbeitshemden, steinharte Schuhe mit Löchern in den Sohlen, steife, dreckverkrustete Socken, zermanschte Hosen, das Manuskript einer Geschichte darüber, wie ich mir mal im San Francisco Opera House die Krätze geholt hatte, ein zerfleddertes *Thrifty Drugstore* Wörterbuch — *»Palingenesis: recapitulation of ancestral stages in life-history.«*
Die Uhr funktionierte noch, der alte Wecker, Gott sei's gescheppert, wie oft hatte ich total verkatert morgens um halb acht darauf geschaut und gesagt, scheiß auf den Job, SCHEISS AUF DEN JOB! Naja, jetzt war es 4 Uhr morgens . . . Ich war gerade dabei, den Wecker zu verstauen, als es — klarer Fall, was? an die Tür klopfte.
»Yeah?«
»Mr. Bukowski?«
»Yeah. YEAH?«
»Ich möchte gern reinkommen und das Bettzeug wechseln.«
»Nee, nich heut. Ich bin heut krank . . .«
»Oh, das tut mir leid. Aber lassen Sie mich doch schnell rein und das Bettzeug wechseln, ich geh ja gleich wieder.«
»Nenee, ich sag doch, ich bin krank, ich bin einfach zu krank, verstehn Sie? Ich möcht nicht, daß Sie mich so sehn . . .«
Und so ging es weiter. Sie wollte das Bettzeug wechseln. Ich sagte nein. Sie sagte, ich will das Bettzeug wechseln. Ich sagte, verdammtnochmal NEIN. Und so weiter, in einer Tour. Diese Zimmerwirtin, übrigens. Was für ein Körper. Nichts als Kör-

per. Alles an ihr schien zu schreien KÖRPER KÖRPER KÖRPER. Ich hatte erst 2 Wochen da gewohnt. Im Erdgeschoß war eine Bar. Wenn Leute hochkamen, die mich sehen wollten und ich war nicht da, sagte sie einfach, »Er ist unten in der Bar. Er ist *ständig* unten in der Bar . . .«, und die Leute sagten zu mir »Mann Gottes, wer ist deine Wirtin . . . Fantastisch!«
Aber dieser enorme weiße Koffer stand auf Filipinos. Diese Filipinos, Mann, die kannten Tricks, von denen würde sich ein Weißer nie träumen lassen, nicht mal ich. Und diese Flips gibts längst nicht mehr, mit ihren tief in die Stirn hereingezogenen breitrandigen George-Raft-Hüten und ihren wattierten Schultern; weiße Schuhe mit hohen Absätzen, fettige, heimtückische Visagen — was ist aus denen geworden?
Na, ist ja egal. Jedenfalls, es war nichts mehr zu trinken da und ich saß stundenlang herum und wurde langsam fickrig. Abgelaufen. Abgeschlafft. Lapprig in den Eiern. Da saß ich mit meinem 450-Dollar-Gewinn und konnte mir nicht mal ein abgestandenes Helles kaufen. Ich saß und wartete auf das große Dunkelwerden. Dunkel, nicht Tod. Ich wollte raus. Noch eine Chance. Schließlich hatte ich meine Nerven soweit, daß ich es riskieren konnte. Ich machte die Tür ein Stück auf, ließ aber die Kette dran, und da war einer, ein kleiner affengesichtiger Flip mit 'nem Hammer. Als ich die Tür aufmachte, hob er den Hammer und griente. Als ich anfing, die Tür wieder zu schließen, nahm er die Spangen aus seiner Fresse und tat so, als ob er sie in den Teppich hämmern wollte, der vom Flur hinunter ins Erdgeschoß führte — und zum einzigen Ausgang. Ich weiß nicht mehr, wie lang das so ging. Immer die gleiche Pantomime. Ich mach die Tür auf, er hebt seinen Hammer und grient. Beschissener Affenarsch! Er blieb einfach wie angewachsen auf der obersten Treppenstufe. Ich fing an durchzudrehen. Ich fing an zu schwitzen und zu stinken. Kleine Lichtwirbel blitzten auf und kreisten in meinem Schädel. Ich hatte wirklich das Gefühl, daß ich dabei war, den Überblick zu verlieren. Ich ging rüber zum Bett und griff mir meinen Koffer. Er war leicht zu tragen. Nichts als ein paar Lumpen drin. Und dann fiel mein Blick auf die Schreibmaschine. Ich hatte sie mal von der Frau eines ehemaligen Freundes ausgeliehen, aber nie wieder zurückgegeben. Sie fühlte sich gut und solide an, wie sich eben Stahl so anfühlt: grau, flach, schwer, gefährlich, banal. Meine Augen wanderten an meinen

Hinterkopf und sahen, daß die Kette an der Tür weg war, und mit dem Koffer in der einen Hand und der Schreibmaschine in der anderen rannte ich in die Maschinengewehrsalven, in die Strahlen der aufgehenden Sonne, das Splittern der Cornflakes, das Ende von allem.
»HEY! Wo willst du hin?«
Der kleine Affe von Flip war dabei, sich hochzustemmen, hob den Hammer, und mehr brauchte ich nicht – der elektrische Lichtblitz auf dem Eisen des Hammers – ich hatte den Koffer in der linken Hand, den stählernen Apparat in der rechten, er war in ausgezeichneter Position, grad neben meinem Knie, und ich holte mit großer Präzision (und einiger Wut) aus und gabs ihm mit der flachen Seite auf die Schläfe, auf die ganze Schädelwand.
Ein Schock, als habe der Blitz eingeschlagen, als schreie alles auf einmal los, und dann wieder völlige Stille. Ich war draußen, ganz plötzlich, auf dem Gehsteig, ohne zu wissen, wie ich all diese Stufen heruntergekommen war. Und da war auch schon ein gelbes Taxi. CABBY!
Schon saß ich drin. »Union Station.«
Es war ein gutes Gefühl. Das ruhige Geräusch der Reifen in der Morgenluft. »Nee, Moment mal«, sagte ich. »Lieber zum Busdepot.«
»Was los, Mann?« fragte der Fahrer.
»Ich hab grad meinen Alten umgelegt.«
»Dein Alten umgelegt?«
»Schon mal was von Jesus Christus gehört?«
»Klaar.«
»Also dann: Busdepot.«
Ich hockte eine geschlagene Stunde im Busdepot und wartete auf den Bus nach New Orleans. Ich fragte mich, ob ich den Flip gekillt hatte oder nicht. Schließlich stieg ich ein, mit Koffer und Schreibmaschine, verstaute die Maschine tief hinten in der Ablage, damit mir das verdammte Ding nicht am Ende selbst den Schädel ramponierte. Es war eine lange Fahrt. Aber ich hatte immer eine Flasche auf dem Schoß, und irgendwann gab es dann auch ein Techtelmechtel mit einer Rothaarigen aus Fort Worth. In Fort Worth stieg ich mit ihr aus, aber sie wohnte bei ihrer Mutter und ich mußte mir ein Zimmer suchen, und aus Versehen erwischte ich eins innem Nuttenhaus. Die Weiber keiften die ganze Nacht, na, man kennt das ja . . .
»HEY! Das Ding hängst du aber bei MIR nicht rein, da kannste

zahlen, was du willst! ...« Die Klosetts rauschten in einer Tour; Türen flogen auf und knallten zu.
Die Rothaarige, war'n nettes unschuldiges Ding, oder vielleicht tat sie nur so, um sich einen besseren Freier zu angeln. Jedenfalls, als ich die Stadt wieder verließ, war es mir nicht gelungen, bis unter ihren Rock vorzudringen. Am Ende kam ich dann doch noch nach New Orleans.
Aber der Elf, erinnert ihr euch? Der Schrank, mit dem ich die Schlägerei hatte. Also, im Krieg, da wurde er von einem Maschinengewehr umgelegt. Ich hörte, daß er noch 3 oder 4 Wochen im Lazarett lag, bis er schließlich abkratzte. Und das *Merkwürdige* ist, er hatte mich mal gefragt: »Angenommen, irgendein BLÖDES Arschloch mit 'nem Maschinengewehr macht den Finger krumm und legt mich um ...?«
»Naja, dann ist es deine eigene Schuld.«
»Na Mensch, bei DIR weiß man ja genau, daß du nicht an einer Salve aus 'nem Maschinengewehr krepieren wirst.«
»Worauf du einen lassen kannst, Baby. Es sei denn, es ist eins von Uncle Sam ...«
»Ach, erzähl mir doch keinen Scheiß! Ich weiß doch genau, daß du dein Land liebst. Es steht doch ganz groß in deinen Augen. Liebe, echte Vaterlandsliebe!«
An diesem Punkt kriegte er die erste von mir gelangt.
Und den Rest kennt ihr ja.
Als ich in New Orleans ankam, vergewisserte ich mich, daß ich nicht in einem Hurenhaus landete. Obwohl die ganze Stadt wie eins aussah.

Wir hockten in unserem Büro, die Mannschaft hatte wieder 7:1 verloren, die Saison war bereits zur Hälfte rum und wir mit 25 Spielen im Keller, und ich wußte, dies würde meine letzte Saison als Manager der »Blues« sein. Unser erster *hitter* schaffte ganze 234 und unser erster *home run* Mann war bisher über 6 nicht hinausgekommen. Unser erster *pitcher* stand bei 7 & 10 mit einem E. R. A. von 3,95.
Old Man Henderson holte die Flasche aus der Schublade, goß sich seine Ration hinter die Binde und schob mir den Rest herüber.
»Und um den Braten fett zu machen«, sagte er, »hab ich mir vor 2 Wochen auch noch die Krätze geholt.«

»Oje. Tut mir leid für Sie, Boß.«
»Und Boß wirst du mich auch bald nicht mehr zu nennen brauchen.«
»Ich weiß. Aber kein Baseball-Manager auf der Welt kann *diese* lahmen Krücken vor dem Abstieg retten«, sagte ich und nahm einen langen Schluck aus der Flasche.
»Und was noch viel schlimmer ist«, sagte Henderson, »ich glaub, meine eigene Frau hat mir die Krätze angehängt.«
Ich wußte nicht, ob ich darüber lachen sollte oder nicht.
Jemand klopfte leicht an die Tür zu unserem Büro. Die Tür ging auf, und da stand dieser komische Typ mit Papierflügeln auf dem Rücken. Es war ein Junge von vielleicht 18 oder so.
»Ich bin gekommen, um Ihrem Club zu helfen«, sagte er.
Er hatte diese enormen Papierflügel an. Ein irres Huhn. Zwei Löcher hinten in seinem Anzug, da wo sie rauskamen. Die Flügel, meine ich. Sie waren auf seinem Rücken angeklebt. Oder angeschnallt, oder was weiß ich.
»Hör zu«, sagte Henderson, »mach um Gottes willen, daß du hier verschwindest! Wir haben schon beim normalen Spiel mehr als genug Affentheater auf dem Spielfeld, die Mannschaft ist uns heut komplett aus dem Stadion gelacht worden. Also raus mit dir, und zwar dalli!« Der Junge griff sich die Flasche, nahm einen langen Schluck, stellte sie wieder vor uns hin und sagte: »Mr. Henderson, ich bin die Antwort auf all Ihre Probleme.«
»Junge«, sagte Henderson, »für das Gesöff hier bist du noch 'n bißchen zu jung.«
»Ich bin älter als ich aussehe«, sagte der Junge.
»Und ich hab was, da siehst du danach *noch* 'n bißchen älter aus!«
Henderson drückte auf den kleinen Knopf unter seiner Schreibtischplatte. Das bedeutete Bull Kronkite. Ich will nicht sagen, daß Bull schon mal einen richtig umgebracht hat, aber Sie können von Glück sagen, wenn Sie Ihren Krüllschnitt noch aus einem synthetischen Arschloch schmauchen können, nachdem er mit Ihnen fertig ist. Der Bull kam nach wenigen Sekunden rein & nahm gleich die halbe Türfüllung mit.
»Welcher isses, Boss?« fragte er, und seine klobigen Finger zuckten, während er sich im Zimmer umsah.
»Der schräge Vogel da mit den Papierflügeln«, sagte Henderson.
Bull machte eine Bewegung.
»Rühr mich nicht an«, sagte der Typ mit den Flügeln.

Bull stürzte sich auf ihn, UND SO WAHR MIR GOTT HELFE, der Kerl fing an zu FLIEGEN! Er flatterte im Zimmer rum, oben an der Decke entlang. Henderson und ich langten gleichzeitig nach der Flasche, aber der Alte war schneller als ich. Bull fiel auf die Knie: »Gott im Himmel, steh mir bei! Ein Engel! EIN ENGEL!«

»Fang doch nicht an zu spinnen!« sagte der Engel. »Ich bin kein Engel. Ich will einfach den Blues helfen. Bin schon immer ein Blues Fan gewesen.«

»Also gut. Komm runter. Reden wer mal über die Sache«, sagte Henderson.

Der Engel (oder was immer es war) kam heruntergeflattert und landete auf einem Stuhl. Der Bull zog ihm mit zitternden Fingern Schuhe und Socken aus und fing an, ihm die Füße zu küssen.

Henderson beugte sich mit einem angewiderten Gesichtsausdruck nach vorn und spuckte dem Bull ins Gesicht: »Fick dich nicht ins Knie, du abnormaler Depp! Wenn ich eins nicht ausstehen kann, dann ist es deine weinerliche Sentimentalität!«

Bull wischte sich das Gesicht ab und verdrückte sich wortlos.

Henderson durchwühlte seine Schubladen.

»Shit, ich hab doch hier mal Vertragsformulare gehabt . . .!«

Beim Stöbern stieß er auf eine weitere Halbliterflasche, und während er die Zellophanhülle abriß, warf er dem Jungen einen Blick zu und fragte:

»Sag mal, kannst du ne Einwärtskurve schmettern? Ne Auswärts? Und wie stehts mit 'nem *slider?*«

»Keine Ahnung«, sagte das papierene Federvieh, »ich hab mich die letzten Jahre 'n bißchen rar gemacht. Was ich weiß, hab ich aus den Zeitungen und vom Fernsehen. Aber ich bin immer ein Blues Fan gewesen, und diese Saison haben sie mir einfach leid getan.«

»Dich rar gemacht, hm? WIE DENN? Ein Typ mit Flügeln kann sich doch nicht mal innem Fahrstuhl in der Bronx rar machen! Wie hast du denn das angestellt? Was für 'ne Masche hast du denn da geritten?«

»Mr. Henderson, ich möchte Sie mit den Einzelheiten nicht langweilen . . .«

»Übrigens, wie heißt du eigentlich?«

»Jimmy. Jimmy Crispin. Oder einfach J. C.*«

* »Jaycee«, gängige Abkürzung für Jesus Christus.

»Hey, was soll das? Willst du mich VERARSCHEN?«
»Aber nein, ganz bestimmt nicht, Mr. Henderson.«
»Also. Shake-hands.« Sie schüttelten sich die Hände.
»Verdammt, du hast mal elend kalte Pfoten. Wann hast du denn zum letzten Mal was gegessen?«
»Wieso? Heut mittag um vier. Hähnchen, Pommes frites und 'n Bier.«
»Hm. Hier, nimm noch 'n Schluck.«
Henderson wandte sich an mich. »Bailey?«
»Yeh?«
»Die komplette bescheuerte Mannschaft ist mir morgen früh Punkt zehn auf dem Spielfeld. Ohne Ausnahme. Ich hab das Gefühl, wir haben hier das größte Ding seit der Atombombe. Und jetzt hauen wir uns erst mal aufs Ohr. Hast du was, wo du unterkriechen kannst, Junge?«
»Klar«, sagte J. C., flatterte die Treppe runter und war verschwunden.
Wir hatten das Stadion dicht gemacht. Niemand drin außer dem Team. Und die, total verkatert, guckten den Kerl mit den Flügeln an und dachten, es handle sich um einen Werbegag. Oder 'ne Probe für einen. Die erste Mannschaft kam aufs Feld und der Junge auf die Platte. Ihr hättet sehen sollen, wie die ihre entzündeten Augen aufrissen, als der Junge einen *roller* die Third Base Linie runterschmetterte und dann zur First Base rüber FLOG! Dort machte er *touchdown*, und ehe der Third Base Mann den Ball aus den Händen kriegte, war der Junge schon weiter zur Second Base geflogen.
Alles schwankte und torkelte durcheinander an diesem heißen Morgen. Um für ein Team wie die Blues zu spielen, mußte man schon ziemlich behämmert sein, aber das hier war nochmal was anderes.
Dann machte sich der *pitcher* fertig, um dem *batboy*, den wir auf die Platte gestellt hatten, einen Ball zu verpassen, und J. C. flog runter zur Third Base! Er peste runter! Ihr hättet die Flügel nicht mal *gesehen*, selbst wenn ihr an dem Morgen noch Zeit gefunden hättet, zwei Alka Seltzer zu kippen. Und bis der Ball bei der Platte ankam, war unser Junge schon wieder eingeschwebt und hatte *home plate* berührt.
Wir fanden heraus, daß der Junge das *ganze* Outfield spielen konnte. Seine Geschwindigkeit war einfach unvorstellbar! Wir nahmen also die zwei anderen Outfielder einfach herein und stellten sie ins Infield. Damit hatten wir zwei *shortstops* und

zwei Spieler auf Second Base. Und schlecht wie wir waren: *damit* waren wir ein irrer Gegner.
An diesem Abend sollten wir unser erstes Spiel mit Jimmy Crispin im Outfield abziehen.
Zu Hause hängte ich mich sofort ans Telefon und rief Bugsy Malone an.
»Bugsy, wie stehen die Wetten auf einen Pokalsieg der Blues?«
»Gibt keine Wetten. Die Tafel ist leer. Selbst bei 10 000 : 1 würde nicht mal der größte Idiot auch nur einen Cent auf die Blues setzen.«
»Was gibst du mir?«
»Ist das dein Ernst?«
»Yeah.«
»250 : 1. Was willst du setzen? Einen Dollar?«
»Tausend.«
»TAUSEND? Also Menschenskind ... Moment mal ... ich ruf dich in zwei Stunden zurück.«
Das Telefon läutete nach einer Stunde und 45 Minuten. »In Ordnung, ich nehm dich rein, 'n Tausender kann ich immer brauchen.«
»Thanks, Bugsy.«
»Keine Ursache.«
Das Spiel an jenem Abend werd ich nie vergessen. Alles dachte, wir hätten einen Affenzirkus auf die Beine gestellt, um die Ränge zu füllen; aber als sie sahen, wie Jimmy Crispin aufstieg und einen todsicheren *hom run* einfing, der 5 Meter über den Zaun am linken *centerfield* gegangen wäre, da fing der Laden an zu laufen. Bugsy war neugierig geworden und runtergekommen, um sich die Geschichte anzusehen, und ich beobachtete ihn in seiner Loge. Als er sah, wie J. C. diesen Ball aus dem Himmel holte, fiel ihm seine 5-Dollar-Zigarre aus dem Mund. Aber in den Bestimmungen stand nichts, das es einem Mann mit Flügeln verbot, Baseball zu spielen; und damit hatten wir sie bei den Eiern. Und wie. Wir gewannen das Spiel mit der linken Hand. Crispin holte allein 4 Punkte. Die anderen kriegten aus unserem Infield nichts raus, und im Outfield gabs sowieso nichts für sie zu holen.
Und die Spiele danach. Die Zuschauermassen. Einen Spieler durch die Luft fliegen zu sehen, war an sich schon Anreiz genug; dazu kam noch, daß wir mit 25 Spielen im Keller waren und die Zeit langsam knapp wurde. Die Menge sieht

es gern, wenn einer wieder von den Brettern hochkommt. Und die Blues waren groß im Kommen. Es war die Schau des Jahrhunderts.
LIFE kam und bat Jimmy um ein Interview. TIME. LIFE. LOOK. Er hatte ihnen nichts zu erzählen. »Ich möchte bloß, daß die Blues die Meisterschaft gewinnen«, sagte er.
Aber das war immer noch ein harter Brocken, allein von der mathematischen Seite, wenn man sich das Punktverhältnis ansah. Und wie im Illustriertenroman kam es am Ende auf das letzte Spiel der Saison an, wir lagen punktgleich mit den Bengals auf dem zweiten Platz, und im Endspiel hieß es die Bengals oder wir. Für mich war die Sache ganz klar. Wir hatten, seit Jimmy in die Mannschaft gekommen war, kein einziges Spiel verloren. Und meine 250 Tausend Dollar waren zum Greifen nah.
Am Abend des Endspiels hockten wir im Büro, Old Man Henderson und ich. Wir hörten was draußen auf der Treppe, und dann fiel einer zur Tür rein, voll wie tausend Mann. J. C. Seine Flügel waren weg. Nur noch Stummel waren zu sehen.
»Sie ham mir meine gottverdammten Flügel abgesägt, die Drecksäcke! Sie ham ne Frau auf mich angesetzt, im Hotel. Und was für eine. Mann, was'n Koffer! Und dann ham se mich vollaufen lassen. Ich steig also drüber, und da ham se mir DIE FLÜGEL ABGESÄGT. Mann, ich konnt mich doch da nicht mehr wehren. Was'n Scheißspiel. Und die ganze Zeit hockt da dieser Typ im Zimmer, dicke Zigarre und so, und grient und kichert in einer Tour . . . Jessas, was'n Klasseweib . . . und ich konnts nicht mal . . . oh SHIT! . . .«
»Naja, Baby, du bist nicht der erste, dem 'ne Frau einen reingedrückt hat. Blutet das übrigens?« fragte Henderson. »Nee, is nur Knorpel und Knochen. Aber es tut mir so leid, daß ich euch sowas angetan hab, daß ich die Blues im Stich gelassen hab. Herrgott, ich könnt mich dafür in den Arsch beißen . . .«
Der tat sich leid, hm? Und mir waren grad 250 Mille durch die Lappen gegangen.
Ich langte nach der Flasche und machte sie leer. J. C. war sowieso schon zu voll, um noch spielen zu können, egal, ob mit oder ohne Flügel. Henderson legte einfach seinen Kopf auf den Tisch und fing an zu heulen. Ich fand seine Luger im untersten Schubfach. Ich steckte sie in den Mantel, verließ das Büro und ging rüber auf die Tribüne. Ich setzte mich in die Box hinter Bugsy Malone, der heute ein elegantes Flittchen

dabei hatte. Es war Hendersons Box, und Henderson soff sich jetzt wohl mit seinem gefallenen Engel zu Tode. Er würde seine Box nicht mehr brauchen. Und das Team würde mich nicht mehr brauchen. Ich rief drunten im Spielergraben an und sagte ihnen, sie sollten dem Batboy die Regie übergeben, oder sonst jemand.
»Hallo, Bugsy«, sagte ich.
»Wo ist denn euer *center fielder?* Ich kann ihn nirgends sehen«, sagte Bugsy und zündete sich eine seiner 5-Dollar-Zigarren an.
»Und center fielder hat sich wieder in seinen Himmel verzogen. Und das verdankt er einem deiner Strichjungen und einer 3-Dollar-50-Knochensäge.«
Bugsy lachte. »Ein Mann wie ich kann es sich leisten, einem alten Maultier ins Auge zu pissen und das Zeug hinterher als Pfefferminzcocktail rumgehen zu lassen. Nur so hab ichs zu dem gebracht, was ich heute bin.«
»Wer ist die bezaubernde Lady?« fragte ich.
»Oh, das ist Helena. Helena, das hier ist Tim Bailey, die größte Niete von Manager, die der Baseballsport je gesehen hat.«
Helena schlug diese Nylondinger übereinander, die sich Beine nennen, und ich war bereit, J. C. alles zu vergeben.
»Nett, Sie kenn'zulern, Mr. Bailey.« »Yeah.«
Das Spiel ging an. Es war wie in alten Zeiten. Beim siebten *inning* lagen wir mit 10:1 im Rückstand. Bugsy war in glänzender Laune, er fummelte seiner Nutte an den Beinen rum und rieb sich an ihr, als ob ihm die ganze Welt gehörte. Er drehte sich zu mir um und steckte mir eine 5-Dollar-Zigarre zu. Ich zündete sie mir an.
»War dieser Typ wirklich 'n Engel?« fragte er mich mit einem amüsierten Lächeln.
»Er sagte, wir sollten ihn einfach J. C. nennen, aber ich will verdammt sein, wenn ichs weiß.«
»Sieht so aus, als ob der Mensch dem lieben Gott jedesmal eins ausgewischt hat, wenn sie einander ins Gehege kamen.«
»Kann ich nicht beurteilen«, sagte ich, »aber ich seh die Dinge so: wenn man einem die Flügel kappt, dann ist das so, als wenn man ihm den Schwanz abschneidet.«
»Mag sein. Aber so wie ich die Dinge sehe, hat der Stärkere eben das Recht auf seiner Seite.«
»Was in diesem Fall der Tod ist.«

Ich holte die Luger raus und drückte sie ihm an den Hinterkopf. »Um Gottes willen, Bailey! Komm wieder zu dir! Ich geb dir die Hälfte von allem, was ich hab! Nein, ich geb dir alles, was ich hab – sogar die Tante hier, alles – bloß nimm das Ding wieder von meinem Kopf weg!«
»Wenn du denkst, daß Killen was Starkes ist, dann PROBIER mal, wie das schmeckt!«
Ich drückte ab. Es war schauderhaft. 'ne Luger. Sein Schädel flog in Fetzen, und überall Gehirn und Blut, auf mir, auf ihren Nylon-Beinen, auf ihrem Kleid ...
Das Spiel wurde für eine Stunde unterbrochen, während sie uns da rausschafften – den toten Bugsy, seine kreischende, hysterische Alte und mich. Und dann spielten sie die restlichen *innings*. Am nächsten Tag in meiner Zelle kriegte ich vom Schließer die Zeitung:
BLUES ENTSCHEIDEN DAS SPIEL IM 14. INNING, GEWINNEN DIE MEISTERSCHAFT MIT 12:11.
Ich ging zum Fenster meiner Zelle im 8. Stock. Ich knüllte die Zeitung zusammen, ich ballerte sie in die Gitterstäbe und boxte sie durch und sah ihr nach, wie sie durch die Luft fiel, und es sah aus, als hätte sie Flügel, naja, Scheiß drauf, sie flatterte runter wie jedes andere Stück Papier, runter ins Meer, diese weißen und blauen Wellen da unten, so nah, zum Greifen nah, Gott hatte eben doch immer den Finger als erster am Drücker, egal in welcher Gestalt – ob in Form eines verdammten Maschinengewehrs oder eines Gemäldes von Klee, naja, und jetzt, diese Nylonbeine umklammerten inzwischen einen anderen gottverdammten Narren, Malone schuldete mir 250 Tausender und konnte nicht mehr zahlen, J. C. mit Flügeln, J. C. ohne Flügel, J. C. am Kreuz, ich lebte immer noch ein bißchen, und ich drehte mich um und ging zurück in die andere Ecke, hockte mich auf den kalten Knastpott und fing an zu scheißen, Ex-Erste-Liga-Manager, Ex-Mann, und ein leichter Wind kam durch die Gitterstäbe, und ich hatte nicht mehr weit.

Es war heiß in der Bude. Ich ging ans Klavier und fing an zu spielen. Hatte natürlich keine Ahnung von Klavierspielen; ich hämmerte einfach auf die Tasten. Ein paar Leute tanzten auf der Couch. Irgendwann schaute ich zufällig mal unters Piano, und da hatte sich ein Mädchen lang gelegt, ihr Kleid war bis über die Hüften hochgerutscht. Ich spielte mit einer Hand weiter und langte mit der anderen runter und fummelte ein bißchen. Entweder war es mein haarsträubendes Geklimper oder das Fummeln, jedenfalls die Dame wachte schlagartig auf. Sie kroch unterm Piano hervor. Die Leute auf der Couch hörten auf zu tanzen. Ich schleppte mich rüber zur Couch und haute mich für 'ne Viertelstunde hin. Ich hatte zwei Tage und Nächte nicht mehr gepennt. Es war heiß da drin, elend heiß. Ich wachte auf und kotzte in eine Kaffeetasse. Und dann war die Tasse voll und es fing an auf die Couch zu gehen. Jemand brachte einen großen Pott angeschleppt. Grad noch rechtzeitig. Und ich fing richtig an zu reihern. Sauer. Alles war sauer. Ich stand auf und ging ins Badezimmer. Da waren schon zwei nackte Jungs drin. Einer war mit Rasiercreme und Pinsel zugange und schäumte dem anderen den Schwanz und die Eier ein.

»Hört her, ihr Schönen, ich müßte mal ne Stange Schit in die Ecke stellen.«

»Na man zu«, sagte der Typ, der eingeschäumt wurde, »wir stören dich nicht dabei.«

Ich ging an ihnen vorbei und hockte mich auf die Schüssel.

Der mit dem Pinsel sagte zu seinem Kunden: »Ich hab gehört, daß sie Simpson vom Club 86 gefeuert haben.«

»KPFK*«, sagte der andere. »Die feuern mehr Leute als Douglas Aircraft, Sears Roebuck und Thrifty Drugs zusammen. Ein falsches Wort, ein Satz, der nicht in ihr vorfabriziertes Schema von Politik, Kunst oder Moral paßt, und schon sitzt du auf der Straße. Der einzige, der bei KPFK nicht um seinen Job zu fürchten braucht, ist Eliot Mintz. Der ist wie 'n Spielzeug-Akkordeon: du kannst es quetschen wie du willst, es kommt immer der gleiche Ton.«

»So, jetzt mach«, sagte der mit dem Rasierpinsel.

»Jetzt mach *was?*«

»Reib dein Bammelmann, bis er hart wird.«

Ich ließ einen Dicken in die Schüssel platschen.

»Jessas!« sagte der mit dem Pinsel, nur hatte er den Pinsel nicht mehr; er hatte ihn ins Waschbecken geworfen.

»Was Jessas?« fragte der andere.

»Du hast 'n Kopf an dem Ding wie 'n Paukenschlegel!«

* Rundfunkstation in Los Angeles.

»Hatte mal 'n Unfall. Davon ist das.«
»Ich wünschte, ich könnt auch mal so 'n Unfall haben.«
Ich pflatschte noch einen in die Schüssel.
»Also, jetzt mach.«
»Was?« »Beug dich zurück und steck dirs zwischen die Schenkel.«
»So?«
»Yeah.«
»Und jetzt?«
»Jetzt mit dem Bauch vor. Hin- und Herreiben. Klemm die Beine zusammen. So! Siehst du! Du wirst nie mehr 'ne Frau brauchen!«
»Oh Harry, es ist *einfach* nicht das gleiche wie pussy! Was du mir da zeigst, ist doch Scheiße!«
»Man muß nur ÜBUNG drin haben! Du wirst schon sehn! Wirst schon sehn!«
Ich wischte mir den Hintern ab, zog die Spülung und machte, daß ich da rauskam.
Ich ging zum Kühlschrank und holte mir zwei Dosen Bier raus; ich machte beide auf und fing an die erste zu kippen. Ich fragte mich, wo ich hier eigentlich war. Ich tippte auf North Hollywood.
Ich ließ mich in einen Sessel fallen, gegenüber einem Typ mit einem roten Blechdeckel auf dem Kopf und einem zwei Fuß langen Bart. Er war ein paar Nächte lang in großer Form gewesen, aber jetzt kam er von einem *speed* Trip runter, und sein Stoff war alle. Er hatte noch nicht das Schlafstadium erreicht, erst das traurige und leere Vorstadium. Hoffte vielleicht noch darauf, daß ihm jemand einen *joint* anbieten würde, aber es tat sich nichts.
»Big Jack«, sagte ich.
»Bukowski. Du schuldest mir noch 40 Dollar«, sagte Big Jack.
»Hör zu, Jack, mir ist es, als hätte ich dir grad vor kurzem 20 Dollar gegeben. Ehrlich. Ich kann mich noch gut an die 20 erinnern.«
»Aber wie *kannst* du dich denn dran erinnern, Bukowski? Du warst doch *besoffen,* Bukowski, deshalb kannst du dich an nichts mehr erinnern!«
Big Jack hatte einfach was gegen Säufer.
Seine Freundin Maggy, die neben ihm saß, machte jetzt den Mund auf. »Es stimmt, du hast ihm 20 gegeben, aber er sollte dir was zu trinken dafür holen. Wir gingen beide weg und

haben dir was geholt. Das Wechselgeld haben wir dir wiedergegeben.«
»Na is ja schon gut. Wo sind wir hier eigentlich? North Hollywood?« »Nee, Pasadena.«
»Pasadena? Das kann doch nicht sein ...«
Ich hatte eine Zeitlang zugesehen, wie diese Leute hinter so einen großen Vorhang gegangen waren. Einige kamen nach zehn oder zwanzig Minuten wieder raus, andere überhaupt nicht mehr. Das war jetzt schon seit zwei Tagen im Gange. Ich leerte meine zweite Dose, stand auf, zog den Vorhang weg und ging da mal rein. Es war stockdunkel da drin. Es roch nach Pot. Und Arsch. Ich brauchte eine Weile, bis ich mich an die Dunkelheit gewöhnt hatte. Es waren fast nur Männer da. Leckten einander die Ärsche. Kauten einander ab. Rammelten. Nichts für mich. Dazu war ich zu altmodisch. Es war wie in der Turnhalle, nachdem die ganze Mannschaft am Barren geübt hatte. Und dazu der saure Samengeruch. Ich fing an zu würgen. Ein hellhäutiger Neger kam auf mich zu.
»Hey, du bist Charles Bukowski, stimmts?«
»Yeh«, sagte ich.
»Wow! Das ist der schönste Augenblick meines Lebens! Ich hab CRUCIFIX IN A DEATHHAND gelesen. Ich halt dich für den Größten seit Verlaine!«
»Verlaine?« »Yeah, Verlaine!«
Er langte mit einer Hand rüber und faßte mich an die Eier. Ich nahm ihm die Hand wieder weg.
»Was is los?« fragte er.
»Nicht grad jetzt, Baby. Ich schau nur nach 'nem Freund.«
»Oh sorry ...«
Er verdrückte sich. Ich schaute mich nochmal um und wollte gerade gehen, als ich eine Frau in der anderen Ecke des Zimmers sah. Sie hing da in der Ecke, die Beine auseinander, und schien ziemlich weg zu sein. Ich ging rüber und guckte sie mir an. Schien in Ordnung zu sein. Ich ließ meine Hosen runter und steckte ihr das Ding rein. Naja. Ich steckte rein, was ich hatte.
»Ooooh«, machte sie, »ist das gut! Du bist so *kurvig!* Wie 'n Angelhaken!«
»Hatte mal 'n Unfall als Kind. Mit 'm Dreirad.«
»Ohhhhh ...«
Es lief grad ganz gut, als sich plötzlich was zwischen meine Arschbacken RAMMTE. Sterne tanzten mir vor den Augen.

»Hey, VERDAMMT NOCHMAL!« Ich griff hinter mich und zog das Ding raus. Da stand dieser Typ und ich hatte sein Ding in der Hand. »Was glaubst du eigentlich, was du hier machst, Buddy?« fragte ich ihn.
»Hör zu, Sportsfreund«, sagte er, »das Ganze ist ein großes Kartenspiel. Wenn du mitmischen willst, mußt du halt nehmen, was ausgeteilt wird.«
Ich zog mir die Hosen wieder hoch und machte, daß ich da rauskam. Big Jack und Maggy waren weg. Ein paar Leute lagen auf dem Fußboden rum, völlig hinüber. Ich holte mir noch ein Bier aus dem Kühlschrank, trank es aus und ging vors Haus. Die Sonne traf mich wie ein Unfallwagen mit sämtlichen Rotlichtern an. Man hatte meine Karre in eine fremde Einfahrt geschoben. An der Windschutzscheibe steckte ein Strafzettel. Aber man hatte Platz genug gelassen, damit ich das Ding wieder aus der Einfahrt herausbugsieren konnte. Das war das Nette an diesen Leuten hier. Jeder wußte genau, wie weit man gehen konnte.
Ich hielt an der Standard-Tankstelle, und der Mann dort erklärte mir, wie man auf die Pasadena Freeway kommt. Irgendwie schaffte ich es bis nach Hause. Mußte mir unterwegs dauernd auf die Lippen beißen, um wach zu bleiben. Im Kasten lag ein Brief von meinem Ex-Weib in Arizona.
». . . ich weiß, daß Du oft einsam und deprimiert bist. In solchen Fällen solltest Du ins ›Bridge‹ gehen. Ich bin sicher, die Leute dort würdest Du mögen. Oder wenigstens einige von ihnen. Oder Du solltest zu den Dichterlesungen in der Unitarian Church gehen . . .«
Ich ließ mir ein heißes Bad ein. Ich zog meine Klamotten aus, fand eine Dose Bier, trank sie halb aus, stellte sie auf den Rand der Wanne und hockte mich rein, griff mir Seife und Bürste und fing an, meine Schrunden zu bearbeiten.

Ich lernte Kerouacs Helden Neal Cassady* noch kennen, bevor er sich in Mexiko auf jene Eisenbahnschienen legte. Es war in Bryans Büro, der Plattenspieler lief auf Hochtouren, Neal quollen die Augen aus dem Kopf, er kroch förmlich in den Lautsprecher rein, er swingte, hechelte und stampfte, er hatte

* Hauptfigur in Kerouacs Roman »On the road«.

ein weißes T-shirt an, auf dem überall die Schweißflecken durchbrachen, er ging mit der Musik mit, dem Beat immer um einen Schatten voraus. Ich setzte mich hin mit meinem Bier in der Hand und sah ihm zu. Ich hatte ein oder zwei Six-Packs mitgebracht. Bryan vergab gerade einen Auftrag an zwei junge Typen; sie sollten einen Bericht über 'ne Show liefern, bei der die Polente dauernd Razzia machte, irgendein Poet aus San Francisco hatte das Ding auf die Beine gestellt, ich komm nicht mehr auf den Namen. Niemand beachtete Neal C., und Neal schien es egal zu sein, oder wenigstens tat er so. Als die Platte zu Ende war, gingen die zwei Jungs, und Bryan stellte mich der Berühmtheit vor. Neal C.

»'n Bier?« fragte ich ihn.

Neal riß sich eine Dose aus dem Karton, warf sie in die Luft, fing sie wieder auf, riß den Verschluß auf und leerte das Ding in zwei Zügen.

»Noch eins?«

»Klar.«

»Ich dachte immer, ich hätte mit Biertrinken was drauf.«

»Mann, ich bin nicht umsonst im Knast groß geworden. Hab übrigens dein Zeug gelesen.«

»Hab deinen Kram auch gelesen. Die Geschichte, wo du bei dieser Tante nackt aus dem Badezimmerfenster gekrochen bist und dich die halbe Nacht in den Büschen versteckt hast. War ganz gut. Hat mir gefallen.«

»Ah ja.« Er kippte eine Dose nach der anderen. Er setzte sich nie hin. Er schoß ständig im Zimmer hin und her. Seine Action war 'n bißchen bullig und aggressiv, aber es war kein Haß in ihm. Man mochte ihn unwillkürlich, obwohl man wußte, daß ihn Kerouac mit seiner Masche geködert hatte, und er hatte angebissen und nie aufgehört zu beißen. Aber Neal war O. K., und wenn man es andersrum anschaute, dann hatte Jack schließlich nur das Buch geschrieben. Er war ja nicht Neals Mutter. Nur sein Untergang.

Neal, auf seinem ewigen Trip, tanzte durchs Zimmer. Sein Gesicht sah alt und mitgenommen aus, aber sein Körper war immer noch der eines Achtzehnjährigen.

»Willst du's mal für 'ne Runde mit ihm versuchen, Bukowski?« fragte Bryan.

»Yeah, wie wär's, Baby?« fragte Neal.

»Nee, vielen Dank. Ich werd im August 48. Ich hab schon genug eingesteckt.«

Ich hätte ihn nie geschafft.
»Wann hast du Kerouac zum letztenmal gesehn?«
Ich glaube, er sagte 1962, oder 63, jedenfalls schon lange her. Ich schaffte es gerade noch, mit Neals Bierkonsum mitzuhalten und mußte schon bald raus und neues holen. Die Arbeit in der Redaktion war in etwa getan, Neal sollte bei Bryan übernachten, und B. lud mich zum Abendessen ein. »All right«, sagte ich, und da ich schon einen Leichten sitzen hatte, war mir nicht recht klar, was mir jetzt bevorstand.
Als wir auf die Straße kamen, hatte gerade ein Nieselregen angefangen, so 'ne dünne fettige Pisse, die so richtig die Straßen vermasselt. Ich merkte immer noch nichts. Ich dachte, Bryan würde fahren; aber Neal stieg ein und setzte sich ans Steuer. Na immerhin, ich hockte ja auf dem Rücksitz. Bryan setzte sich vorne neben Neal, und ab ging die Post. Mit Vollgas diese glitschigen Straßen runter, und jedesmal, wenn wir grad an einer Ecke *vorbei* zu sein schienen, überlegte sichs Neal noch kurz und bog ein. Um Haaresbreite an den geparkten Autos vorbei. Ein Millimeter mehr, und wir wären alle drei im Eimer gewesen.
Und jedesmal fuhr mir so 'ne lachhaft blöde Bemerkung raus wie »Na leck mich am Arsch!«, und Bryan kicherte, und Neal fuhr einfach zu – weder verbissen noch glücklich noch sarkastisch – einfach so; er saß da und machte die nötigen Bewegungen. Ich verstand. Das war seine Arena, seine Rennbahn. Es war richtig und es mußte so sein.
Das Beste kam kurz vor dem Sunset Boulevard; wir fuhren in nördlicher Richtung, auf Carlton zu. Das Nieseln hatte sich noch verstärkt und ruinierte jetzt nicht nur die Fahrbahn, sondern auch die Sicht. Kurz vor Sunset bog Neal ab, Vollgas, jetzt mußte seine nächste Entscheidung kommen, und zwar im Bruchteil einer Sekunde. Um zu Bryans Wohnung zu kommen, mußte man von der Carlton runter und links abbiegen. Wir hatten noch einen Block zu fahren. Vor uns war ein Wagen, und auf der Gegenfahrbahn kamen uns zwei entgegen. Nun, Neal hätte Gas wegnehmen und hinter dieser Karre bleiben können, aber das hätte seinen *Rhythmus* ruiniert. Er scherte also aus und fing an, den Wagen vor uns zu überholen. Ich dachte, das isses, jetzt hat er uns alle geschafft, naja, macht nichts, macht wirklich nichts, oder was einem in so 'ner Situation eben durch den Kopf geht. Die beiden Wagen rasten aufeinander zu, und der andere kam so dicht ran,

daß der ganze Rücksitz in sein Scheinwerferlicht getaucht war. Ich bin überzeugt, der andere Fahrer muß im allerletzten Augenblick noch seine Bremse angetippt haben; das gab uns die Haaresbreite, die wir brauchten. Neal mußte das einkalkuliert haben, diese winzige Bewegung. Aber es war noch nicht zu Ende. Neal fuhr mit hoher Geschwindigkeit auf der Gegenfahrbahn weiter – wollte ja schließlich am Ende des Blocks links einbiegen, und da kam uns der zweite Wagen ins Gehege. Ich werde mich ewig an diesen Wagen erinnern, es war wie eine Momentaufnahme aus allernächster Nähe. Es war ein altes graublaues Coupé, verschrammt, verbogen und verdellert, und es sah *hart* aus, wie 'n gußeiserner Backstein auf Rädern. Neal schnitt es scharf links an. Vom Rücksitz aus hatte es den Anschein, als würden wir kerzengerade in das Ding reinrasen. Es war ganz eindeutig. Aber irgendwie glichen sich die Vorwärtsbewegung des anderen und unsere Drift nach links genau aus. Die hauchdünne Linie war wieder da. Neal parkte unsere Karre, und wir gingen rein. Jean trug das Abendessen auf.

Neal fraß seinen Teller kahl und machte sich dann über meinen her. Das bißchen Wein, das es gab, war sowieso im Nu weg. Bryan hatte einen sehr intelligenten jungen homosexuellen Babysitter, der inzwischen, glaub ich, mit irgend 'ner Rock-Band weitergezogen ist oder Selbstmord verübt hat, oder was weiß ich. Auf jeden Fall, ich erinnere mich, daß ich ihn in den Arsch kniff, als er an mir vorbeiging. Er mochte das.

Ich glaube, ich blieb lange da in jener Nacht, viel zu lange, köpfte ein Bier nach dem anderen, unterhielt mich mit Neal. Der Babysitter redete andauernd von Hemingway, verglich mich irgendwie mit Hemingway, glaub ich, bis ich ihm schließlich klarmachte, daß er mir auf die Nerven ging, und er verzog sich nach oben, um nach den Kindern zu sehen. Ein paar Tage danach kriegte ich einen Anruf von Bryan. »Neal ist tot. Neal ist gestorben.«

»Oh shit, nein.«

Und dann erzählte Bryan noch was und hängte auf.

All diese Autofahrten, all diese vielen Seiten von Kerouac, all die Jahre im Knast, um schließlich allein unter einem eisigen mexikanischen Mond zu krepieren, ALLEIN, versteht ihr? Könnt ihr die mickrigen, verschrumpelten Kaktusdinger sehn? Mexiko. Miese Gegend. Spürt ihr nicht den unsteten Blick der Tiere in dieser trostlosen Wüste? Die Ochsenfrösche, glatt,

unauffällig, Schlangen wie Schlitze im Hirn, wie sie angekrochen kommen, verhalten, warten, all das stumpfe Viehzeug unter dem stumpfen mexikanischen Mond. Reptilien, blitzschnelle flickernde Dinger, blinzeln herüber zu dieser Stelle im Sand, wo dieser Kerl im weißen T-shirt liegt.
Neal, er fand seinen Rhythmus, und niemand geschah etwas dabei. Und jetzt hatte er Schluß gemacht, an einer Eisenbahnlinie in Mexiko.
Bei unserer einzigen Begegnung hatte ich zu ihm gesagt: »Kerouac hat all deine Kapitel geschrieben, bis auf das letzte. Ich habs bereits im Kopf.«
»O. K. Worauf wartest du?« hatte er gesagt. »Schreib es.«
end copy.

Die Sommertage sind länger, wenn die Selbstmörder leicht im Wind schaukeln und die Schmeißfliegen über den gärenden Schmant herfallen. Er ist ein berühmter Straßenpoet aus den 50er Jahren und immer noch in Form. Ich schmeiß meine Flasche in den Kanal (wir sind in Venice), Jack ist hier irgendwo für 'ne Woche oder so untergekrochen und soll in ein paar Tagen eine Lesung geben. Der Kanal sieht komisch aus, sehr komisch.
»Nicht mal tief genug, um sich reinzustürzen.«
»Yeah«, sagt er in seiner Bronx-Kino-Stimme, »hast recht.« Er ist 37. Graue Haare. Hakennase. Untersetzt. Vital. Unwirsch. Männlich. Sehr männlich. Leichter Anflug eines jüdischen Lächelns. Aber wahrscheinlich ist er gar nicht Jude. Jedenfalls frag ich ihn nicht danach.
Er kennt Gott und die Welt. Pißte Barney Rosset* auf 'ner Party in die Schuhe, weil Barney was gesagt hatte, das ihm nicht paßte. Jack kennt Ginsberg, Creeley, Lamantia usw. usw., und jetzt hat er auch Bukowski kennengelernt.
»Yeah, Bukowski kam nach Venice rüber, um mich zu sehen. Völlig vernarbtes Gesicht. Eingefallene Schultern. Sieht sehr müde aus. Redet nicht viel, und wenn er was sagt, dann ist es irgendwie flach und nichtssagend. Man würde nie drauf kommen, daß er all diese Gedichtbände geschrieben hat. Er hat viel zu lang im Postamt Briefe sortiert. Hat den Halt ver-

* Herausgeber der EVERGREEN REVIEW.

loren. Sie haben ihm den Schneid abgekauft. Schade um ihn, aber ihr wißt ja, wie's ist. Trotzdem, er ist immer noch Klasse, große Klasse.«
Jack kennt sich aus mit den Leuten; es ist merkwürdig, aber nur zu alltäglich, zu wissen, daß an den meisten Leuten nichts dran ist. Das Ganze ist 'ne einzige beschissene Leier, man hat das alles schon so oft gehört, aber es ist doch ein merkwürdiges Gefühl, wenn man es gesagt kriegt, während man an einem Kanal in Venice hockt und dabei ist, einen überdimensionalen Kater auszukurieren.
Er blättert in einem Buch. Meistens Aufnahmen von Dichtern. Mein Bild ist nicht drin. Ich hab spät angefangen und zu lang allein gelebt in billigen kleinen Zimmern und Wein gesoffen. Die Leute denken immer, daß so'n Einzelgänger behämmert sein muß, und vielleicht haben sie recht.
Er blättert also in seinem Buch. Meine Güte, da sitz ich mit meinem Kater und unter mir schwappt das Wasser, und hier ist Jack und blättert in seinem Bilderbuch, und ich sehe die Nasen und Ohren der Berühmtheiten auf den glänzenden Seiten in der Sonne aufblitzen. Mir ist alles gleich, aber ich schätze, wir müssen uns über irgendwas unterhalten, und Konversation liegt mir nicht, naja, er macht das alles allein, here we go, Venice Canal, das ganze traurige beschissene Leben . . .
»Der hier hat vor zwei Jahren durchgedreht. Der hier wollte, daß ich ihn blase, bevor er mein Buch veröffentlicht.
»Hast du ihn . . .?« »Ob ich . . .? Gescheuert hab ich ihm eine! Mit dem hier!« Er zeigt mir seine Bronx-Faust.
Ich lache. Er gibt sich wie er ist und macht keine Umstände. Alle haben heute Angst davor, schwul zu werden. Ich finde das ein bißchen ermüdend auf die Dauer. Vielleicht sollten wir alle schwul werden und uns endlich mal ein bißchen entspannter geben. Nichts gegen Jack, also. Er ist 'ne wohltuende Ausnahme. Zu viele Leute haben Schiß davor, etwas gegen Homos zu sagen — nicht mal auf der ›rein intellektuellen Ebene‹. Ebenso wie sich viele intellektuelle Blüten scheuen, etwas gegen die Linke zu sagen. Mich interessieren die Schwulitäten dieser Eierköpfe herzlich wenig. Auf jeden Fall weiß ich eins: zu viele Leute haben die Hosen voll.
Jack ist also in Ordnung. Und da ich die letzte Zeit zu viel mit Intellektuellen zusammen gewesen bin, weiß ich ihn besonders zu schätzen. Ich verliere sehr schnell die Geduld mit die-

sen preziösen Intellekten, denen ständig ein Juwel über die Lippen kommen muß, sobald sie die Schnauze aufmachen. Und es ermüdet mich, wenn ich dauernd zu tun habe, um mir einen Platz in der geistigen Arena freizukämpfen. Deshalb habe ich mich so lange Zeit überhaupt nicht blicken lassen; und jetzt, wo ich wieder mit Leuten zusammen komme, hab ich das Gefühl, daß ich mich am liebsten gleich wieder in meinen Bau verziehen möchte. Schließlich ist das Geistesleben nicht alles. Es gibt zum Beispiel noch Insekten, Palmen und Salzstreuer. Und da ich in meinem Bau über einen Salzstreuer verfüge, kann ich nur lachen. Und überhaupt ist den Menschen nicht über den Weg zu trauen.
»Die ganze Geschichte mit den Dichterlesungen ist eine Domäne der Linksradikalen und Schwulen geworden«, sagt er und starrt in den Kanal.
Da ist sicherlich was Wahres dran und man kann schlecht was dagegen einwenden. Irgendwas ist faul an dieser Poetry-Szene. Die Bücher der sogenannten Großen sind so elend langweilig; Shakespeare eingeschlossen. (War es *damals* schon so?)
Ich entschließe mich, Jack einen Knochen vorzuwerfen.
»Erinnerst du dich an das alte POETRY Magazin? Ich weiß nicht mehr, ob es Monroe war oder Shapiro, der das Ding herausgegeben hat; jedenfalls ist es mittlerweile so mies geworden, daß ich es überhaupt nicht mehr lese. Aber ich erinnere mich an einen Ausspruch von Whitman: ›Um große Dichter zu haben, brauchen wir ein gutes Publikum‹. Naja, ich hab Whitman immer für besser gehalten als mich, falls das überhaupt was bedeutet, aber in dem Punkt ist ihm was Falsches rausgerutscht. Es müßte heißen: ›Um ein gutes Publikum zu haben, brauchen wir große Dichter‹.«
»Yeah, genau. Stimmt«, sagte Jack. »Ich hab kürzlich Creeley auf 'ner Party getroffen und hab ihn gefragt, ob er je was von Bukowski gelesen hätte, und da wurde er richtig eisig. Mann, er wollte mir einfach keine Antwort geben. Na, du kennst das ja.«
»Machen wir, daß wir hier wegkommen«, sagte ich.
Wir machen uns auf den Weg zu meiner Karre. (Irgendwie hab ich's mal zu 'nem Wagen gebracht, Gebrauchtwagen natürlich, reiner Schrott.) Jack ist nach wie vor in sein Bilderbuch vertieft.
»Der hier bläst jeden Schwanz in Sicht.«
»Oh yeah?«

»Und der hat 'ne Lehrerin geheiratet, die poliert ihm den Arsch mit der Peitsche. 'n fürchterlicher Rechen. Er hat seit seiner Heirat kein Wort mehr geschrieben. Ich wette, die hat seine Seele einbalsamiert und unter Verputz in ihrer Möse.«
»Sprichst du von Gregory oder von Kero?«
»Nee, das hier ist *wieder* 'n anderer!«
»Großer Gott!«
Wir gehen weiter in Richtung auf meine Karre. Ich fühl mich ziemlich benommen, aber ich SPÜRE die Vitalität dieses Mannes, die pure ENERGIE in ihm, und für einen Moment wird mir klar, daß möglicherweise eines der wenigen unsterblichen Naturtalente unserer Zeit neben mir her geht.
Ich steig ein. Der Schrotthaufen springt an, aber die Schaltung klemmt wieder. Ich muß die ganze Strecke im ersten Gang fahren, und das Scheißding von Motor verreckt an jeder Kreuzung. Batterie mal wieder leer, ich flehe das Ding innerlich an, nur noch *einmal* anzuspringen, nur keine Bullen, nur nicht schon wieder 'ne Anzeige wegen Trunkenheit am Steuer ... ich bieg links ab und steh vor dem Haus, das er mir angegeben hat, auf die Bremse, und wir steigen aus. Jack blättert immer noch in seiner Sammlung.
»Der hier is O. K. Der hat sich, seinen Alten, seine Mutter und seine Frau umgebracht, aber die drei Kinder und den Hund hat er am Leben gelassen. War einer der Größten seit Baudelaire.«
»Yeah?«
»Yeah. Shit.«
Also wir klettern aus der Karre und ich mach ein Kreuz über der Motorhaube in der Hoffnung, daß sich's die Batterie beim nächstenmal doch noch überlegen wird.
Wir gehen die Stufen rauf und Jack bollert an die Tür.
»BIRD! BIRD! Hier ist Jack!«
Die Tür geht auf und da ist Bird. Ich muß zweimal hinsehen. Ist das nun ein Mann oder 'ne Frau. Das Gesicht hat die reine ätherische Schönheit von destilliertem Opium. Es ist ein Mann. Er hat die Bewegungen eines Mannes. Aber ich weiß, daß er jedesmal, wenn er sich auf die Straße traut, in Lebensgefahr schwebt. Irgendwann werden sie ihn killen, denn er hat nicht eine Spur von Tod an sich. Ich bin schon zu 9/10 krepiert, und an das restliche Zehntel klammere ich mich wie an ein rostiges Maschinengewehr. Und wenn ich die Straße runtergehe, sieht man mir's an.

»Bird, ich brauch 'n Zwanziger«, sagt Jack.
Eine gottverdammte 20-Dollar-Note schält sich aus Birds Hand. Die Bewegung ist glatt und lässig. »Thanks, Baby.«
»Vergiß es. Wollt ihr reinkommen?«
»All right.«
Wir gehen also rein und setzen uns. Mein Blick fällt auf ein riesiges Bücherregal. Ich seh mir das mal genauer an, und da scheint kein einziges langweiliges Buch drin zu stehen. Ich seh all die Bücher, die ich selbst schon immer bewundert habe. Verdammt, träum ich? Der Junge hat ein Gesicht, daß mir jedesmal, wenn ich ihn ansehe, ganz warm ums Herz wird, naja, ihr versteht schon, wie über 'nem Teller Chili und Bohnen, so richtig dampfend heiß, nach 'ner ewig langen Sauftour, der erste richtige Fraß in Wochen, naja, fuck, ich muß immer auf der Hut sein.
Bird. Und der Ozean da draußen. Und eine abgelaufene Batterie. Eine schrottreife Karre. Und die Bullen, die ihre stupiden leeren Straßen patrouillieren. Was für ein lausiger Krieg. Und was für ein idiotischer Alptraum. Nur für einen Augenblick dieser ruhige Raum zwischen uns, und irgendwann werden wir alle an die Wand gedrückt, zertreten wie Kinderspielzeug, und Schluß mit unserem lahmen Heldentum.
Also wir setzen uns. Eine Flasche Scotch erscheint. Ich kippe ein Wasserglas voll in einem Zug, ah, ich schnapp nach Luft, blinzle, ich Idiot, geh auf die 50 zu und versuch immer noch, den Helden zu spielen. Ich Arschloch von einem Helden, füsiliert von einer Salve Kotter.
Birds Frau kommt rein. Man stellt mich ihr vor. Sie ist eine Frau mit fließenden Bewegungen, sie hat ein braunes langes Kleid an und sie fließt, hat lachende Augen, und ich sag euch: sie fließt einfach so dahin.
»wow wow wow!«, sag ich.
Sie sieht derart gut aus, daß ich sie einfach hochheben muß, ich drück sie an mich, ich wirble mit ihr herum, ich lache. Niemand hält mich für verrückt. Wir alle lachen. Wir alle verstehen einander.
Jack hat es gern, daß ich aus mir raus gehe. Er hat den ganzen Nachmittag praktisch alleine bestreiten müssen und ist müde. Er grinst. Er fühlt sich gut. Ein einziges Mal in eurem Leben seid ihr vielleicht mal in einem Zimmer voll Leute gewesen, mit denen ihr euch in allem, was ihr tut, einig seid. Dies war so ein magischer Augenblick. Ich wußte es. Naja. O. K.

Ich zischte noch 'n Glas Scotch aus reiner Verlegenheit.
Bird schaute zu mir herüber.
»Hast du schon meine Collage gesehen?«
Er hielt mir ein völlig beschissen aussehendes Ding hin, mit 'nem Ohrring draufgepappt, und in der anderen Ecke klebte noch so'n undefinierbarer Fetzen Mist; und ich schlitterte in einen dieser endlosen, langweiligen Vorträge über das und jenes, was mir nicht gefiel, und wie ich auf der Kunstakademie *gelitten* hatte ...
Bird zieht die Notbremse. Er zerreißt das Ding und grinst mich an. Die Kokser-Masche. Aber ich kenn mich aus. Und ich weiß auch, jedenfalls nach dem was ich so höre, daß der einzige Kokser, der es wirklich überzeugend bringen kann, William Burroughs ist, dem die Burroughs Co. gehört, oder beinah, und der wirklich den harten Burschen abziehen kann, obwohl er innerlich ein fetter, schwuler, Warzen-schmatzender Macker ist. Jedenfalls hör ich das so hinten rum, und anscheinend redet man nicht laut darüber. Ob das stimmt? Na egal, sag ich, das mag stimmen oder nicht, auf jeden Fall ist Burroughs 'ne stinklangweilige Type, und ohne die tatsächlichen Erfahrungen, die hinter seinem Geschreibsel stecken, wäre er 'ne glatte Null, genauso wie Faulkner eine Null ist – außer in den Augen von ein paar vertrockneten Extremisten aus den Südstaaten – und genau wie Mr. Corrington und Mr. Nod und Mr. Suck-Dry-Shit ...
»Baby«, sagen sie zu mir, »du hast 'n Schlag.«
Und weiß Gott ja, das hab ich. Das hab ich. Und jetzt bleibt nichts mehr, als mich in die Grüne Minna zu verfrachten oder mich meinen Affen ausschlafen zu lassen.
Sie richteten mir ein Bett.
Ich kipp das Zeug zu schnell in mich rein. Sie unterhalten sich weiter. Ich höre sie, verschwommen, weit weg.
Ich nicke ein. Ich schlafe. Das Meer wird mich nicht unter sich begraben, und die anderen werden mir auch keinen reindrükken. Sie haben meinen fetten, schlafenden, schnarchenden Körper gern. Ich bin ein Arschloch. Sie haben mich trotzdem gern.
Ich wünschte, alle hätten es so gut wie ich.
Was soll ich mich da noch über 'ne leere Batterie aufregen.

Es war der reine Irrsinn – da stand ich mit meinem Pappkoffer am Times Square und sie kamen aus allen Löchern herausgequollen, rempelten mich und schossen blindlings an mir vorbei. Endlich gelang es mir, einen von ihnen zu fragen, wo das Village sei, und als ich ins Village kam, fand ich ein Zimmer, und als ich meine Flasche Wein köpfte und mir die Schuhe auszog, merkte ich, daß in dem Zimmer eine Staffelei stand, aber ich war kein Künstler, nur ein Tramp auf der Suche nach dem berühmten Silberstreif am Horizont, und ich hockte mich hinter die Staffelei und trank meinen Wein und sah aus dem verschmierten Fenster.

Als ich rausging, um mir noch eine Flasche zu holen, sah ich unten in der Halle diesen jungen Typ im seidenen Morgenrock, Baskenmütze auf dem Kopf, Jesus-Sandalen an den Füßen und einen verkümmerten Bart in der Visage, und er sabberte ins Telefon: »Oh yes, yes, Darling, ich *muß* dich einfach sehen, oh yes, *unbedingt!* Sonst schneide ich mir die Pulsadern durch . . .! Yes!« Und ich muß unbedingt hier raus, entschied ich. Was für ein mieser kleiner Scheißer. Der würde sich nicht mal die Schuhriemen durchschneiden. Und draußen hockten sie in den Cafés rum, sehr lässig, mit Baskenmützen und so, und machten auf Künstler.

Ich blieb dann doch eine Woche da, saß meine im voraus bezahlte Miete ab und nahm mir dann ein Zimmer außerhalb des Village. In Anbetracht der Größe und passablen Ausstattung war die Miete überraschend niedrig, und ich konnte mir zuerst nicht vorstellen, wo da der Haken war. An der Ecke war eine Bar, da saß ich den ganzen Tag über meinem Bier; das Geld ging mir langsam aus, aber wie gewöhnlich war mir der Gedanke an einen Job zuwider. Am späten Abend nahm ich mir zwei Flaschen Portwein mit aufs Zimmer. Ich zog mich aus, kroch ins Bett und goß mir das erste Glas ein. Und dann fand ich heraus, warum das Zimmer so billig war. Die »L*« führte genau an meinem Fenster vorbei. Und der Zufall wollte es, daß gerade hier eine Haltestelle war. Direkt vor meinem Fenster. Jedesmal wenn ein Zug hielt, wurde es taghell im Zimmer. Und ich hatte eine ganze Wagenladung Gesichter vor mir; schauderhafte Gesichter – Nutten, Orang-Utans, Bastarde, Irre, Killer – sie alle hockten da und starrten mich an wie das Jüngste Gericht. Und dann fuhr der Zug an, und das

* Hochbahn.

Zimmer wurde wieder dunkel. Bis zur nächsten Ladung. Und die kam immer viel zu schnell. Ich hatte den Wein wirklich nötig.
Das Haus gehörte einem jüdischen Ehepaar. Sie hatten eine Schneiderwerkstatt plus Reinigung über der Straße. Ich entschied, daß meine Klamotten in die Reinigung mußten. Es ließ sich nicht mehr vermeiden, ich mußte mich in Schale werfen und mich nach einem Job umsehen. Ich also rein, halb im Suff, mit meinen paar Lumpen auf dem Arm.
». . . möcht das Zeug hier waschen lassen oder reinigen oder so was.« »Sie armer Junge! Das sind ja nur noch Fetzen! Damit könnte ich nicht mal mehr die Fenster putzen. Ich will Ihnen was sagen . . . oh, Sam . . .!« »Yeh?«
»Zeig doch diesem netten Jungen mal den Anzug, den der Herr hiergelassen hat.«
»Oh ja, das ist solch ein *hübscher* Anzug. Ich *begreife* nicht, wie ihn der Herr einfach zurücklassen konnte!«
Ich will euch mit dem Rest der Unterhaltung verschonen. In der Hauptsache bestand ich darauf, daß mir der Anzug zu klein sei. Sie bestritten das energisch. Ich sagte, wenn er mir nicht zu klein ist, dann sind eben die Ärmel zu lang. Sie sagten 7 Dollar. Ich sagte Pleite. Sie sagten sechs. Ich sagte immer noch Pleite. Als sie auf vier herunter waren, sagte ich, sie sollten mich erst mal in das Ding reinkriegen. Sie schafften es irgendwie. Ich gab ihnen die vier. Ging zurück auf mein Zimmer, zog das Ding aus und legte mich lang. Als ich aufwachte, war es Nacht (außer wenn die Züge ankamen), und ich beschloß, meinen neuen Anzug anzuziehen, auszugehen und mir eine Frau zu angeln; eine, die gut aussah, natürlich, damit sie mich versorgen konnte.
Als ich in die Hosen stieg, rissen sie mir bis über den Hintern auf. Naja, ich nahm das hin. Es zog ein bißchen, aber ich dachte mir, die Jacke geht ja ein Stück drüber. Als ich in die Jacke schlüpfte, ging der linke Ärmel an der Schulter ab, und ein schmuddeliges Schaumgummipolster quoll heraus.
Wieder mal reingefallen. Ich pellte mich aus dem, was von der Klamotte noch übrig war, und beschloß, daß ich mal wieder die Tapete wechseln mußte.
Ich fand ein anderes Zimmer. So 'ne Art Souterrain, man mußte ein paar Stufen runtergehen und sich zwischen den Mülltonnen der anderen Mieter durchzwängen. Na, damit kam ich meiner Ebene schon näher.

Die erste Nacht, nachdem die Bars dicht gemacht hatten, stand ich vor der Tür und stellte fest, daß ich meine Schlüssel verloren hatte. Ich hatte nur ein dünnes weißes Hemd an. Um mir nicht den Arsch abzufrieren, stieg ich in einen Bus und fing an, kreuz und quer durch die Gegend zu fahren. Schließlich sagte der Fahrer Endstation; vielleicht hatte er mich auch einfach satt, was weiß ich.
Ich stieg aus. Es war nach wie vor elend kalt. Ich stand vor dem Yankee-Stadion.
Mein Gott, dachte ich, hier hat Lou Gehrig, der Held meiner Kindheit, gespielt. Und jetzt soll ich hier draußen verrecken. Na, das paßte ja alles zusammen.
Ich ging ein Stück, und nach einer Weile fand ich ein Café. Ich ging rein. Lauter schwarze Kellnerinnen, alle ein bißchen jenseits der besten Jahre. Aber die Kaffeetassen waren groß, und eine Doughnut plus Kaffee kostete so gut wie nichts.
Ich nahm mein Zeug, setzte mich an einen Tisch, schlang die Doughnut runter, schlürfte einen Mundvoll Kaffee und steckte mir eine King-size ins Gesicht.

Ich fing an Stimmen zu hören.

»PRAISE THE LORD, BROTHER!«

»OH, PRAISE THE LORD, BROTHER!«

Ich schaute mich um. Die Kellnerinnen waren dabei, mich zu lobpreisen, und einige Kunden ebenfalls. Wie schön. Die längst fällige Anerkennung, dachte ich. *Atlantic Monthly* und *Harper's Bazaar* konnten sich zum Teufel scheren. Dem Genie konnte die Anerkennung auf die Dauer nicht versagt bleiben. Ich lächelte sie alle an und zog genüßlich an meinem Glimmstengel.
Und dann kam eine der Kellnerinnen angerauscht und brüllte mich an:

»RAUCHEN VERBOTEN IM HAUSE DES HERRN, BROTHER!«

Ich erstarrte. Ich machte die Zigarette aus. Ich trank meinen Kaffee.
Dann ging ich raus und sah das Transparent über der Tür: FATHER DIVINE'S MISSION. Oh Brother. Ich zündete mir eine neue Zigarette an und machte mich auf den langen Weg nach Hause. Ich kam an, drückte auf sämtliche Klingeln, aber niemand machte auf. Schließlich machte ich mirs auf den Mülltonnen bequem und versuchte zu schlafen.
Immerhin hatte ich noch so viel Verstand, daß ich mich nicht

auf die Erde legte, wo mich die Ratten erwischen konnten. Ich war eben ein cleverer Junge.

Ich war so clever, daß ich am nächsten Tag sogar einen Job fand. Und am Abend, leicht zittrig, ziemlich verkatert und verkrumpelt, ging ich an die Arbeit.

Zwei alte Kerle sollten mich einweisen. Sie hatten den Job schon, seit man die U-Bahn erfunden hatte. (Bzw. die Hochbahn, wie sich rasch herausstellte.) Wir schusserten also los, jeder mit einem Stoß Pappdeckel unterm Arm und einem kleinen Gerät in der Hand, das aussah wie ein Flaschenöffner.

»In New York ham alle Leute solche kleinen grünlichen Wanzen«, sagte einer der beiden Alten.

»Was du nicht sagst!« meinte ich, wobei es mir ziemlich egal war, was für 'ne Farbe die Wanzen hatten.

»Du wirst sie sehen, auf den Sitzen. Wir finden sie jede Nacht auf den Sitzen. »Yeh«, machte der andere.

Meine Fresse, dachte ich, ob sowas auch mal Cervantes passiert ist?

»Jetzt schau her«, sagte der eine. »Jeder Karton hat 'ne kleine Nummer. Wir nehmen die alte Anzeige raus und setzen die neue mit derselben Nummer rein.«

Flip, flip. Der Flaschenöffner löste die Halterungen, die alte Werbung fiel raus, die neue wurde reingehauen, flip, flip die Halterungen wieder festgemacht.

»Jetzt versuchs du mal.«

Ich tat mein Bestes. Aber die Halterungen gaben nicht nach. Ich hatte einen miesen Flaschenöffner erwischt. Und außerdem war mir schlecht.

»Wirst es schon hinkriegen«, sagte einer der Alten.

Ich werds schon hinkriegen. Du ARSCH, dachte ich.

Wir arbeiteten uns durch den Wagen durch. Am anderen Ende kletterten wir raus und die Opas gingen weiter, über die Schwellen. Die Schwellen waren mindestens einen Meter auseinander. Ein Mensch konnte da bequem durchfallen, ohne sich besondere Mühe zu geben. Wir waren gut und gern 25 Meter über der Straße und ebensoweit vom nächsten Wagen entfernt. Die beiden alten Knacker hüpften über die Schwellen, erreichten den nächsten Wagen und drehten sich nach mir um. Drüben an der Haltestelle war gerade ein Zug eingefahren. Im Licht, das aus seinen Wagen über die Gleise fiel, konnte man die Zwischenräume zwischen den Schwellen sehr schön sehen.

»Mach schon! Los, wir hams eilig!«
»Scheiß auf eure Eile!« brüllte ich zurück. Ich fing an, mich langsam vorzuarbeiten, mit meiner Ladung Pappdeckel unterm Arm und diesem lächerlichen Flaschenöffner in der Hand ... ein Schritt ... noch einer ... noch einer ... schwindelig, verkatert, benommen.
Und dann fuhr der Zug drüben ab und es wurde dunkel wie in einer Besenkammer. Noch dunkler sogar. Ich sah nichts mehr. Ich konnte nicht mehr vor und nicht mehr zurück. Ich stand einfach da.
»Na los doch! Mach schon! Wir ham noch mehr Wagen zu machen!«
Meine Augen gewöhnten sich langsam wieder an die Dunkelheit. Ich tastete mich vorsichtig weiter vor. Manche Schwellen waren weich und angefault, andere uneben und voller Splitter. Längst nahm ich ihr Rufen nicht mehr wahr. Ich starrte nur noch wie hypnotisiert vor mich in die Dunkelheit. Jeder Schritt, den ich machte, konnte mein letzter sein.
Ich schaffte es bis zum nächsten Wagen und schmiß ihnen das Zeug vor die Füße.
»Wassn los?«
»Wassn los, wassn los! ICH SCHEISS DRAUF!«
»Was paßt dir denn nicht?«
»Ein falscher Schritt, und man hat sich's Genick gebrochen. Ist euch Deppen das eigentlich klar?«
»Hier hat sich noch keiner was gebrochen.«
»Wahrscheinlich weil keiner so viel säuft wie ich. So, und jetzt hätte ich gern, daß mir einer von euch sagt, wie man hier wieder runter kommt.«
»Tja, da drüben geht 'ne Treppe runter, aber da muß man über die Gleise gehn. Und das heißt, man muß über zwei oder drei Heiße steigen ...«
»Fuck it. Was sind ›Heiße‹?«
»Da fließt der Saft drin. Wenn du da drankommst, bist du hin.«
»Zeig mir, wo man rübergeht.«
Sie zeigten mir die Stelle. Die Entfernung schien nicht allzu groß zu sein.
»Bedanke mich, Gentlemen.«
»Paß auf die heißen Schienen auf. Pures Gold. Wenn du drankommst ... pffft!«
Ich machte mich auf den Weg. Ich spürte, wie sie mich beob-

achteten. Jedesmal, wenn ich an eine heiße Schiene kam, machte ich einen hohen, vorsichtigen Schritt. Einmal blickte ich zurück. Ihre Gesichter waren weich und milchig im Mondlicht.
Ich erreichte die Treppe und fing wieder an zu leben. Drunten auf der Straße war eine Bar. Ich hörte schallendes Lachen. Ich ging rein und pflanzte mich irgendwo hin. Ein Kerl gab Geschichten über seine Mutter zum besten, wie sie ihn in die Klavierstunde schickte und zum Malen auf die Abendakademie, und wie er ihr das Geld für seine Sauftouren aus der Tasche zog. Die ganze Belegschaft grölte. Mich überkam es auch. Der Kerl war ein Genie, seine gute Laune war einfach ansteckend, und er teilte es nach allen Seiten aus. Ich lachte, bis die Bar dicht machte und die Runde auseinanderging.
Ich verließ New York wenige Tage später und bin nie wieder hingegangen. Es gibt Städte, die einem Glück bringen, und es gibt Städte, die einen killen. Die zweite Sorte ist in der Überzahl. Um in New York durchzukommen, braucht man einen ganzen Panzerschrank voll Glück. Und das hatte ich nicht.
Das Nächste, an das ich mich erinnere, ist, daß ich in einem komfortablen Hotelzimmer in Kansas City saß und zuhörte, wie der Manager das Zimmermädchen verdrosch, weil sie es nicht fertiggebracht hatte, mir ihren Arsch zu verkaufen. Alles war wieder real, friedlich und normal. Ich saß im Bett, hörte mir das Gezeter an, langte nach einem vollen Glas, goß es mir hinter die Binde und räkelte mich in den sauberen Leintüchern. Der Manager hatte eine beachtliche Handschrift. Ich hörte ihren Kopf gegen die Wand schlagen.
Am nächsten Tag, wenn ich die Strapazen der Busfahrt überstanden hatte, würde ich sie vielleicht für einen Kurzen zu mir reinlassen. Sie hatte einen ansprechenden Hintern. Und der Manager besaß die kluge Umsicht, ihr den nicht zu ramponieren. Und ich war New York entronnen, gerade noch mal mit einem blauen Auge davongekommen.

Das waren Abende, damals im Olympic. Sie hatten einen glatzköpfigen kleinen Iren (hieß er Dan Tobey?), der die Ansage machte, und der Kerl hatte *Stil,* er hatte was gesehen im Leben, vielleicht war er sogar als Junge noch auf den alten Riverboats gewesen, oder wenn er nicht schon so alt war,

dann hatte er doch mindestens noch den Dempsey-Firpo-Fight miterlebt.
Ich sehe ihn immer noch, wie er hochlangte und langsam das Ringmikrophon zu sich runterzog, wir hatten alle schon vor dem ersten Kampf einen sitzen, pafften Zigarren, fühlten uns wie Graf Rotz und warteten darauf, daß sie die ersten beiden Jungs auf die Bretter stellten. Wir waren eine grausame Meute, aber so wie die Dinge lagen, wollten wir was sehen für unser Geld.
Fast jeder von uns hatte eine rot oder blond gefärbte Schönheit dabei. Meine hieß Jane, und wir zogen manch einen guten 10-Runden-Fight miteinander ab, von denen einer für mich mit K. o. endete. Und ich war stolz, wenn sie aus dem Damenklo kam und die ganze Galerie anfing zu stampfen und zu pfeifen, wenn sie mit diesem großen magischen Hintern unter ihrem hautengen Kleid wackelte – und es *war* ein magischer Hintern: sie konnte den kältesten und härtesten Burschen derart bedienen, daß er nach Luft schnappte und brünstige Liebeslaute gegen einen Zementhimmel lallte. Und sie kam also die Galerie runter und setzte sich neben mich, und ich setzte die Flasche an wie eine Fanfare, reichte sie ihr rüber, sie nippte daran, gab sie zurück, und ich sagte gewöhnlich irgendwas Starkes in Richtung auf die Meute auf den billigen Plätzen: »Diese heulenden Wichser da oben, ich leg sie alle um!«
Und dann schaute sie auf ihr Programm und fragte mich: »Auf wen tippst du im ersten Kampf?«
Ich lag immer gut mit meinen Tips – vielleicht in 90 % aller Fälle –, aber ich sah mir die Jungs vorher immer genau an. Ich tippte immer auf den, der am wenigsten Wind machte. Und wenn einer sich vor dem Gong bekreuzigte und der andere nicht – dann stand für mich der Sieger bereits fest. Es stimmte meistens: derjenige, der rumtanzte und das ganze Schattenboxen abzog, war meistens auch der, der sich bekreuzigte, wenn es ernst wurde, und dann auch prompt Prügel bezog.
Es gab kaum schlechte Kämpfe in jenen Tagen, und wenn es welche gab, dann spielten sie sich – wie heute – in der Schwergewichtsklasse ab. Aber wenn damals etwas faul aussah, dann machten wir uns auch bemerkbar auf den Rängen – wir demolierten die Sitze oder nahmen den Ring auseinander oder steckten die ganze Halle an. Sie konnten sichs einfach nicht

leisten, uns zu viele miese Fights vorzusetzen. Die *Hollywood Legion* hatte das Monopol auf miese, gezinkte Fights, und keiner von uns ließ sich dort blicken. Jeder – selbst die Boys von der Hollywood L. – wußte, daß die wirkliche Action im Olympic war. Raft kam, und all die anderen Größen, und die Starlets kuschelten sich in ihre reservierten Sitze am Ring. Und die Jungs auf der Galerie gerieten außer sich, und die im Ring schlugen sich wie die Irren, und die ganze Halle war blau vom Zigarrenqualm; und wie wir uns die Lunge aus dem Hals schrien und Geldscheine in den Ring warfen und den Whisky rumgehen ließen; und wenn es vorbei war, kam die Fahrt nach Hause, und dann auf die Matratze mit unseren blondgefärbten raffinierten Ludern, man machte eine Nummer, und dann schlief man wie ein besoffener Engel. Wer brauchte damals die Leihbibliothek? Wer brauchte Ezra? T. S. E.? H. D.? Wer brauchte die Eliots, die Sitwells, den ganzen hochtrabenden Verein?

Ich werde nie den Abend vergessen, als ich zum erstenmal den jungen Enrique Balanos im Ring sah. Damals war mein Favorit ein tüchtiger schwarzer Fighter; er brachte immer ein kleines weißes Lamm mit in den Ring und drückte es an sich, bevor der Kampf losging. Das war natürlich zickig, aber der Junge hatte Klasse, und einem harten Fighter sieht man schließlich schon so einige Flausen nach, stimmts?

Jedenfalls, er war mein Held. Er hieß wohl Watson Jones oder so ähnlich. Watson hatte Klasse und einen guten Riecher – – schnelle Kombinationen, links-rechts, und dann kam der PUNCH; und man merkte, daß ihm die Arbeit im Ring Spaß machte. Und dann, eines Abends, stellten sie ohne Vorankündigung diesen Balanos gegen ihn auf die Bretter, und Balanos hatte genau die richtige Einstellung, er nahm sich Zeit, zermürbte Watson, deckte ihn ein nach Strich und Faden und gab ihm in der letzten Runde den Rest. Meinem Helden! Ich wollte es nicht wahrhaben. Ich stieg auf meinen Sitz, fuchtelte mit meiner Flasche in der Luft und schrie nach einem Sieg für Watson, der einfach nicht mehr drin war. Wenn ich mich recht entsinne, ging Watson am Ende sogar k. o., so daß der Abend wirklich zu einem bitteren Erlebnis wurde. Balanos teilte aus, was er hatte – und er hatte 'ne Menge. Er bewegte sich fast nicht. Er pflanzte seine Beine auf die Bretter und ließ seinen Gegner kommen. Er täuschte, duckte ab, fintete, und ständig kreisten seine Arme, die reinsten Windmühlenflügel, kann ich euch sagen, und immer wieder kam er mit seiner Rechten durch. Nach diesem Fight wurde mir klar, daß es eines Mannes von einsamer Klasse bedurfte, um diesen Balanos zu schlagen. Und daß es für Watson das Beste war, wenn er sich sein Lämmchen unter den Arm klemmte und für immer von der Bildfläche verschwand.

Aber erst spät in jener Nacht, als der Whisky in mich reinlief wie in ein leckgeschlagenes Schiff und ich mich mit meiner Schickse in der Wolle hatte, war ich so weit, daß ich mir eingestand, daß der bessere Mann den Fight gewonnen hatte.

»Balanos. Gute Beinarbeit. Er handelt ohne zu überlegen. Reagiert blitzschnell und instinktiv. Heut nacht hat der Körper über die Seele gesiegt. So isses meistens. Goodbye Watson, goodbye Central Avenue. Feierabend. Es ist alles vorbei.«

Ich schmiß mein Glas an die Wand, ging rüber und griff mir 'n Stück Weib. Ich war angeschossen. Sie war schön. Wir stiegen ins Bett. Ich entsinne mich, daß es zum Fenster reinregnete. Wir ließen uns vollregnen. Es tat gut. Es tat so gut, daß wir zwei Nummern hintereinander schoben. Und dann schliefen wir ein, mit dem Gesicht zum Fenster, und es regnete, und am nächsten Morgen wachten wir völlig durchnäßt und durchfroren auf und niesten und lachten,'»Jessas! Menschenskind! Irre!« Es war lustig, und der arme Watson lag irgendwo mit seinem zu Matsch geschlagenen Gesicht und sah den 6-Runden- und den 4-Runden-Kämpfen in der Provinz entgegen und schließlich einem Job neben mir am Fließband in der Fabrik, acht oder zehn Stunden Plackerei am Tag für 'n Trinkgeld, keine Aussicht, jemals wieder hochzukommen, nur noch geduldig auf Papa Tod zu warten, sich in den Arsch treten lassen, sich das Hirn durch den Wolf drehen lassen, und wir niesten, »Jessas!«, es war lustig und sie sagte, »Mensch, du bist ja total blaugefroren! BLAU! Von Kopf bis Fuß! Guck dich doch mal im Spiegel an!«, und ich stellte mich bibbernd vor den Spiegel, es stimmte, ich war vollkommen blau angelaufen! Verrückt! Ich fing an zu lachen, ich lachte, bis ich auf den Teppich fiel, und sie fiel auf mich und wir lachten, lachten, lachten, daß ich dachte, wir hätten beide den Verstand verloren, und dann wurde es Zeit für mich, ich mußte mich anziehen, mir die Haare kämmen, die Zähne putzen, essen konnte ich nichts, es kam mir schon beim Zähneputzen hoch, und dann ging ich raus und machte mich auf den Weg zur

Glühbirnenfabrik, die Sonne brannte herunter, es tat gut, aber das war auch das einzige, und im übrigen mußte man es eben nehmen wie es kam.

Santa Anita, 22. März 1968, 15 Uhr 10. Quillo's Babe liegt im Ziel gleichauf mit Alpen Dance, und ich hol nicht mal wieder meinen Einsatz raus. Das 4. Rennen ist vorbei, ich bin mit 40 Dollar im Schneider und hab noch keinen lausigen Cent gutgemacht. Es hätte klappen müssen bei Boxer Bob im zweiten Rennen mit Bianco im Sattel, einem der besseren neuen Jockeys auf der Bahn, und bei einer Notierung von 9/5. Bei jedem anderen Jockey, sagen wir Lambert oder Pineda oder Gonzales, hätte das Pferd mit 6/5 oder weniger notiert. Aber immerhin, ich halt mich an meinen alten Spruch: Eine Chance wittern und dann nicht konsequent nachsetzen ist dümmer, als von vornherein einfach auf Verdacht zu setzen. Wenn man blind setzt und es haut nicht hin, kann man sich wenigstens noch sagen: Scheiße, heut geht mir wieder alles daneben. Wenn man aber einen Lauf kommen sieht und sich nicht dranhängt, kann man sich hinterher nur noch Asche aufs Haupt streuen und nicht mal mehr mit gutem Gewissen Scheiße sagen. Und das ist ungesund, führt zu verkorksten Nächten, zuviel Alkohol, und dreht einen schließlich durch den Reißwolf.
All right. Die alten Kunden des Totalisators verschwinden nicht einfach von der Bildfläche. Sie sterben, aber härter als die übrigen Zeitgenossen. Vielleicht verkriechen sie sich in ein Loch an der East 5th, oder vielleicht stehen sie noch eine Zeitlang an der Ecke und verkaufen Zeitungen, mit einer zerschlissenen Schildmütze auf dem Kopf, und tun so, als ob das Ganze nur ein Gag sei, während sie in Wirklichkeit schon das Gras von unten wachsen hören. Ich glaube, es war einer von Freuds Lieblingsschülern (er hat sich inzwischen wohl einen Namen gemacht, meine Ex-Frau hat ihn immer mit Vorliebe gelesen), der gesagt hat, Glücksspiel sei eine Form von Masturbation. Es muß schön sein, Köpfchen zu haben und solche Weisheiten von sich zu geben. Und vermutlich steckt in jeder derartigen Binsenweisheit ein Körnchen Wahrheit. Wenn ich so ein gescheites Haus wäre, würde ich wahrscheinlich ähnliche Sprüche auf die Menschheit loslassen. »Sich die Finger-

nägel mit einer dreckigen Nagelfeile putzen ist eine Form von Masturbation.« Und ich würde vielleicht ein Stipendium kriegen oder zum Ritter geschlagen werden und noch 14 scharfe Nümmerchen als Dreingabe erhalten.
Gestützt auf meine langjährige Erfahrung mit Schlachthöfen, Fabriken, eisigen Nächten auf Parkbänken, lausigen Jobs, miesen Weibern und allgemein entnervenden Lebensläuften kann ich nur soviel sagen: der Grund, weshalb der Durchschnittsmensch seine paar Piepen beim Pferderennen verwettet, ist, weil man ihm die Schrauben zu eng angezogen hat, weil der Vorarbeiter eine Kanaille ist, weil der Hauswirt Scherereien macht, weil das Sexleben unter den Gefrierpunkt gesunken ist; Einkommenssteuer, Krebs und der große Katzenjammer; Kleider, die beim drittenmal Tragen aus dem Leim gehen; Leitungswasser, das wie Pisse schmeckt; Ärzte mit Fließbandbetrieb und verlausten Wartezimmern; Politiker mit Scheiße und Eiter im Kopf . . . man könnte diese Aufzählung bis ins Aschgraue fortsetzen, würde sich aber nur den Vorwurf einhandeln, man sei verbittert und übergeschnappt. Also scheiß drauf. Jedenfalls, wenn ich richtig mitgezählt habe, dann hab ich bis heute 2500 Nummern geschoben, dagegen aber 12 500 Pferderennen erlebt. Wenn ich also jemand einen Rat geben kann, dann den: Malen Sie Aquarelle.
Worauf ich hinaus will, ist dies: Die Leute kommen zum Rennplatz, weil ihnen das Wasser bis zum Hals steht, und weil sie eher riskieren wollen, daß ihnen das Wasser bis über die Ohren geht, als sich mit ihrer augenblicklichen Lage zufrieden zu geben. Und hoch da oben thronen die Big Boys und schauen auf den Ameisenhaufen herunter. Glauben Sie nicht, daß Johnson sich wie Graf Rotz fühlt, wenn er seine Nabelschau betreibt? Und ist Ihnen nicht ebenso klar, daß Johnson gleichzeitig eine der größten Arschkrücken ist, die man uns je angedreht hat? Aber wir haben den Köder genommen, wir hängen an der Angel und zappeln uns einen ab. Und einige von uns haben sich bereits derart einwickeln lassen, daß sie geradezu süchtig sind nach diesen Quälereien, weil sie Teil eines logischen Plans zu sein scheinen. Sie scheinen unumgänglich, da sich keine Alternative anzubieten scheint. Also haben wir manipulierte Pferderennen in Santa Anita. Und also haben wir Johnson. Und irgendwie lassen wir es zu, daß es so bleibt. Wir sind so wahnsinnig, uns die Handschellen selbst anzulegen. Das mag erklären, weshalb einige von uns

– wenn nicht die meisten, wenn nicht alle – an einem Tag wie dem 22. März 1968 in Santa Anita zusammenkommen, um sich reinlegen zu lassen.

Ende des 5. Rennens; Sieger ist Quadrant, die Nr. 12. Die Anzeigetafel registriert 5/2. Das Pferd hat einen überzeugenden Sieg herausgelaufen und seinen Vorsprung auf der Zielgeraden noch vergrößert. Ich hab Zehn auf Sieg und warte mit meinen 40 Dollar Minus auf die offizielle Notierung. 5/2 zahlt zwischen $ 7.00 und $ 7.80, und Zehn auf Sieg bedeutet einen Gewinn zwischen $ 35.00 und $ 39.00. Und damit, schätze ich, bin ich einigermaßen aus dem Schneider. Das Pferd war an dritter Stelle in der Aufstellung und die 5/2-Notierung hatte sich bis zu dem Zeitpunkt, als der Totalisator dichtmachte, nicht geändert.

Die offizielle Notierung leuchtete auf: 5:40. Da war es, direkt vor meinen Augen. Fünf-Vier-Null. Das liegt zwischen 8/5 und 9/5 und hat mit 5/2 weiß Gott nichts mehr zu tun. Anfang der Woche hatte das Management über Nacht und ohne Vorankündigung die Parkgebühren von 25 auf 50 Cents erhöht. Die Gehälter der Parkwächter wurden garantiert *nicht* verdoppelt. Außerdem wurde der Eintrittspreis von $ 1.95 auf $ 2.00 aufgerundet. Und jetzt das. $ 5.40. Verdammt nochmal. Ein langsames, ungläubiges Aufstöhnen kam von der Tribüne. In all den nahezu 13 000 Rennen, die hinter mir lagen, hatte ich etwas derartiges noch nicht erlebt. Natürlich ist die Anzeigetafel nicht unfehlbar. Ich habe bei 9/5 schon erlebt, daß $ 6.00 ausgezahlt wurden und ähnliche geringfügige Verschiebungen, aber noch nie, daß eine 5/2 im letzten Augenblick auf beinah 8/5 fiel. Dazu hätten in letzter Sekunde noch unglaublich hohe Wetten eingehen müssen.

Die Menge fing an zu buhen. Das Buhen verebbte und begann von neuem. Und jedesmal hielt es länger an. BUH BUUUH BUUUUUUHHHHHH! Der Mob merkte, daß etwas faul war. Der Mob war mal wieder aufs Kreuz gelegt worden. $ 5.40 bedeutete, daß ich statt $ 39.00 nur $ 27.00 kassierte. Und ich war nicht der einzige, der davon betroffen war. Man spürte, wie es in der Menge gärte. Für viele bedeutete jedes Rennen die Entscheidung darüber, ob sie ihre Miete bezahlen konnten, am nächsten Tag was zu essen hatten und die nächste Rate für ihren Wagen bezahlen konnten oder nicht.

Ich schaute runter auf die Bahn und sah einen Mann, der mit seinem Programm fuchtelte und auf die Tafel zeigte. Er schien auf einen der Platzordner einzureden. Dann schwenkte er sein Programm in Richtung auf die Zuschauer und forderte sie auf, herunter auf die Rennstrecke zu kommen. Ein Mann kam runter und sprang über das Geländer. Die Menge brach in Beifallsgeschrei aus. Dann kam noch einer. Wieder Beifall. Die Menge kam in Stimmung. Und dann kamen weitere, und die Menge johlte. Man fühlte sich besser, man witterte eine Chance ... Noch mehr Leute kamen herunter auf die Gerade; es mußten wohl an die 65 sein.

Die Stimme des Ansagers dröhnte aus den Lautsprechern: »LADIES AND GENTLEMEN, WIR BITTEN SIE, DIE RENNSTRECKE ZU RÄUMEN, DAMIT DAS 6. RENNEN BEGINNEN KANN!«

Seine Stimme hatte einen unangenehmen Klang. Auf der Zielgeraden waren zehn Polizisten in ihrer grauen Santa-Anita-Kluft; jeder trug eine Pistole. Die Menge BUHTE.

Dann merkte einer auf der Bahn unten, daß das nächste Feld im Anmarsch war und man ihm den Eingang blockierte. Die Leute zogen sich also auf den Rasen zurück und ließen die Pferde rein. Es waren acht Pferde, angeführt vom Outrider im roten Jackett und schwarzer Samtmütze. Die Leute kamen wieder vom Rasen herunter und verteilten sich auf der Bahn.

»WIR FORDERN SIE NOCH EINMAL AUF, DIE BAHN ZU RÄUMEN«, sagte der Ansager. »BITTE RÄUMEN SIE DIE BAHN! DIE TAFEL KONNTE DIE LETZTEN WETTEN NICHT MEHR REGISTRIEREN! DER ANGEZEIGTE BETRAG IST KORREKT!« Die Pferde hatten ihre Parade vor der Tribüne beendet und kamen zurück, auf die wartenden Leute zu. Die Pferde sahen sehr groß und nervös aus.

Ich fragte Denver Danny, einen Bekannten und Veteranen des Rennbetriebs: »Was, zum Teufel, läuft hier eigentlich, Denver?«

»Die Anzeige stimmt«, sagte er, »daran ist nichts faul. Jeder gewettete Dollar ist registriert worden. Als die Maschinen gestoppt wurden, hat die Tafel 5/2 angezeigt. Dann hat sie noch einmal aufgeleuchtet und die letzten Änderungen registriert; nur die 5/2 blieben unverändert. Nun, die Franzosen haben einen alten Spruch: ›Wer bewacht uns vor den Wächtern?‹ Du erinnerst dich, der Sieg von Quadrant stand schon im ersten Drittel der Zielgeraden fest, und er hat seinen Vorsprung bis ins Ziel noch vergrößert. Was könnte nun passiert sein? Es gibt mehrere Möglichkeiten. Vielleicht wurden die Wettmaschinen überhaupt nicht abgestellt, während das Rennen lief.

Als feststand, daß Quadrant gewinnen würde, hätte also das Management weiter Gewinn-tickets ausdrucken können. Es würde auch reichen, daß eine oder zwei Maschinen gezinkt sind und weiterlaufen, während die anderen gestoppt sind. Auf jeden Fall ist mir klar, daß hier ein grandioser Beschiß im Gange ist, und die anderen haben es auch gemerkt.«
Die Pferde bewegten sich auf die wartenden Leute zu, vorneweg der Outrider und das erste Pferd in der Aufstellung, RICH DESIRE, br. g. 4, ein wahres Monster von Pferd, mit Pierce im Sattel. Einer rief der Rennbahn-Polente einen unflätigen Ausdruck zu, und drei Bullen griffen sich den Jungen, schleppten ihn rüber ans Geländer und schickten sich an, ihm ein paar Rippen zu brechen. Die Demonstranten stürzten sich sofort auf sie, und die Bullen mußten sich wieder auf ihre Positionen zurückziehen. Die Jockeys rückten weiter mit ihren Gäulen vor und man spürte, daß sie sich nicht aufhalten lassen würden. Es war klar, daß sie ihre Anweisungen hatten. Das war es also: eine Herde berittener Arschkriecher gegen ein Häufchen verbitterter Verlierer mit nichts in der Hand. Zwei oder drei Demonstranten legten sich vor den Pferden auf die Bahn. Das Gesicht des Outriders verzerrte sich und wurde so rot wie seine Reitjacke. Er packte RICH DESIRE am Zügel, gab seinem Pferd die Sporen und rammte sich einen Weg durch die Demonstranten. Ich konnte nicht sehen, ob jemand dabei das Genick gebrochen wurde.
Aber der Outrider hatte sich seine Spesen verdient. Ein guter Management-Boy. Und ein paar miese Knacker auf der Tribüne johlten auch noch Beifall. Aber damit war die Sache noch nicht entschieden. Einige Demonstranten umringten das erste Pferd und versuchten, den Jockey aus dem Sattel zu zerren. Da griffen schließlich die Bullen ein.
Ich bin sicher, wenn sie den Jockey aus dem Sattel gekriegt hätten, wären sie als nächstes dazu übergegangen, die Tribüne in Brand zu stecken und die ganze Anlage zu ramponieren.
Die Bullen verausgabten sich inzwischen so richtig nach Herzenslust. Ihre Schießeisen blieben in den Halftern, aber sie schienen auch mit den Knüppeln mächtig Spaß zu haben. Die Jockeys ritten ihre Pferde warm und bereiteten sich auf die 1½ Meilen vor. Im Gegensatz zu den Bullen, die sich außergewöhnlich roh aufführten, schienen die Demonstranten nicht allzu viel Kampfgeist zu besitzen. Das Spiel war verloren. Die Bahn wurde geräumt. Und dann hob sich aus dem Durchein-

ander eine laute Stimme ab. »NICHT WETTEN! NICHT WETTEN! NICHT WETTEN!«
Das wäre was gewesen, hm? Keinen Dollar mehr in die Wettmaschinen der abartigen fetten Geier, die am Ende wohl gar noch ihre Villen in Beverly Hills einbüßen würden. Zu schön, um wahr zu sein. Die Maschinen hatten bereits 6000 Dollar geschluckt, als die Parole »Nicht wetten!« ausgegeben wurde. Und wieder saß der Angelhaken im Fleisch, und wieder und wieder würde man vor der Maschine zu Kreuz kriechen und sich melken lassen . . .
Die zehn Bullen standen innen entlang der Zielgeraden, schwitzende, stolze Wahrzeichen der Korruption.
Der Sieger des 6. Rennens war OFF, mit 9/1 notiert, und das wurde auch ausbezahlt. Wenn 8 oder 7 ausbezahlt worden wären, gäbe es heute wahrscheinlich kein Santa Anita mehr.
Ich las in der Zeitung, daß am nächsten Tag, einem Samstag, 45 000 Zuschauer auf dem Rennplatz waren, keine ungewöhnliche Zahl für einen Samstag.
Ich selbst war nicht dort und wurde auch nicht vermißt und die Pferde drehten ihre Runden und ich schrieb diesen Bericht. 23. März, 20 Uhr, Los Angeles, immer die gleiche verdammte Tretmühle und kein Ausweg in Sicht.

Gestern sprach mich ein Kerl in Army-Klamotten an und sagte: »Jetzt, wo es Kennedy erwischt hat, solltest du da was drüber schreiben.« Er hat immer behauptet, er sei Schriftsteller – warum schreibt *er* nicht was darüber? Dauernd wollen sie mir ihre verkorksten Bälle zuspielen, und ich soll sie irgendwie im literarischen Korb unterbringen. Mein Eindruck ist, daß sich bereits genug Experten mit dem Fall beschäftigen. Dies ist das Jahrzehnt der Attentäter und Experten. Und keiner von ihnen ist ein Stück gefrorene Hundescheiße wert. Das entscheidende Problem, das durch ein Attentat wie das auf Robert Kennedy aufgeworfen wird, ist, daß wir nicht nur einen guten Mann verlieren, sondern auch gewisse politische, geistige und soziale Errungenschaften wieder einbüßen – und es gibt solche Dinge, mag es auch noch so geschwollen klingen. In der Krise, die durch ein solches Attentat ausgelöst wird, verhärten sich automatisch die Vorurteile der anti-humanen und reaktionären Kräfte, und die Folgeerscheinungen ei-

ner solchen Krise werden als Vorwand benutzt, um mühsam errungene Freiheiten wieder zu annullieren.
Ich will mir hier nicht wie Camus (in seinen Essays) den Heiligenschein des engagierten Aktivisten aufsetzen, der sich um das Wohl der Menschheit sorgt, denn diese Menschheit macht mich zum größten Teil krank, und das einzige, was sich vielleicht anzustreben lohnt, wäre ein universales Konzept der Aufklärung und Erziehung, des gegenseitigen Verstehens auf der Basis realer positiver Vibrationen, eine Chance für die heranwachsende Generation, die noch nicht mit dem Rücken zur Wand steht; aber ich gehe jede Wette ein, daß man auch sie hopps nehmen wird und daß man ein solches Konzept schon in den Anfängen abwürgen wird, weil es denen, die am Drükker sitzen, an die Substanz gehen würde. Nein, Sweetheart, ich bin kein Camus, aber es stört mich doch, wenn ich sehe, wie unsere Bonzen im Schlagschatten dieser Tragödie ihr leeres Stroh dreschen.
Ein Auszug aus der Erklärung Gouverneur Reagans: »Der anständige, gottesfürchtige, die Gesetze unseres Landes achtende Bürger ist so erschüttert und besorgt über das, was geschehen ist, wie Sie und ich. Er, und wir alle, sind die Opfer einer Haltung, die sich in den letzten Jahren immer mehr breitgemacht hat – einer Haltung, die meint, daß es jedem überlassen sei, wie und wann er die Gesetze befolgen will; daß er um irgendeiner Sache willen das Gesetz in die eigenen Hände nehmen kann, und daß ein Verbrechen nicht notwendigerweise die Sühne nach sich ziehen muß. Diese Haltung ist bestärkt und ermutigt worden durch die unverantwortlichen demagogischen Reden sogenannter Leader, die oft nicht einmal ein entsprechendes Mandat besitzen.«
Aber es hat keinen Zweck, diesen Burschen weiter zu zitieren. Das ganze Gerede ist einfach zu verlogen und durchsichtig. Das alte Vater-Image mitsamt der Knute, die dir über den Arsch gezogen wird. Und dann nimmt uns der gute Gouverneur die Spielsachen weg und schickt uns zur Strafe ohne Abendessen ins Bett.
Nun, weiß Gott, *ich* hab Kennedy nicht ermordet, weder den einen noch den anderen. Ich hab auch weder King noch Malcolm X. noch all die anderen umgelegt. Aber jeder kann sich ausmalen, aus welchen Motiven die Linksliberalen nacheinander abserviert werden (einer der Verdächtigen soll in einem ›Reformhaus gearbeitet‹ haben und die ›Juden gehaßt‹ ha-

ben . . .) – egal aus welchen Gründen, die Linken werden abgemurkst und unter die Erde gebracht, und die Rechtsradikalen tragen dabei nicht mal Grasflecken auf ihren Knien davon.
Daß die Attentäter krankhaft veranlagt sind, mag man einräumen, und ebenso, daß das Vater-Image einen krankhaften Zustand signalisiert. O. K. Und dann kommen auch noch die ›Gottesfürchtigen‹ an und behaupten, ich sei ein ›Sünder‹, weil meine Vorfahren mal dem Herrn Jesus an den Karren gefahren sind. Fest steht, daß ich weder den Herrn Jesus noch den Kennedy umgelegt habe, und Mister Reagan hat es, soviel man weiß, auch nicht getan. Das heißt, wird sind quitt. Das heißt *nicht*, daß Reagan was Besseres ist als ich. Was sind das denn für Leute, die versuchen, uns Scheiße aufs Brot zu schmieren? Wenn ein Pechvogel sich im Bett zu Tode vögelt, soll das heißen, daß alle anderen schuldbewußt das Pimpern einzustellen haben? Wenn sich herausstellt, daß ein mißratener Bürger ein klinischer Fall ist, müssen sich dann alle Bürger als klinische Fälle behandeln lassen? Wenn jemand Gott getötet hat, heißt das, daß ich auch den Wunsch hatte, Gott zu töten? Wenn jemand Kennedy umbringen wollte, wollte ich es dann auch? Wer bringt es fertig, den Gouverneur so ins Recht zu setzen, daß er sich berechtigt fühlt, uns andere ins Unrecht zu setzen? Die Typen, die ihm seine Reden schreiben. Und nicht einmal besonders gute, wie man sieht.
Eine aufschlußreiche Bemerkung am Rande: ich fuhr am 6. und 7. Juni durch Los Angeles, und in den Negervierteln fuhren neun von zehn Autos mit Standlicht, als Zeichen der Verbundenheit mit Kennedy. Je näher ich den ausschließlich weißen Stadtvierteln kam, desto mehr verschob sich dieses Verhältnis, und am Hollywood Blvd. und entlang dem Sunset zwischen La Brea und Normandie hatte nur noch jeder zehnte Wagen die Scheinwerfer an. Und für einen Augenblick kam mir der Gedanke: war Kennedy ein Schwarzer?
Wie gesagt, alle rissen das Maul auf, allen voran unser Gouverneur; und jeder hatte irgendwelche miesen Komplexe oder Vorurteile abzuladen. Jeder, der sich was zusammengerafft hat, will es um jeden Preis behalten und wird dir klarmachen, wie *unrecht* es wäre, ihm die goldenen Schubladen aus dem Schreibtisch ziehen zu wollen. Ich bin im Grunde ein unpolitischer Mensch; wenn ich aber sehe, wie diese reaktionären Geier ihre Schläge unterhalb der Gürtellinie anbringen, dann platzt mir der Kragen und ich steige in den Ring.

Im Ring machten sich auch die Sportjournalisten breit, und die sind, wie jeder weiß, die schlimmsten, wenn es ans Schreiben geht — und speziell, wenn es um etwas geht, bei dem man den Verstand bemühen muß. Ich weiß nicht, was schlimmer ist: ihr Geschreibe oder ihr unterernährtes Denken. Auf jeden Fall pflegt eins mit dem andern eine höchst ungesunde Liaison einzugehen, aus der allenfalls Bastarde und wasserköpfige Monstren hervorgehen können.

Ein Sportjournalist einer der größten Zeitungen, die noch nicht durch einen Streik lahmgelegt ist, schüttelte sich folgende Perlen aus dem Ärmel (während die Ärzte noch um R. Kennedys Leben rangen):

»Die blindwütigen Staaten von Amerika: Eine Nation auf dem Operationstisch.«

». . . wieder einmal hat *Amerika the Beautiful* eine Kugel in den Leib bekommen. Das Land liegt auf dem Operationstisch. Die Verblendeten Staaten von Amerika. Eine Kugel ist mächtiger als eine Million Stimmen . . .«

»Dies ist keine Demokratie, dies ist eine Pathologie. Ein Land, das davor zurückschreckt, seine kriminellen Elemente zu bestrafen, seinen Kindern Disziplin beizubringen und seine Unzurechnungsfähigen in geschlossenen Anstalten unterzubringen . . .«

»Der Präsident der USA wird in einem Versandhaus-Katalog gewählt und mit einer Flinte aus demselben Katalog wieder beseitigt . . .«

»Die Freiheit wird zum Freiwild erklärt. Das ›Recht‹, zu morden, gilt dieser Nation immer noch als unveräußerliches Grundrecht. Faulheit und Schmarotzertum gelten als Tugenden. Patriotismus ist eine Sünde, staatserhaltende Gesinnung ein Anachronismus. Gott ist unglaubwürdig, weil er über 30 ist. Jung-sein ist die einzige Religion — als sei es ein hart erkämpftes Privileg. ›Anstand‹, das sind schmutzige Füße und hochnäsige Verachtung jeder ehrlichen Arbeit. ›Liebe‹ ist etwas, das mit Penicillin behandelt werden muß. ›Liebe‹ ist es, wenn du einem nackten Jüngling mit giftigen Ottern im Haar eine Blume reichst, während deine Mutter mit gebrochenem Herzen im vereinsamten Heim sitzt. Man ›liebt‹ wildfremde Leute, aber nicht seine Eltern.«

»Ich bin altmodisch genug, Leute zu mögen, die saubere Vorhänge an ihren Fenstern haben, und nicht Leute, die in ›Buden‹ wohnen. Ich bin es leid, mir sagen zu lassen, ich müsse unkontrollierbaren Bösewichten ›Verständnis entgegenbringen‹. Erwartet man denn von einem Kanarienvogel, daß er für die Katze ›Verständnis‹ hat?«

»Die Verfassung war niemals als Deckmantel für allgemeine Degeneration gedacht. Es fängt an mit der öffentlichen Verbrennung der Flagge und endet mit der Einäscherung von Detroit. Man schafft für alle die Todesstrafe ab, nur nicht für Präsidentschaftskandidaten – und für Präsidenten . . .«

»Gottesmänner werden zu Anführern des Mobs. Wüste Schreie in der Nacht ersetzen die Nationalhymne. Amerikanische Bürger können sich nicht mehr ungefährdet in ihren eigenen Parks ergehen oder die öffentlichen Verkehrsmittel benutzen. Sie müssen sich in ihren Wohnungen verbarrikadieren . . .«

»›Laß Dich nicht unterkriegen, Amerika!‹ wird gerufen; aber der Ruf verhallt ungehört. Zeig die Zähne, wird gesagt. Drohe mit Vergeltungsschlägen. Der Löwe zeigt die Zähne, und die Hyänen ergreifen die Flucht. Ein feiges Tier dagegen liefert sich an Angreifer aus. Aber Amerika will nicht hören . . .«

». . . neurotische Studenten, mit den Füßen auf dem Tisch, den sie nicht einmal selbst zusammenzimmern könnten. Sie reißen Universitäten nieder und besitzen weder das Wissen noch die Fähigkeit, sie wieder aufzubauen . . .«

»Die Wurzel dieses ganzen Übels liegt in der Glorifizierung der ungewaschenen Taugenichtse, Landstreicher und arbeitsscheuen Elemente – üble arrogante Gäste, ungehobelte Schmarotzer an der edlen Tafel der Demokratie, die auch vor der Ungeheuerlichkeit nicht zurückschrecken, ihren bestürzten Gastgebern die Gedecke vor die Füße zu werfen . . .!« ». . . wir beten zum Allmächtigen, daß er unseren Heilkundigen helfen möge, Bobby Kennedy zu retten. – Wer wird Amerika retten?«

Wie gefällt euch dieser Typ? Eben. Das dachte ich mir auch. Eine miese Kreuzung aus Gartenlaube und Volksschulaufsatz. Sind Sie zufällig Müllkutscher? Machen Sie sich nichts daraus. Wie man sieht, gibt es angenehmere Jobs, die nicht halb so gut verrichtet werden.

Die Irren einsperren. Aber wer *ist* ein Irrer? Also läßt man die Koryphäen, die Seelendoktoren, die Untersuchungsausschüsse auf uns los, um herauszufinden, wo bei uns der Wurm drin ist. Wer eine Macke hat und wer nicht, wer recht hat und wer nicht. Und wer eine Macke hat, gehört in die Gummizelle. Aber von sechzig Zeitgenossen, die man auf der Straße

trifft, haben neunundfünfzig einen Schatten — industrielle Neurosen, keifende Ehefrauen, künstlich geschaffener Zwang zu Überstunden und Mehrkonsum, so daß sie keine Zeit finden, wieder zu sich zu kommen und sich klar zu werden, wer oder was sie eigentlich sind oder tun, und warum . . .
Und bald werden die Kommissionen ihre Berichte vorlegen; und wie die Armut & Hungersnot-Kommissionen, die zu berichten wußten, daß da unten ein paar armselige unterernährte Kanacken rumkrebsen, werden sie uns berichten, daß es auch welche gibt, die im Oberstübchen unterernährt sind. Und dann wird alles wieder in Vergessenheit geraten; bis zur nächsten ›Affekthandlung‹, und bis zur nächsten Stadt, die in Flammen aufgeht. Dann werden sie wieder zusammentreten, erneut ihre langweiligen Platitüden von sich geben, sich die Hände reiben und verschwinden wie ein Batzen Scheiße, wenn man die Spülung betätigt. Naja, schön wärs. Nur kommt das Gesocks immer wieder hoch. Und am hartnäckigsten sind die Psycho-Equilibristen, die darauf bestehen, uns ihre geistigen Eiertänze vorzuführen und uns zu der Erkenntnis zu bewegen, daß bei uns was schiefgegangen ist, weil unsere Mutter einen Klumpfuß hatte und der Vater Alkoholiker war und uns ein Huhn ins Maul geschissen hat, als wir 3 Jahre alt waren, und deshalb sind wir pervers oder schwul oder bedienen 8 Stunden am Tag eine Blechstanze. Während die simple Wahrheit ist, daß sich einige von uns elend fühlen, weil sie unter elenden Bedingungen leben müssen, und daß sich das ohne weiteres ändern ließe. Was man uns unter keinen Umständen zugeben will, ist, daß unsere Geisteskrüppel und unsere Amokläufer zwangsläufige Produkte unseres gegenwärtigen inhumanen gesellschaftlichen Klimas sind, unseres guten alten *American Way of Life and Death.*
Und es ist geradezu ein Wunder, daß man uns anderen den Psychopathen nicht schon an der Nase ansieht.
Aber Schluß mit den ernsten Betrachtungen; lassen wir diese Geschichte in einer etwas leichteren Tonart ausklingen. Ich war einmal unten in Santa Fé und saß mit einem Freund zusammen, der ein ziemlich renommierter Irrenarzt war, und während wir grad so schön am Klönen und Bechern waren, beugte ich mich über den Tisch und fragte ihn: »Jean, sag mir eins: bin ich verrückt? Also los, Baby, raus damit. Ich kann die Wahrheit vertragen.«
Er leerte in aller Ruhe sein Glas, setzte es auf den Tisch und

verkündete ungerührt: »Da wäre zuerst mal mein übliches Honorar fällig.«
Und da wußte ich wenigstens, wer von uns beiden eine Schraube locker hatte. Gouverneur Reagan und die Sportjournalisten von Los Angeles waren nicht mit von der Partie, und der zweite Kennedy war noch nicht einem Attentat zum Opfer gefallen. Aber während ich diesem übergeschnappten Seelen-Ingenieur gegenübersaß, kam mir die unheilvolle Gewißheit, daß es gar nicht gut um uns bestellt war und daß sich daran auch für ein paar weitere Jahrtausende nichts ändern würde.
So, mein Freund in deiner Army-Kluft, jetzt kannst du noch deinen Senf dazugeben . . .

»Es ist vorbei«, sagte er. »Die Toten haben gewonnen.«
»Die Toten haben gewonnen, haben gewonnen, haben gewonnen«, echote Moss.
»Weißt du, wer das Spiel heut abend gewonnen hat?« fragte Anderson.
»Keine Ahnung.«
Moss ging ans Fenster. Draußen sah er ein männliches amerikanisches Individuum vorbeigehen. Er rief aus dem Fenster: »He, wer hat das Spiel gewonnen?«
»Pirates. 3:2«, sagte der amerikanische Mensch.
Moss drehte sich zu Anderson um: »Hast du es mitgekriegt?«
»Yeh. Pirates. 3:2.«
»Ich frag mich, wer wohl das 9. Rennen gewonnen hat.«
»Weiß ich zufällig«, sagte Moss. »Spaceman II. 7/1.«
»Unter wem?«
»Garza.«
Sie knöpften sich wieder ihr Bier vor. Sie waren beide schon leicht hinüber.
»Die Toten haben gewonnen«, sagte Anderson.
»Ja doch. Leg mal 'ne neue Platte auf«, sagte Moss.
»Also gut: Ich brauch was fürs Bett, und zwar bald, sonst dreh ich durch.«
»Vergiß es. Der Preis ist immer zu hoch.«
»Weiß ich. Trotzdem geht mirs ständig nach. Ich fang an, irre Träume zu kriegen, in denen ich Hühner in den Arsch ficke.«
»Hühner? Geht denn das?«
»Wenn man träumt, geht alles.«

Sie suckelten an ihren Bierdosen. Zwei alte Heinis, Mitte Dreißig, die es zu nichts gebracht hatten. Anderson, verheiratet, wieder geschieden, 2 Kinder irgendwo. Moss, zweimal verheiratet und wieder geschieden, ein Kind irgendwo. Es war Samstagabend, im Apartment von Moss.

Anderson warf in hohem Bogen eine leere Dose durch die Luft. Sie landete in einem großen Papierkorb, in dem schon mehrere leere Dosen lagen. »Weißt du«, sagte er, »manche Männer verstehen es einfach nicht mit den Weibern. Ich zum Beispiel. Das Ganze ist eine schrecklich fade Angelegenheit, und wenn es rum ist, kommt man sich so richtig verladen und verarscht vor.«

»Soll das ein Witz sein?«

»Du weißt schon, was ich meine. Die ausgebeulten Schlüpfer neben dem Bett mit grad so nem leichten braunen Schatten von Scheiße dran, und SIE marschiert siegreich ab ins Badezimmer. Du liegst da und starrst an die Decke, mit diesem abgeschlafften Ding zwischen den Beinen, und fragst dich, was das alles eigentlich soll, und du weißt, daß du für den Rest des Abends ihr saudummes Gewäsch über dich ergehen lassen mußt... Ähm, sag mal, glaubst du, ich bin schwul oder so was?«

»Nee, Mann. Ich weiß schon, was du meinst. Weißt du, das erinnert mich an was, da war ich mal bei dieser Schnecke aufm Zimmer, hab sie eigentlich kaum gekannt, ein Freund hat mich irgendwie mit ihr zusammengebracht. Ich also rein mit ner Flasche unterm Arm, 'n Zehner für sie locker gemacht, alles prima. Nix mit romantischem Geflüster, Seelenverwandtschaft und solche Zicken. Ich roll also wieder von ihr runter und fühl mich ziemlich O. K., starre an die Decke, räkle mich und warte darauf, daß sie auf die Badezimmer-Tour geht. Und da langt sie doch weiß Gott unters Bett und holt einen Lappen vor und gibt ihn mir, damit ich mich abwische. Das hat mir wirklich den letzten Nerv geraubt, kann ich dir sagen. Der verdammte Lappen war schon ganz verkrustet. Aber gut, ich ließ mir nichts anmerken, spielte den Professionellen. Ich fand 'ne weiche Ecke an dem Lappen — was nicht leicht war — und wischte mich ab. Und dann hat *sie* den Lappen benutzt. Ich machte, daß ich rauskam. Und du kannst mich prüde nennen, wenn du willst, ist mir egal.«

Sie verstummten für eine Weile und widmeten sich ihrem Bier.

»Naja, wir wollen nicht ungerecht sein«, sagte Moss.
»Hnnn?« machte Anderson.
»Es gibt schon 'n paar dufte Weiber.«
»Hnnn?«
»Doch, wirklich. Ich meine, wenn alles richtig läuft. Ich hatte mal 'ne Freundin, na ich kann dir sagen . . . Zucker! Und keine Fisematenten, vonwegen Seele und so . . .«
»Und was ist mit der?«
»Gestorben. Noch ziemlich jung.«
»Hart.«
»Ja. Ich hab mich danach fast zu Tod gesoffen.«
Sie nahmen sich wieder ihr Bier vor.
»Wie kommt das eigentlich?« fragte Anderson.
»Was?«
»Daß wir fast in allem einer Meinung sind?«
»Das kommt, weil wir Freunde sind. Dieselben Erfahrungen, dieselben Vorurteile und so.«
»Moss und Anderson. Ein Duo. Wir sollten am Broadway auftreten.«
»Wir würden vor leeren Sitzen spielen.«
»Yeah.«
(Pause. Pause. Pause.) Dann:
»Das Bier wird immer beschissener. Ist bald nichts mehr dran kaputtzumachen.«
»Ywah. Garza. Bei Garza hatte ich nie Glück.«
»Hat eh nicht viel drauf.«
»Aber jetzt, wo Gonzales seine Krätze auskuriert hat, kommt er vielleicht wieder besser ins Rennen.«
»Gonzales. Der hat nicht genug in den Knochen. Läßt seine Pferde in der Kurve immer nach außen treiben.«
»Und dabei verdient er immer noch mehr als wir beide zusammen.«
»Kein Wunder.«
»Eben.«
Moss warf seine leere Dose in Richtung Papierkorb. Er warf daneben.
»Sport war nie meine Stärke«, sagte er. »Wenn ich dran denke, in der Schule, wenn sie da die Mannschaften aufgestellt haben, bin ich immer am Schluß drangekommen. Nach mir kam nur noch der Klassendepp. Winchell hieß er.«
»Und was ist aus Winchell geworden?«
»Großes Tier in der Stahlindustrie.«

»Mein Gott.«
»Willst du noch den Rest hören?«
»Meinetwegen.«
»Unser Primus. Harry Jenkins. Sitzt jetzt in San Quentin.«
»Mein Gott. Sind nun eigentlich die Richtigen im Knast oder die Falschen?«
»Sowohl als. Ist gehupft wie gesprungen.«
»Du hast doch auch mal gebrummt. Wie ist das eigentlich.«
»Kein Unterschied.«
»Wie meinst du das?«
»Naja, die gleiche verkackte Gesellschaft, draußen wie drinnen. Im Knast existiert die gleiche Klassengesellschaft wie draußen. Die Betrüger und Fälscher geben sich nicht mit den Autoknackern ab. Die Autoknacker wollen nichts mit Typen zu tun haben, die wegen Vergewaltigung sitzen. Und die halten sich wieder für was Besseres als die Exhibitionisten. Alles schön abgestuft, je nach Metier. Zum Beispiel: einer, der Pornofilme gedreht hat, rangiert ziemlich oben, aber einer, der sich ein bißchen an Kindern vergangen hat, weit unten.«
»Und wie stufst du sie ein?«
»Alle gleich: alle haben sich erwischen lassen.«
»All right, aber was für ein Unterschied ist dann zwischen einem, den sie verknackt haben, und einem Durchschnittsbürger auf der Straße?«
»Der Typ, der eingebuchtet wurde, ist in die Scheiße getreten, aber er hat wenigstens *versucht*, was zu drehen.«
»Also ich geb's auf. Trotzdem brauch ich jetzt was fürs Bett.«
Moss ging zum Kühlschrank und holte Nachschub. Er setzte sich und machte zwei Dosen auf.
»Ach ja, 'n Stück Weiberarsch«, sagte er. »Wir reden, als seien wir grad 15 geworden. Ich schaff's einfach nicht mehr, ich kann nicht dauernd über meinen Schatten springen, all diese kleinen Aufmerksamkeiten und Artigkeiten, diese ganze mühsame Vorarbeit, ich brings einfach nicht mehr. Manchen geht das anscheinend ganz leicht von der Hand. Wenn ich an Jimmy Davenport denke, meine Fresse, was für 'n triefäugiger kleiner Fatzke, aber die Damen sind reihenweise umgefallen, wenn er seine Schau abzog. Und hinterdrein ließ er immer die Sau raus. Wenn er mit ihnen fertig war, ging er immer an ihren Kühlschrank und pißte ihnen in die Salatschüsseln oder in die Milchtüten oder was weiß ich, was ihm grad unter den Hammer kam. Er fand das sehr witzig. Und

die Alte kam aus den Federn gekrochen und kuschelte sich an ihn und die Augen gingen ihr über aus Liebe zu diesem drekkigen Arsch. Manchmal nahm er mich mit und zeigte mir, wie er's machte, und ab und zu ließ er mich auch mal ran, deshalb weiß ichs, weil ichs ja selber miterlebt hab. Es scheint, als ob grad die besten Weiber sich immer an die größten Scheißkerle hängen. Oder hab ich 'n Sehfehler?«

»Nee, Mann, du hast vollkommen recht. Die Weiber fallen immer auf den rein, der ihnen den größten Eiertanz vormacht.«

»Also, angenommen, das stimmt: geht dabei nicht das Naturgesetz in die Binsen? – daß sich die Starken immer nur mit den Starken paaren? Was für eine Gesellschaft soll denn dabei rauskommen?«

»Die Natur hat eben andere Gesetze als die Gesellschaft. Wir haben eine *un*natürliche Gesellschaft. Deshalb hängen wir ja auch mit einem Bein immer in der Hölle. Die Weiber merken instinktiv, daß die Windmacher in dieser Gesellschaft am ehesten überleben, deshalb geben sie denen den Vorzug.«

»Dann meinst du also, daß uns die Weiber an den Rand des Untergangs gebracht haben?«

»Das Wort dafür ist Misogyniker.«

»Und Jimmy Davenport ist der König.«

»Der König der Pisser. Die große grüne Möse hat uns verraten und ihre Atom-Eier liegen rings um uns herum, ganze Berge davon . . .«

»Mit einem Wort: Misogynie.«

Moss hob seine Bierdose:

»Auf Jimmy Davenport!«

Anderson hob seine:

»Auf Jimmy Davenport!«

Sie leerten ihre Dosen.

Moss machte die beiden nächsten auf. »Zwei einsame alte Männer, die den Ladies die Schuld anhängen . . .«

»Was sind wir doch für lausige Ärsche«, sagte Anderson.

»Yeah.«

»Hör mal, kennst du nicht zufällig ein paar Weiber hier in der Gegend?«

»Schon möglich.« »Warum versuchst du's nicht mal?«

»Du bist wirklich nicht mehr zu retten«, sagte Moss. Dann ging er ans Telefon und wählte eine Nummer.

Er wartete.

»Shareen?« sagte er. »Oh yeah, Shareen ... Lou ... Lou Moss ... erinnerst du dich nicht? Die Party in der Katella Avenue. Bei Lou Brinson ... 'ne ziemliche Nacht. Natürlich, ich *weiß*, daß ich gemein war ... aber wir haben's dann doch noch miteinander getrieben, nicht? Erinnerst du dich? Ich hab dich immer gemocht. Es ist dein Gesicht, glaub ich ... so *klassisch* irgendwie. Nee. Nur 'n paar Bierchen. Wie gehts Mary Lou? Mary Lou ist 'ne sehr nette Person. Ich hab 'n Freund hier ... was? Er ist Dozent für Philosophie in Harvard. Ehrlich. Aber sonst 'n ganz prima Bursche. Ich *weiß*, daß Harvard 'n juristisches Dings ist, aber es springen noch immer so 'n paar Immanuel Kants rum, noch von früher und so ... Was? Ein 65er Chevvy. Grad die letzte Rate bezahlt. Wann? Sag mal, hast du noch das grüne Kleid mit diesem scharfen Gürtel, der immer so da unten rum hängt? Nein, ganz ehrlich. Sehr sexy. Wirklich fabelhaft. Ich träum immer von dir, und von Hühnern, die ich ... Was? Nur 'n Scherz. Also was ist mit Mary Lou? O. K. Fein. Aber sag ihr, dieser Junge ist sehr gehemmt. Gescheites Haus, aber schüchtern und so ... oh, 'ne entfernter Cousin. Maryland. Was? Aber ja, ich hab 'ne sehr *einflußreiche* Familie! Ah, was du nicht sagst ... Na, jetzt machst *du* aber einen kleinen Scherz! Jedenfalls, er ist grad zu Besuch und ... Aber nein, *natürlich* ist er Junggeselle! Warum sollte ich dir was vormachen? Nein, also ich muß immer an dich denken – dieser Gürtel, der da so tief runterhängt – ich weiß, es klingt zickig – Klasse, du bist wirklich Klasse. Klar, mit Radio und Heizung. Am Strip? Nicht mehr viel, nur noch paar junge Schnösel da. Warum komm ich nicht einfach zu euch rüber und bring 'ne Flasche mit? ... all right, sorry. Nein, ich hab *nicht* sagen wollen, daß du alt bist. Herrgott, du kennst mich doch. Ich und mein loses Mundwerk. Nee, ich mußte auswärts, sonst hätt ich mal angerufen. Wie alt? 32, aber er sieht viel jünger aus. Er hat 'n Stipendium gekriegt, glaub ich, und geht bald nach Europa. Nach Heidelberg, als Gastdozent. Nee, ehrlich. Wann? All right, Shareen. Bis dann, Schatz.«
Moss hängte auf. Setzte sich. Langte nach seinem Bier.
»Wir haben noch eine Stunde, um unsere Freiheit zu genießen, Professor.«
»Eine Stunde?« fragte Anderson.
»Eine Stunde. Die beiden müssen sich noch die Mösen pudern und all diesen Kram. Du kennst das ja.«

»Auf Jimmy Davenport!« sagte der Professor aus Harvard.
»Auf Jimmy Davenport!« sagte der Mann von der Blechstanze.
Sie kippten ihre Dosen.

Das Telefon läutete.
Er saß auf dem Teppich. Er zog den ganzen Apparat an der Leitung zu sich herunter. Dann las er den Hörer vom Boden auf. Er hörte ein Geräusch.
»Hallo?« sagte er.
»McCuller!«
»Yowp?«
»Es sind jetzt schon drei Tage.«
»Seit wann?«
»Seit Sie zum letztenmal zur Arbeit erschienen sind.«
»Ich baue mir einen Leydener Krug.«
»Was ist denn das?«
»Ein Apparat, der statische Elektrizität speichert. 1746 von Cuneus von Leyden erfunden.«
Er hängte auf und warf das Telefon durchs Zimmer. Er trank sein Bier aus und hockte sich aufs Klo. Er schiß, zog sich die Hosen wieder hoch und kam singend herausmarschiert.
»DA DA!« sang er
»DA DA
DA DA DA DA!«
Herb Alpert's T. Brass. Gefiel ihm. So diese säuerliche Melancholie.
»RA DA
RA DA
RA DA DA DA – – –«
Er setzte sich in der Mitte des Zimmers auf den Teppich, und da saß seine 3 1/2jährige Tochter. Er furzte.
»HEY! Du hast GEFURZT!« sagte sie.
»DENK MAL AN!« sagte er.
Sie lachte.
»Fred«, sagte sie.
»Yowp?«
»Ich muß dir was sagen.«
»Schieß los.«
»Mama hamse all solche Scheiße aus dem Arsch gezogen.«

»Ja?«
»Ja. Diese Leute haben ihr mit den Fingern in den Arsch gelangt und lauter so Scheiße rausgepuhlt.«
»Wie kommst du denn auf solche Geschichten, du weißt doch ganz genau, daß das nicht stimmt.«
»Doch, es stimmt, es *stimmt*, ich habs *gesehn!*«
»Geh, hol mir 'n Bier.«
»O. K.«
Sie rannte ins andere Zimmer.
»RA DA«,
sang er,
»RA DA
RA DA
RA DA DA DA!«
Die Kleine kam mit dem Bier zurück.
»Sweetheart«, sagte er, »ich möchte dir was sagen.«
»All right.«
»Die Schmerzen sind inzwischen *fast* total. Wenn sie ganz total sind, werd ichs nicht mehr lang machen.«
»Warum wirst du nicht blau wie ich?« fragte sie.
»Ich bin doch schon blau.«
»Warum wirst du nicht blau wie ich und die Blumen?«
»Ich werds versuchen.«
»Tanzen wir auf den ›Mann von La Mancha‹!« sagte sie.
Er legte die Platte auf. Sie tanzten. Er eins-achtzig und sie ein Drittel oder ein Viertel davon. Sie tanzten, jeder für sich, jeder mit seinen eigenen Bewegungen.
Die Platte lief aus.
»Marty hat mich gehauen«, sagte sie.
»Was?«
»Ja, Marty und Mama ham sich in der Küche gedrückt und geküßt und ich hab Durst gehabt und hab Marty gefragt, ob ich ein Glas Wasser haben kann und Marty wollte mir's nicht geben und dann hab ich geheult und dann hat mich Marty gehauen.«
»Geh, hol mir doch 'n Bier.« »Ein Bier! Bier!«
Er stand auf, ging in die Ecke, hob das Telefon auf und legte den Hörer auf die Gabel zurück. Es läutete.
»Mr. McCuller?«
»Ywop?«
»Ihre Versicherung ist abgelaufen. Der neue Satz ist $ 248 pro Jahr und ist im voraus zu entrichten. Sie haben drei Ein-

tragungen in der Verkehrssünder-Kartei. Jede Überschreitung wird von uns gleichrangig mit einem Verkehrsunfall behandelt . . .«
»Blödsinn.«
»Wie bitte?«
»Ein Unfall kostet *euch* Geld, eine sogenannte Überschreitung kostet *mich* Geld. Und die Verkehrsbullen, die uns vor uns selber schützen sollen, müssen ein Tagessoll von 16 bis 30 Strafzetteln erfüllen, damit sie ihre Einfamilienhäuser und ihre neuen Wagen abbezahlen können, und Klamotten und Ohrringe anschaffen können für ihre drittklassigen Weiber. Erzählen Sie mir also hier keinen Mist. Außerdem hab ich überhaupt keinen Wagen mehr zu versichern. Ich hab meine Karre letzte Nacht im Hafen versenkt. Nur eins tut mir leid . . .« »Und das wäre?«
»Daß ich nicht in der Kiste war, als sie unterging.«
McCuller hängte auf und ließ sich von seiner Tochter ein neues Bier reichen.
»Kleiner Spatz«, sagte er. »Auf daß es dir im Leben mal besser geht als mir.«
»Ich hab dich gern, Freddie«, sagte sie.
Sie versuchte ihn zu umarmen, aber ihre Arme reichten nicht einmal halb um seinen Bauch.
»Ich drück dich! Ich hab dich gern! Ich drück dich!«
»Ich hab dich auch gern, kleiner Spatz.«
Er hob sie hoch und drückte sie an sich.
»Mann, Mann, was für 'ne komische Welt«, sagte er.
Sie setzten sich wieder auf den Teppich und spielten ›Build A City‹. Sie stritten sich gerade darüber, wo die Eisenbahnschienen sein sollten und wer darauf fahren durfte, als die Türklingel ging. Er stand auf und ging zur Tür und machte auf; seine Tochter schaute an ihm vorbei und sah die beiden draußen im Flur.
»Mama! Marty!«
»Hol deine Sachen, Sweety. Es ist Zeit.«
»Ich will bei Freddy bleiben!«
»Ich hab gesagt, hol deine Sachen!«
»Aber ich will bei Freddy bleiben!«
»Ich sag dirs nicht nochmal, hol jetzt deine Sachen oder es gibt einen auf'n Po!«
»Freddy, sag *du* ihnen, daß ich hierbleiben will!«
»Sie will hierbleiben.«

»Du hast schon wieder 'n Schlag, Freddie. Wie oft *soll* ich dir noch sagen, du sollst nicht trinken, wenn das Kind dabei ist!«
»Ach was, du bist ja selber besoffen!«
»Sieh dich vor, Freddie«, sagte Marty, während er sich eine Zigarette ansteckte. »Ich hab dich sowieso noch nie leiden können. Ich hab schon immer den leisen Verdacht gehabt, daß du halb schwul bist.«
»Nett von dir, daß du mir mal sagst, was du wirklich denkst.«
»Jedenfalls, sieh dich vor, Freddie, und verkneif dir diese Beleidigungen. Oder ich lackier dir den Arsch ...«
»Augenblick. Ich muß dir was zeigen.«
Freddie ging in die Küche und kam singend wieder heraus:
»RA DA
RA DA
RA DA DA DA!«
Marty sah das Fleischmesser. »Nun sag bloß nicht, daß du mich mit *dem* Ding das Fürchten lehren willst. Paß auf, daß ich dir nicht den Arsch damit ramponiere!«
»Ah ja? Aber was ich dir sagen wollte: die Tante von der Telefongesellschaft rief mich an und sagte, sie würden mir das Telefon abstellen, weil ich die letzten Rechnungen nicht bezahlt hab. Ich hab ihr gesagt, daß ich sie krumm und lahm ficken möchte.«
»Na und?«
»Ich wollte damit sagen, daß auch *mir* mal der Kragen platzen kann.«
Freddie machte eine blitzschnelle Bewegung. Als Marty zurücktaumelte, war ihm die Klinge bereits vier- oder fünfmal über die Kehle gezischt.
»Um Gottes willen ... bring mich nicht um, bitte bring mich nicht um!«
Er krachte hinunter auf den Treppenabsatz.
Freddie ging zurück ins Zimmer, schmiß das Messer in den Kamin und setzte sich wieder zu seiner Tochter auf den Teppich.
»Jetzt können wir weiterspielen«, sagte sie.
»Klar.«
»Autos dürfen nicht auf die Schienen.«
»Ganz meiner Meinung. Die Polente würde uns sonst verhaften.«

»Und wir wollen nicht, daß uns die Polente verhaftet, nicht?«
»Mhm.«
»Marty is ganz voller Blut, nicht?«
»Sieht mir ganz danach aus.«
»Sind wir daraus gemacht?«
»So ziemlich.«
»Was so ziemlich?«
»Na eben Blut und Knochen und Schmerzen.«
Sie saßen da und spielten ›Build A City‹. Man hörte die Sirenen. Eine Ambulanz, die zu spät kam. Drei Überfallwagen. Eine weiße Katze strich an Marty vorbei, roch kurz an ihm und verschwand mit einem Satz. Eine einsame Ameise kroch über seine linke Schuhsohle.
»Freddie.«
»Was ist?«
»Ich muß dir was sagen.«
»Ja?«
»Diese Leute haben Mama in den Arsch gelangt und haben ihr lauter Scheiße rausgeholt mit ihren Fingern ...«
»O. K. Ich glaub dir's.«
»Wo ist Mama jetzt?«
»Ich weiß nicht.«
Mama rannte unten die Straße rauf und runter und erzählte es all den Zeitungsjungen und Verkäufern und Kellnern und Deppen und Sadisten und Halbstarken auf Motorrädern und abgemusterten Matrosen und Gammlern und Schnorrern, und so weiter, und so weiter, und der Himmel war blau und das Brot sauber in Zellophan verpackt, und das erste Mal seit Jahren war Leben in ihren Augen, echtes, herrliches, sprühendes Leben. Aber der Tod war eine langweilige Sache. So langweilig, daß sich nicht einmal Katzen und Ameisen damit aufhielten.

Die Flüsse führen Hochwasser, eine elektrische Spannung liegt in der Luft, den Lehrern rutscht immer häufiger die Hand aus, und die Würmer fressen sich durchs Korn; die MGs werden in Stellung gebracht, und die Bäuche sind weiß, und die Bäuche sind schwarz, und die Bäuche sind Bäuche. Der ganze repressive Automatismus läuft auf Hochtouren; auf wahllosen Opfern wird wahllos herumgedroschen; Gerichtssäle sind Aufnahmestudios, in denen der letzte Akt zuerst gedreht wird, und alles was davor kommt ist nichts als Vaudeville. Menschen werden in Hinterzimmern verhört, und wenn sie wieder herauskommen, sind sie nur noch halbe Menschen oder gar keine mehr. Einige setzen ihre Hoffnung auf einen Umsturz, doch wenn sie ihre Revolution gemacht und eine neue Regierung eingesetzt haben, stellt sich heraus, daß es dieselbe alte Chimäre ist, nur hat sie sich eine neue Maske aufgesetzt.

Die Bullen von Chicago machten einen Fehler, als sie einigen Reportern unserer großen Zeitungen eins überzogen – der Schlag auf den Hinterkopf mochte immerhin einige nachdenklich stimmen; und bei den großen Zeitungen hat man sich das Nachdenken seit 1917 abgewöhnt – wenn man von der ehemaligen New York Times und einigen Ausgaben des Christian Science Monitor absieht. Man kann Open City den Prozeß machen, weil auf ihren Seiten ein alltäglicher Teil der menschlichen Anatomie abgebildet ist, aber wenn man den Leitartikler eines Blattes mit Millionenauflage in den Arsch tritt, muß man sich darauf gefaßt machen, daß er anfängt, die Wahrheit zu schreiben – und nicht nur über Chicago – und sich einen alten Gummi drum schert, ob sich das auf den Anzeigenteil auswirkt oder nicht. Er braucht nur noch einen einzigen Leitartikel durchbringen, bevor er gefeuert wird – das würde schon reichen, um eine Million Leser zum Nachdenken zu bringen; und wer weiß, was für Folgen das haben könnte.

Aber die Daumenschrauben sitzen zu fest. Und die Wahl zwischen Nixon und Humphrey läuft auf das gleiche hinaus, als wenn man uns beim Mittagessen die Wahl zwischen kalter und aufgewärmter Scheiße läßt.

Es sieht wirklich nicht sehr danach aus, als stünden die Zeichen auf Veränderung. Die Geschichte mit Prag hat vielen einen Dämpfer aufgesetzt, die Ungarn schon wieder vergessen hatten. Und in den Parks hängen sie nach wie vor herum mit ihren Che Guevara Plakaten und mit Castro-Ansteckern am Jackett und rennen hinter Allen Ginsberg, Jean Genet und William Burroughs her und machen auf OOOOOOOMMMM OOOOOOOOMM wie importierte indische Heilige. Diese Schriftsteller gehen auf die Straße, und eine Meute von Idioten hängt sich an sie und kaut ihnen ihren geistigen Schwanz ab. Schreiben funktioniert nur, wenn man mit seiner Schreibmaschine ALLEIN ist. Ich habe genug Fabriken, Bordelle, Zuchthäuser, Bars und Seifenkistenredner erlebt, genug für die Lebzeiten von hundert Zeitgenossen. Einer, der auf die Straße geht, *nachdem* er einen großen Namen hat, macht sichs leicht – und muß damit rechnen, daß es schief geht. Thomas und Behan haben sie kleingekriegt mit ihrer LIEBE, ihrem Whisky, ihrer abgöttischen Verehrung und ihren einladend gespreizten Beinen; und ein halbes Hundert weitere haben sie fast so weit gekriegt. WENN DU VON DEINER SCHREIBMASCHINE AUFSTEHST, LEGST DU DEINE MASCHINENPISTOLE AUS DER HAND UND LÄSST DEN RATTEN FREIEN LAUF. Als Camus anfing, vor den verstaubten Geistern der Akademien Reden zu halten, ging seine Schriftstellerei den Bach runter. Und was ihn umbrachte, war kein Autounfall.

Wenn ein paar meiner Freunde fragen: »Warum machst du nicht mal eine öffentliche Lesung, Bukowski?«, sind sie immer ganz perplex, wenn ich sage: »Nicht mit mir, Baby.«

Also haben wir Chicago, also haben wir Prag, und es hat sich nichts geändert. Natürlich wäre mir Cleaver als Präsident auch lieber als Nixon, aber das will nicht viel heißen. Eins muß diesen gottverdammten Revolutionären noch klar werden, die mir ständig auf die Bude rücken und mein Bier saufen und mir den Kühlschrank leerfressen und mir die rosigen Schenkel ihrer Weiber vorführen: daß sich erst mal in den Köpfen ein neues Bewußtsein etablieren muß, und daß es nicht reicht, wenn man einem eine neue Regierung über den Kopf stülpt wie einen neuen Hut und darauf hofft, daß sich dann auch in der Rübe, die darunter steckt, etwas tut. Und solange sich bei dem Betreffenden die wesentliche Sorge auf das konzentriert, was sich zwei Stockwerke tiefer abspielt, wird auch ein kompletter Satz Dizzie-Gillespie-Platten nichts ändern.

Vor ein paar Tagen saß einer bei mir im Zimmer auf dem Teppich und verkündete:

»Ich werd die ganze Kanalisation sabotieren. Die ganze Stadt wird von Scheiße überschwemmt sein.«

Na, der Junge hatte an dem Abend bereits so viel Scheiße geredet, darunter hätte man nicht nur Los Angeles, sondern die ganze Gegend bis rauf nach Pasadena begraben können.

Und dann sagte er: »Hast du noch 'n Bier, Bukowski?«

Und die Mieze, die er dabei hatte, schlug ihre Beine übereinander und ließ dabei ein Stück rosa Unterwäsche aufblitzen; da stand ich eben auf und brachte dem Kerl noch ein Bier.

Revolution. Das klingt so romantisch. Ist es aber nicht. Es ist Blut, Härte und Wahnsinn. Es bedeutet gewöhnlich, daß eine ganze Reihe von Jungs draufgehen, bloß weil sie in die Mühle geraten sind ohne zu wissen, was eigentlich läuft. Oder daß dein Weib ein Bajonett in den Bauch gerammt kriegt und einen Schwanz in den Arsch, während du zusehen darfst. Und daß Männer, die früher mit Begeisterung Mickey-Mouse-Hefte gelesen haben, einander Streichhölzer unter die Daumennägel treiben. Bevor man sich darauf einläßt, sollte man sich vielleicht klar werden, wohin und wozu einen die Begeisterung eigentlich treiben soll, und was davon noch übrig sein wird, wenn die Sache gelaufen ist.

Ich bin nicht mit Dostojewski der Meinung, à la *Schuld und Sühne,* daß keiner das Recht hat, einem anderen das Leben zu nehmen. Tatsache ist, daß man uns in so und so vielen Fällen das Leben nimmt, ohne auch nur einen Schuß abzufeuern. Auch ich habe mich für einen miesen Stundenlohn auspowern lassen, während der Bonze in seinem Boudoir in Beverly Hills die Vierzehnjährigen reihenweise entjungfert hat. Ich habe erlebt, daß Männer gefeuert wurden, weil sie fünf Minuten zu lang auf dem Scheißhaus gesessen haben. Ich habe Sachen gesehen, über die ich nicht mal reden will. Aber bevor man eine Sache beseitigt, sollte man etwas Besseres an ihre Stelle zu setzen haben. Jedenfalls etwas Besseres als politische Latrinenparolen und Haßtiraden in Parks und öffentlichen Plätzen.

Und außer diesem emotionalen Gefasel ist bisher nichts zu hören gewesen. Keine Spur von einem realistischen Konzept, keine Spur von Anführern, die wenigstens untereinander einig sind; nicht ein Hauch von Gewißheit, daß der Revolution *nicht* wie gehabt der Verrat an der gemeinsamen Sache folgen wird. Ich bin für Gewaltanwendung, wenn es keine andere Lösung mehr gibt (und es gibt keine andere mehr), aber bevor ich einen umlege, will ich *sicher* sein, daß man mir nicht wieder ein ähnliches Kaliber an seine Stelle setzt. Auf die Tour haben wir bereits einen ansehnlichen Teil Geschichte verspielt, wie ein Haufen besoffener Würfelspieler im Männerklo unserer Stammkneipe an der Ecke.

O. K., es ist eine Sache, von Revolution zu faseln, während man einem anderen das Bier wegsäuft und mit einer 16jährigen Ausreißerin aus Grand Rapids durch die Gegend walzt; oder während man 3 international bekannten Rattenfängern

in den Indischen Ozean folgt. Eine andere Sache ist es, die Show tatsächlich über die Bühne zu bringen.
1870–71 haben sie in den Straßen von Paris 20 000 umgelegt, die Straßen schwammen förmlich in Blut, und die Ratten kamen hervor und machten sich über die Leichen her; und die Bürger, ausgehungert, abgerissen und kirre, die Bürger kamen heraus und machten sich über die Ratten her. Und was ist Paris heute? Und mein Besucher auf dem Teppich gibt seinen braunen Senf dazu und grient in die Runde. Naja, er ist erst 20 und liest zuviele Gedichte. Und Lyrik ist nichts als ein nasser Lumpen im Spülbecken.
Und dann ›Pot‹. Ständig nennen sie Pot in einem Atemzug mit Revolution. Aber *so* gut ist Pot eben auch wieder nicht; und wenn es morgen legal wäre, Pot zu rauchen, würden 50 % dieser Leute das Interesse daran verlieren. Und wenn Sodomie nicht mehr unter Strafe gestellt wäre, würden all diese Truthähne plötzlich umsonst mit dem Hintern wackeln.
Was wäre also zu tun? Eine ganze Reihe von Dingen. Zunächst würde man einmal mit dem Brauch aufräumen müssen, derart *fiese* Visagen als Präsidentschaftskandidaten zu nominieren. Zweitens müßte mit den Museen etwas geschehen. Nichts ist so deprimierend und *verstunken* wie ein Museum. Und man fragt sich fast, warum der Prozentsatz an 3jährigen Mädchen, die in den Museen von frustrierten Zeitgenossen angefallen werden, nicht *noch* höher ist. In jeder Etage müßte also eine Bar sein; das allein würde schon die laufenden Ausgaben decken und möglicherweise auch noch die Restaurierung diverser Kunstwerke und des Säbelzahntigers, dem ständig das Sägemehl aus dem Arsch läuft. Als nächstes würde ich auf jeder Etage eine Rock Band, eine Swing Band und ein Sinfonieorchester installieren; plus drei oder vier gutaussehende Weiber, die nichts als rumzulaufen und gut auszusehen hätten. Mit anderen Worten, zum *Sehen* und Lernen bedarf es erst mal einer geeigneten Atmosphäre, d. h. der Stall muß die richtigen *Vibrations* ausstrahlen. So wie es jetzt ist, werfen die Leute einen flüchtigen Blick auf das lädierte Hinterteil des Säbelzahntigers und drücken sich daran vorbei, etwas peinlich berührt und leicht gelangweilt.
Wie aber, wenn nun ein Typ mit seiner Alten ankommt, jeder einen scharfen Drink in der Hand, und sie begucken sich den Säbelzahn, und er sagt: »Ver-dammt, schau dir bloß diese Beißerchen an! Fast wie 'n Elefant, hm?«

Und sie haucht: »Honey, ich bin schon ganz geil. Gehn wir heim und schieben ein Nümmerchen!«
Und er sagt: »Mo-ment! Erst muß ich aber noch runter in die Halle und mir diese 1917er Spad ansehn. Es heißt, daß Eddie Rickenbacker sie selber geflogen hat. Siebzehn Fritzen damit vom Himmel geholt. Außerdem sollen die PINK FLOYD da unten spielen.«
Unsere Revolutionäre dagegen würden das Museum einfach niederbrennen, damit wären für sie alle Probleme geritzt. Sie würden ihre eigene Großmutter abbrennen, wenn sie nicht schnell genug Leine ziehen würde. Und *dann* würden sie ankommen und fragen, wo denn hier der Wasserhahn ist und ob hier jemand ist, der mal schnell 'n Blinddarm operieren kann, oder jemand, der was gegen die Irren tut, die ihnen bei Nacht die Hälse durchschneiden wollen. Und dann würden sie mit Schmerzen feststellen, wieviele Ratten es in einer Stadt gibt – nicht die in Menschengestalt, sondern die richtigen –, und daß die Ratten die letzten sind, wenn es ans Ersaufen, Verbrennen und Verhungern geht. Die Ratten sind die wahren Revolutionäre; die gehen ganz pragmatisch vor, schon seit Jahrtausenden. Die Ratten, das ist der *wahre* Underground. Sie interessieren sich nicht für deinen Arsch, es sei denn, er hat die letzten Zuckungen schon hinter sich. Und auf indische Litaneien fallen sie auch nicht herein.
Ich will damit nicht sagen: schmeißt den Löffel fort und gebt auf. Auch mir liegt etwas am Fortbestand des wahren menschlichen Geistes. Nur laßt euch nicht verladen von den Jungs, die so zündende Reden halten und euch dann mit vier hartgesottenen Bullen und acht oder neun Typen von der Nationalgarde allein lassen. Die Schreier, die euch für die große Konfrontation präparieren, lassen sich gewöhnlich nicht mehr blicken, wenn die Schießerei losgeht. Sie wollen am Leben bleiben, damit sie ihre Memoiren schreiben können.
Und unweigerlich stoßen zu den revolutionären Varietékünstlern auch die Propagandisten von der Abteilung Religion. Was Wunder, daß man bei diesem siamesischen Zwilling nicht mehr weiß, was vorne und hinten ist. Früher, da war die religiöse Masche noch in kompetenten Händen. Ich meine nicht die Kirchen – das war schon immer eine müde Angelegenheit –, sondern die kleinen weißgestrichenen Buden an der Straße. Mann, ging es da rund. Ich hockte mich nachts immer rein, nachdem ich aus sämtlichen Bars geflogen war, und hörte

zu. Es war allemal besser als nach Hause gehen und sich einen runterholen. Am besten florierte der Schwindel in Los Angeles, dicht gefolgt von New York und Philadelphia. Wahre Künstler waren das, diese Prediger. Ich bin ziemlich abgebrüht, aber die Burschen brachten mich fast so weit, daß ich mich in ekstatischer Verzückung auf dem Boden wälzte. Und man sah, daß die Typen selber noch gegen ihren letzten Kater ankämpften, ihre blutunterlaufenen Augen traten ihnen aus dem Kopf, und sie kreischten sich die Lunge aus dem Leib, bis sie wieder die nötigen Moneten für eine Flasche Fusel oder eine Nutte oder was weiß ich zusammen hatten.

Inzwischen hat die Sache ziemlich gelitten; der liebe Gott vergaß, die Miete zu bezahlen oder die nächste Flasche auszufahren, und unter derart widrigen Arbeitsbedingungen baut man rapide ab. Gott fing an zu passen, und das Warten fällt einem schwer, wenn einem der Bauch bis in die Kniekehlen hängt, die Seele den großen Katzenjammer hat, die Lebenserwartung knapp 55 Jahre beträgt und man sich vergegenwärtigt, daß Gott sich zum letztenmal vor 2000 Jahren hat blicken lassen, und selbst da zeigte er nur ein paar billige Jahrmarktsnummern, ließ sich von einem Genossen reinlegen und machte spontan den Schirm wieder zu.

Gott hat seinen Platz im Apfelbaum geräumt, die Schlange und die Möse von Eden eingepackt, und jetzt sitzt Karl Marx oben und wirft mit den goldenen Äpfeln um sich.

Wenn es zum Kampf kommt – wovon ich überzeugt bin; und dem verdanken wir unsere Van Goghs und Mahlers, unsere Gillespies und Charly Parkers – dann ist, was die Anführer angeht, Vorsicht am Platz, und bei dem einen oder anderen möglicherweise die Frage erlaubt, ob er, statt die Shell-Tankstelle an der Ecke abzubrennen, nicht vielleicht doch lieber im Aufsichtsrat von General Motors säße. Und wir fragen uns vielleicht, ob auch unser Dubcek nur noch als halber Mann aus der Kälte zurückkommen wird ...

Die Foyers der ›Schönen Künste‹ und die Nester der ›Revolutionäre‹ quellen über von unvorstellbaren verlausten Nieten, die ihren Kummer darüber, daß sie weder einen Job als Tellerwäscher finden noch dem Cézanne das Wasser reichen können, in Coca Cola ersäufen. Und in ihrem Innern herrscht die gleiche gähnende Leere wie in den Schokoladenhasen, die wir an Ostern unseren Kindern andrehen.

Aber, alt wie ich bin, kann ich doch noch mit Befriedigung

registrieren, DASS DER KLEINE MANN JETZT DEN KANAL VOLL HAT UND NICHT LÄNGER MIT SICH SCHLITTEN FAHREN LÄSST. Man kann es überall beobachten; in Prag und in Watts, in Ungarn und Vietnam. Es ist mehr als ein Auflehnen gegen die jeweilige Regierungsform. Es ist viel elementarer: Menschen, die sich nicht länger verarschen lassen von einer Weißen Weihnacht à la Bing Crosby und von gefärbten Ostereiern, die man vor den Kindern versteckt, damit sich die Kleinen erst mal ABRACKERN müssen, um die Scheißdinger zu finden. Ein elementares Unbehagen; und mir ist wohl dabei, ich schöpfe wieder Hoffnung. Die Jungen haben endlich angefangen, sich über gewisse Dinge Gedanken zu machen und verstehen es mehr und mehr, sich mit ihren Vorstellungen durchzusetzen. Ihre Sprecher nehmen das Risiko einer exponierten Stellung auf sich und werden der Reihe nach umgelegt. Aber die verhärteten Alten merken, daß ihnen der Teppich langsam aber sicher unter den Füßen weggezogen wird. Sie müssen sich darauf gefaßt machen, daß sie sehr bald von einer Revolution abserviert werden, die sich in Form von ganz gewöhnlichen Wahlen abspielt. Vorausgesetzt, daß man ihnen überhaupt noch soviel Zeit läßt. Das ist eigentlich unser Dilemma, Jungs: entweder wir machen zu langsam und gehen dabei drauf; oder wir machen zu schnell und gehen dabei drauf ...
Naja, ich laß das mal so stehen. Langsam kriege ich Zerfallserscheinungen, ich werde müde, ich frage mich, wozu ich mir den Mund fusselig rede, ich hoffe, daß das alles doch irgendwie einen Zusammenhang ergibt, der Kopf sackt mir auf die Maschine, ich höre auf, warte auf morgen. Vielleicht komme ich aus der Tür und latsche auf eine Tellermine? Wen kümmert das schon. Hoffentlich kommt dann ein paar Lesern wenigstens das Mittagessen hoch ...

Kommt so das Ende? Der Tod aus sämtlichen Nasenlöchern der Nacht? Wie billig. Was für ein Plagiat. Und wie brutal. Ein Klumpen rohes, stinkendes Hackfleisch, das jemand hat liegen lassen.
Er kotzte sich aufs Hemd; zu schwach, um den Kopf auf die Seite zu drehen.
Sie hatten ihn gewarnt. Nie Pillen und Whisky durcheinander. Und weiß Gott, sie hatten recht behalten.

Er spürte, wie seine Seele unter ihm wegrutschte. Er fühlte, wie sie verkehrtherum dahing, wie eine Katze, und mit den Hinterbeinen krampfhaft nach einem Halt suchte.
Motherfucker, komm zurück! sagte er.
Seine Seele lachte, du hast mich lang genug gestriezt, Baby. Jetzt bin ich dran.
Es war ungefähr drei Uhr morgens.
Das Sterben kümmerte ihn weniger, eher schon die losen Enden, die vielen kleinen unerledigten Dinge, die nun für immer unerledigt bleiben würden – eine vierjährige Tochter irgendwo in einem Hippie-Camp in Arizona; Strümpfe und Unterhosen auf dem Boden, verschimmeltes Geschirr im Spülbecken; unbezahlte Rechnungen für Autoreparaturen, Gas, Strom, Telefon; und ein Teil von ihm, verschollen in ungewaschenen Mösen von einem halben Hundert Nutten, auf Fahnenmasten und Feuerleitern, in baufälligen leeren Wohnungen, im Kommunionsunterricht, auf Schiffen und in Gefängniszellen, in abgerissenen, vermoderten Verbänden, im Klo runtergespült; Spuren seines Ich, die an weggeworfenen Weckern klebten, an weggeworfenen Schuhen, Frauen, Freunden . . .
Es war einfach ein Jammer. Wer konnte den Blues blasen so wie er wirklich war? Niemand. Das war es. Niemand konnte es. Man konnte es nur immer wieder versuchen, und das Scheitern und die Verzweiflung wuchsen, und es gab keinen Weg zurück.
Er würgte wieder, übergab sich und lag wieder still. Er konnte die Grillen hören, draußen in Hollywood, entlang dem Sunset Boulevard. Ich hab verspielt, mein Gott, ich hab alles verspielt, dachte er.
Yeah, Brother, hast verspielt, sagte seine Seele.
Er hatte das Ende aller Roßkuren erreicht. Er brachte nichts mehr runter, kein Bier, keine Pillen, nicht mal Wasser. Nichts mehr. Es gab kein Pot mehr, kein Hasch, keine Liebe, keinen Windhauch, keinen Sound – nur noch das Zirpen der Grillen. Nichts mehr zu hoffen. Und er hatte nicht einmal ein Streichholz, um die Bude in Brand zu stecken.
Und es wurde schlimmer.
Eine Melodie begann ihm durch den Kopf zu gehen und sich zu wiederholen, immer dieselbe Melodie:
»Schaff lieber noch einen Dollar an, Mr. Businessman, solang du noch kannst . . .«

Ah ja. Und immer wieder dieselbe Leier:
»Schaff lieber noch einen Dollar an, Mr. Businessman ...«
»Schaff lieber noch einen Dollar ...«
»Schaff lieber noch ...«
»Schaff lieber ...«
Mit letzter Energie, die irgendwo aus den wahnsinnigen Echos des Raums zu kommen schien (Wer kann den wahren Blues blasen? Niemand.), langte er hoch und machte die kleine Lampe über seinem Kopf an, es war nur noch eine nackte Glühbirne, der Schirm war längst abgerissen (Wer kann ihn blasen, diesen Blues?), und er hob eine Ansichtskarte vom Boden auf, die er vor einigen Tagen in seinem Briefkasten gefunden hatte, und las:
»Lieber Buk: wir grüßen dich aus der Ferne und heben ein deutsches Helles und einen Klaren auf dein Wohl und gedenken deiner Säuferseele hinter den heimeligen Butzenscheiben des ...«
Ein paar aufdringliche vollgefressene Typen, die gedankenlos in ihrem Glück aus zweiter Hand dahindämmerten. Die nachlässig hingeschmierten Zeilen verhedderten sich vor seinen Augen.
Eine Andeutung, daß man am nächsten Tag nach England aufbrechen werde. Gedichte, die sich langsam einstellten. Zu fett gegessen und bei der Stadtrundfahrt den Bus vollgekotzt.
»Wir halten Sie für den größten Dichter seit Eliot.«
Unterzeichnet von einem Herrn Professor und seinem Lieblingsschüler. Nur seit Eliot? Das war nicht weit her. Als ob er nicht all diesen einfallslosen Geistern demonstriert hätte, was es heißt, wieder Gedichte zu schreiben, die so voller Energie und Leben waren, daß sie leuchteten und schwitzten und stanken; und jetzt machten diese Leute eine Vergnügungsreise durch Europa und holten sich gegenseitig einen runter in ihrem Erste-Klasse-Abteil, während er in seinem schäbigen Loch auf der Skid Row von Hollywood am Abkratzen war.
»Schaff lieber noch einen Dollar an, Mr. Businessman ... solang du noch kannst ...«
Er warf die Karte auf den Boden. Es war doch alles egal. Wenn er wenigstens noch ein bißchen Selbstmitleid empfinden könnte oder sich in einen gesunden Wutanfall hineinsteigern könnte. Aber es war alles trocken und leer in ihm, und es kam ihm vor, als sei es nie anders gewesen.

Vor zwei Jahren hatten die Professoren angefangen, ihm die Tür einzurennen. Sie wollten herausfinden, wie er dazu kam, solche enormen Dinge von sich zu geben. Was hätte er ihnen schon sagen sollen. Sie waren alle gleich – so richtig gepflegt und adrett, auf eine beinahe weibische Art, mit langen Beinen, die sie zierlich schlenkerten, und großen, rosigen Schaufensteraugen. Und wenn sie erst den Mund aufmachten, tat es ihm leid, daß er sie überhaupt reingelassen hatte. Sie waren nichts als noble ästhetische Eierköpfe einer zerfallenden Struktur, die vor lauter süßem Eierschnee im Hirn nicht merkten, daß schon der ganze Dachstuhl in Flammen stand.
»Schaff lieber noch einen Dollar an, Mr. Businessman . . .«
Was war mit all der Härte in seinen Gedichten? Scheiße, er war mürbe und weich – jeder war es, wenn man genau hinsah. Sein ganzes Leben hatte er den harten Burschen rausgekehrt, aber diese Härte war nur ein Vorwand, ein verlogener Schutzwall. Er saß in einer lächerlichen beschissenen Falle, die er sich selbst gebaut hatte.
Er wälzte sich aus dem Bett. Es kostete ihn eine übermenschliche Anstrengung. Im Flur kam es ihm wieder hoch, grüngelbes schleimiges Zeug und etwas Blut. Er schwitzte und fror abwechselnd. Seine Füße schleppten schwer über die Dielen, als gehörten sie einem Gummielefanten. Flump, flump, flump. Und da (er blinzelte in das Licht einer Glühbirne) hing das stöhnende, angsterfüllte Auge des Konfuzius über seinem letzten Drink.
Blas mir einer den Blues – – –
Er tastete sich ins Wohnzimmer vor . . .
»Hey, Mr. Businessman . . .«
peilte einen Sessel an, verfehlte ihn, krachte auf den Fußboden und brach in irres Gelächter aus . . . Vor ihm stand das Telefon.
So enden also die Einzelgänger, dachte er. Irgendwo im Dunkeln. Allein mit sich selbst und der Welt. Als Einzelgänger sollte man sich *beizeiten* darauf einstellen.
All die starken Gedichte helfen jetzt nicht mehr. Auch nicht all die Frauen, die ich aufgetan hab. Und die, die ich nicht geschafft hab, erst recht nicht. Was ich jetzt brauche, ist einer, der mir groß und sicher den Blues vorträgt und sagt, ich *weiß*, worum es geht. Junge, nimm es ganz in dich auf, und dann leg dich hin und laß alles gehen.
Er sah das Telefon an. Er überlegte und überlegte. Wen sollte er anrufen; wer würde ihm jetzt die richtigen Worte sagen,

die ihm den Rest leicht machten. Er ging sie der Reihe nach durch, die wenigen von den Milliarden, die paar Leute, die er kannte.
Aber er wußte, es war zu früh am Morgen; kaum die passende Zeit für einen Sterbenden, um seine Freunde zu behelligen. Es wäre ungeschickt, sie würden wahrscheinlich denken, er mache Spaß oder sei besoffen oder verrückt, und er könnte es ihnen nicht einmal übelnehmen. Jeder war abgeschnitten, abgehängt, isoliert in seiner eigenen kleinen Zelle. Hey, Mr. Businessman ...
Motherfuck!
Wer immer dieses Spiel erfunden hatte, er hatte sich einen sauberen, glatten Trick ausgedacht. Gut, nennen wir ihn Gott. Er war längst fällig für einen Blattschuß. Aber der raffinierte Bruder ließ sich nie richtig anvisieren. Das Zeitalter der Mörder hatte bisher den größten Halunken ausgespart. Seinen Sohn hätten sie damals fast gekriegt, aber er ging ihnen durch die Lappen und wir schlitterten weiter über die verkotzten Fliesen unseres Badezimmers. Der Heilige Geist war der gerissenste von den Dreien, er ließ sich überhaupt nie blicken. Er lehnte sich einfach bequem zurück und wichste, bis er schwarz wurde.
Seine Seele schlenderte aus dem Schlafzimmer mit einer leeren Dose Bier in der Hand. »Nur noch mal die Stimme deiner kleinen Tochter hören, damit du in Frieden abkratzen kannst, hm? Du mieser, sentimentaler Waschlappen! Deine kleine Tochter versumpft irgendwo in einem Hippie-Camp, während ihre Mutter irgendeinem Idioten an den Eiern fummelt! Na, wie schmeckt das? Schnall ab und schluck's runter, du lapprige Nummer!«
». . . you need love, you need love, love will get you in the end, my friend!«
Liebe, was? Und mich am Ende kriegen?
Der große Preßlufthammer Tod. Yeah.
Er fing an zu lachen, brach ab, würgte wieder einen Klumpen Kotze aus. Mehr Blut dieses Mal. Fast nur Blut.
Er schleppte sich hinüber zur Couch.
». . . you need love, you need love . . .«
Naja, dachte er, wenigstens haben sie 'ne andere Platte aufgelegt.
Das Sterben war nicht so einfach, wie er es sich vorgestellt hatte. Überall Blut, die Vorhänge zugezogen, draußen mach-

ten sich die Leute fertig für die Arbeit. Einmal, als er sich herumwälzte, fiel sein Blick auf das Bücherregal, da standen all seine Gedichtbände – und er fühlte, wie alles umsonst gewesen war. Er hatte versagt, das reichte nicht einmal zurück bis Eliot, nicht einmal bis gestern früh. Er hatte verspielt wie ein leichtsinniger Affe, der vom Baum fällt und im Maul des Tigers landet.

Es machte nichts, und den Blues mochte blasen, wer wollte, es war ihm egal. Satchmo, go home. Schostakowitsch mit deiner Fünften, vergiß es. Peter Tschaik, hast dich mit einem runtergekommenen Sopran in die Nesseln gesetzt und nebenher noch 'ne Lesbierin unterhalten, wie man hört . . . vergiß es. Wir haben alle nach der großen Nummer gehangelt, und alle haben wir versagt – als Schwanzlutscher, als Maler, Ärzte, Zuhälter, Green Berets, Tellerwäscher, Zahnklempner, Trapezkünstler und Birnenpflücker. Jeder an sein eigenes Kreuz genagelt. Und jeder röhrte seinen eigenen Blues.

»You need love, you need love . . .«

Er stand auf und ging zum Fenster, zog die Vorhänge zur Seite, die beschissenen Dinger waren total verrottet, er hielt nur noch ein paar Fetzen in der Hand. Auch die Sonne war alt und ausgelaugt; sie schien auf dieselben müden Blumen und dieselben verbrauchten jungen Mädchen.

Er sah zu, wie die Leute zur Arbeit gingen. Er war genauso gescheit oder behämmert wie immer.

Er ließ sich wieder auf die gemietete Couch fallen, und für einen Augenblick war es *seine* Couch.

Nach all dem Trouble war nichts weiter dabei.

Er starb.

Der kleine verkrüppelte Schneider saß immer da und nähte und hatte gute Laune. Nur wenn seine Alte auftauchte und an der Tür schellte, verließ ihn seine gute Laune. »Mach auf, ich hab dir saure Sahne mitgebracht«, rief sie zu ihm hinein.

»Hau ab, du stinkst mir!« schrie er. »Ich scheiß auf deinen verdammten Rahm!«

»Äääääh!« machte sie. »Du und dein verstunkener Laden! – Schaff doch wenigstens mal deinen Müll raus!« Und weg war sie wieder.

Der Schneider legte einen Finger an die Nase und dachte einen

Augenblick nach. Ah ja – die drei Leichen. Das war es. Eine lag in der Küche vor dem Gasherd. Eine weitere hing steif im Wandschrank an einem Kleiderhaken. Und die dritte saß in halb aufrechter Position in der Badewanne, so daß gerade noch der Kopf über dem Rand sichtbar war. Langsam stellten sich immer mehr Fliegen ein, und das war unangenehm. Die Fliegen schienen sich außerordentlich wohl zu fühlen, sie berauschten sich förmlich an dem Verwesungsgeruch, und wenn er mit der Fliegenpatsche nach ihnen schlug, wurden sie wütend und fielen über ihn her. Also ließ er sie einfach in Ruhe.
Er setzte sich wieder an seine Arbeit, und wieder klingelte es. Sieht so aus, als ob ich heut ums Verrecken nicht zum Nähen komme, dachte er.
Es war sein Freund Harry.
»Hallo, Harry.«
»Hallo, Jack.«
Harry kam rein. »Wo kommt denn der Gestank her?«
»Leichen.«
»Leichen? Soll das ein Witz sein?«
»Nö. Schau dich doch um.«
Harry ging seiner Nase nach und fand den in der Küche, dann den im Wandschrank und den in der Badewanne. »Warum hast du die umgebracht? Bist du übergeschnappt? Was wirst du denn jetzt tun? Warum schaffst du sie nicht weg und versteckst sie irgendwo? Hast du nicht mehr alle Tassen im Schrank? Warum hast du sie denn umgebracht? Warum rufst du nicht die Polizei? Bist du denn von allen guten Geistern verlassen? Mann, dieser GESTANK! Hör mal, komm mir ja nicht zu nahe! Was soll denn jetzt werden? Was zum Teufel läuft hier eigentlich? UHHH! DIESER GESTANK! MIR DREHT SICH DER MAGEN UM!«
Jack arbeitete ungerührt weiter. Er nähte und nähte und nähte. Es war, als ob er sich dahinter verstecken wollte.
»Jack, ich ruf jetzt die Polizei an.«
Harry ging in Richtung Telefon, merkte aber plötzlich, wie es ihm hochkam. Er rannte ins Bad und kotzte in die Kloschüssel, grad neben dem Kopf der Leiche in der Wanne.
Er kam wieder heraus und langte nach dem Telefon. Er stellte fest, daß man die Sprechmuschel abschrauben und seinen Penis in die Öffnung schieben konnte. Er schob ihn darin vor und zurück, und es tat gut. Sehr gut sogar. Als er fertig war,

hängte er den Hörer ein, zog seinen Reißverschluß wieder hoch und setzte sich zu Jack.
»Jack, bist du meschugge?«
»Becky sagt, sie hält mich für 'n klinischen Fall. Sie will mich ins Irrenhaus stecken.«
Becky war seine Tochter.
»Weiß sie über die Leichen Bescheid?«
»Noch nicht. Sie ist gerade geschäftlich in New York. Sie arbeitet als Einkäufer für'n großes Kaufhaus. Guter Job. Bin stolz auf das Mädchen.«
»Und Maria? Weiß sie es?«
Maria war Jacks Frau.
»Maria weiß von nichts. Sie kommt nicht mehr her. Seit sie den Job in der Großbäckerei hat, denkt sie, sie is was Besseres. Sie lebt jetzt mit 'ner andern Frau zusammen. Manchmal denk ich, sie hat'n leichten Stich ins Lesbische.«
»Na, jedenfalls, ich brings nicht fertig, dir die Polente auf 'n Hals zu hetzen. Du mußt selber mit der Geschichte fertig werden. Aber kannst du mir nicht wenigstens sagen, warum du diese Leute umgebracht hast?«
»Ich hatte was gegen sie.«
»Aber man kann doch Leute, gegen die man was hat, nicht einfach umlegen!«
»Es gab halt *zu viel*, was mir an ihnen nicht gepaßt hat.«
»Jack?«
»Hm?«
»Willst du mal ans Telefon?«
»Wenn du nichts dagegen hast.«
»Is ja schließlich dein Telefon, Jack.«
Jack stand auf und zog seinen Reißverschluß runter. Er steckte seinen Penis in den Hörer. Er schob ihn vor und zurück, und es fühlte sich gut an. Als er fertig war, zog er seinen Reißverschluß hoch, setzte sich wieder hin und nähte weiter. In diesem Augenblick läutete das Telefon. Er ging hin und nahm den Hörer ab.
»Oh, hallo Becky! Nett, daß du anrufst! Danke gut, und dir? Ah ja, das kommt, weil wir die Sprechkapsel abgeschraubt haben. Harry und ich. Harry ist grad hier. Was is mit Harry? Glaubst du wirklich? Ich finde, er ist in Ordnung. Nichts weiter. Bin am Nähen, wie immer. Harry is auf 'n Sprung vorbeigekommen. Ziemlich trüber Nachmittag. Wirklich trübselig. Keine Sonne, nix. Alle Leute ham heute häßliche Gesichter.

Oh ja, ich fühl mich O. K. Wirklich. Nee, noch nicht. Aber ich hab 'n gefrorenen Hummer im Eisschrank. Bin einfach verrückt auf Hummer. Nee, hab sie schon 'ne Weile nicht mehr gesehn. Spielt die feine Dame und so. Ja, ich werd's ihr ausrichten. Keine Sorge. Goodbye, Becky.«

Jack legte auf, setzte sich hin und fing wieder an zu nähen.

»Weißt du«, sagte Harry, »das erinnert mich an was. Früher – ver*dammte* Fliegen! Bin ich denn schon am *Verschimmeln?!* – als junger Mann hatte ich mal 'n Job, ich und dieser andere Junge. Als Leichenwäscher. Manchmal kriegten wir richtig gut aussehende Weiber rein. Einmal kam ich zur Arbeit, und Mickey, das war der andere, war grad dabei, über so eine drüberzusteigen.« »Mickey«, sag ich, »was MACHST du denn da? Du solltest dich was SCHÄMEN!« Er guckte mich bloß so von der Seite an und machte weiter.

Als er von ihr runterkletterte, sagte er: »Harry, ich hab schon mindestens 'n Dutzend von denen gepimpert. Gar nicht schlecht. Versuch's mal. Wirst sehn ...!« »Nee, danke!« hab ich gesagt. Einmal, als ich 'ne wirklich schicke Tante am Waschen war, hab ich 'n bißchen Stinkfinger bei ihr gemacht. Aber zu mehr konnt ich mich nicht aufraffen.«

Jack bosselte weiter an seiner Näharbeit.

»Glaubst du, daß du's mal mit einer versucht hättest, Jack?«

»Ach Gott, was weiß ich. Woher soll ich das wissen?«

Er nähte. Nach einer Weile sagte er: »Hör zu, Harry, ich hab 'ne harte Woche hinter mir. Ich muß was essen und mich dann 'n bißchen aufs Ohr legen. Ich hab 'n Hummer im Eisschrank. Aber ich bin komisch, ich bin gern allein beim Essen. Schmeckt mir nicht, wenn mir jemand dabei zusieht. Ja?«

»Ja ... möchtest du, daß ich gehe? Du scheinst 'n bißchen durcheinander zu sein. Na, O. K. Ich mach mich dünne ...«

Harry stand auf.

»Mußt nicht beleidigt sein, Harry. Wir sind doch Freunde. Wollen es auch bleiben, nicht? Wir sind doch alte Freunde.«

»Klar. Seit 33. Das waren noch Zeiten! FDR. Die NRA. Die WPA. Aber wir haben's durchgestanden. Die Jungs von heut, die haben doch einfach keine Ahnung, wie das war.«

»Kann man wohl sagen.«

»Na denn ..., Goodbye, Jack.«

»Goodbye, Harry.«

Jack ging mit Harry zur Tür, machte ihm auf, sah ihm zu,

wie er wegging. Immer noch dieselben alten, zerbeulten Hosen. Der Bursche lief rum wie 'n Lumpensammler.
Dann ging Jack in seine Küche, holte den Hummer aus dem Gefrierfach und fing an, die Anleitung zu lesen. Die machten immer so konfuse Anleitungen. Dann kam ihm die Leiche vor dem Herd in die Quere. Er würde sie beiseite schaffen müssen. Das Blut unter dem Körper war längst getrocknet und bildete einen harten Belag auf dem Fußboden. Die Sonne kam nun doch noch durch die Wolken, es war später Nachmittag, ging schon auf den Abend zu, und der Himmel wurde rötlich, und etwas von dem rötlichen Licht kam durchs Küchenfenster. Man konnte fast verfolgen, wie es sich hereintastete, ganz langsam, wie ein riesiger Schneckenfühler. Die Leiche lag mit dem Gesicht nach unten, und unter ihr, merkwürdig verrenkt, kam der rechte Arm an der Seite heraus, so daß die Handfläche nach oben zeigte. Der rötliche Schneckenfühler ruhte genau auf der Handfläche, so daß sie leicht rosa schimmerte. Das fiel Jack auf. Es sah so unschuldig aus. Nichts als eine Hand, eine einsame rosa Hand auf dem Fußboden. Fast wie eine Blume. Für einen Augenblick hatte Jack den Eindruck, daß sie sich bewegte. Nein, sie hatte sich nicht bewegt. Eine rosa Hand. Nur eine Hand. Eine unschuldige Hand. Jack stand unbeweglich da und sah sie an. Dann setzte er sich auf einen Stuhl, den Hummer auf dem Schoß, und schaute auf die Hand. Und dann fing er an zu weinen. Er legte den Hummer auf den Boden, warf sich über den Tisch, den Kopf in den Armen vergraben, und schluchzte. Er weinte eine lange Zeit. Er weinte wie eine Frau. Er weinte wie ein kleines Kind. Er weinte wie Gott weiß was. Dann ging er ins andere Zimmer und hob den Hörer ab.
»Vermittlung, geben Sie mir die Polizei. Ja, ich weiß, daß es komisch klingt; das Mundstück ist abgeschraubt. Aber ich möchte trotzdem, daß Sie mich mit der Polizei verbinden.«
Jack wartete.
»Ja? Also, hören Sie zu, ich hab einen Mann umgebracht! Was sag ich einen Mann? DREI MÄNNER! Im Ernst, *ja,* das ist mein Ernst! Ich möchte, daß Sie kommen und mich holen. Und daß Sie die Leichen abholen. Ich bin wahnsinnig. Ich hab den Verstand verloren. Ich weiß nicht, wie es passiert ist. Was?«
Jack gab ihnen seine Adresse.
»Was? Das kommt, weil das Mundstück nicht mehr dran ist. Ich hab's abgemacht. Ich hab das Telefon gepimpert.«

Der Beamte am anderen Ende redete aufgeregt weiter, aber Jack legte auf. Er ging zurück in die Küche, setzte sich wieder an den Tisch und vergrub den Kopf in den Armen. Er heulte nicht mehr. Er saß einfach da, das rötliche Licht war verschwunden, die Sonne war weg, es wurde dunkel, er dachte an Becky, und dann dachte er daran, sich umzubringen, und schließlich dachte er an gar nichts mehr. Der tiefgekühlte südafrikanische Hummer taute langsam zwischen seinen Füßen. Er kam nicht mehr dazu, ihn zu essen. Ich hatte mir eines Abends leicht einen angetrunken und kriegte Besuch von dem Kerl, der ein paar von meinen Büchern veröffentlicht hat, und er fragte mich: »Bukowski, hast du Lust, mit rüber zu L . . . zu gehen?«

L . . . war ein berühmter Schriftsteller. Seine Bücher waren in alle möglichen Sprachen übersetzt. Diverse Stipendien, Ehen, Mätressen, Preise, Romane, Gedichtbände, Kurzgeschichten, Europa-Aufenthalte, sogar Gemälde-Ausstellungen, was man nur wollte.

»Nee, Scheiße«, sagte ich zu Jensen, »der Kerl langweilt mich.«

»Aber das sagst du bei jedem.«

»Na und? Stimmt ja auch.«

Jensen setzte sich hin und sah mich an. Jensen liebte es, dazusitzen und mich anzustarren. Er konnte einfach nicht verstehen, weshalb ich so blöd war.

»Er möchte dich kennenlernen. Er hat von dir *gehört.*«

»So, hat er? Und ich hab von ihm gehört.«

»Du würdest dich wundern, wie viele Leute schon von dir gehört haben. Grad kürzlich war ich bei N. A. zum Abendessen, und sie hat gesagt, daß sie dich gern mal zum Essen einladen möchte. Sie hat L . . . während seiner Zeit in Europa gekannt.«

»Was du nicht sagst.«

»Und beide waren gute Bekannte von Artaud.«

»Ah ja, und sie wollte Artaud nicht an ihren Arsch ranlassen.«

»Stimmt.«

»Kann man ihr nicht verdenken. Ich hätt ihn auch nicht rangelassen.«

»Tu mir einen Gefallen. Geh mal mit rüber zu ihm.«

»Artaud?«

»Nee, L . . .«

Ich leerte mein Glas.
»Na schön, gehn wir.«
Es war eine lange Fahrt von den Slums zu L's Haus. Und was für ein Haus. Jensen rammte den Wagen die Einfahrt hoch, und die war so lang und breit wie 'ne Autobahnauffahrt.
»Ist das der Mensch, der ständig jammert, wie *arm* er dran ist?«
»Na immerhin soll er dem Finanzamt 85 000 schulden . . .«
»Arme Sau.«
Wir stiegen aus dem Wagen. Es war ein dreistöckiges Haus. Auf der Veranda stand eine gepolsterte Schaukel, und in der Schaukel lag eine 250-Dollar-Guitarre. Ein riesiger Schäferhund kam angerannt, fletschte die Zähne, Schaum vor dem Mund. Ich wehrte ihn so gut es ging mit der Guitarre ab, während Jensen die Türklingel betätigte.
Ein Guckloch öffnete sich in der Tür und eine gelbe, runzlige Visage sagte: »Wer ist da?«
»Bukowski und Jensen.«
»Wer?«
»Bukowski und Jensen.«
»Die Herrschaften sind mir nicht bekannt.«
Der Schäferhund machte einen Satz und es gelang mir, seine Flugbahn durch einen Schlag mit der Guitarre zu ändern, aber als er wieder auf den Beinen landete, schüttelte er sich nur kurz und machte sich zum nächsten Sprung bereit, das Fell im Nacken gesträubt und die dreckigen, gelben Zähne in meine Richtung gebleckt.
»Bukowski. Der Autor von ›ALL THE DAMN TIME, SCREAMING IN THE RAIN‹. Und ich bin Hilliard Jensen. NEW MOUNTAIN PRESS.«
Der Schäferhund gab ein letztes wütendes Knurren von sich, ehe er wieder zum Sprung ansetzte, als ich L's Stimme hinter mir hörte:
»Oh, Poopoo, laß das!«
Poopoo entspannte sich ein wenig.
»Brav, Poopoo«, sagte ich. »Brav, Poopoo.«
Poopoo schielte mich an. Er wußte, daß ich log. Der alte L hielt die Tür auf.
»Also. Kommen Sie herein«, sagte er.
Ich warf die zerdepperte Guitarre in die Schaukel und wir gingen rein. Das Wohnzimmer hatte die Maße einer Tiefgarage.

»Setzen Sie sich«, sagte L. Ich griff mir den nächsten Stuhl und pflanzte mich hin.
»Ich geb dem Establishment noch ein Jahr«, sagte L. »Den Leuten sind langsam die Augen aufgegangen. Wir werden den ganzen verkackten Laden bis auf die Grundmauern niederbrennen.«
L schnalzte mit den Fingern. »Es wird verschwinden . . .« (SNAP!) »Einfach so! Ein neues und besseres Leben wird kommen, für uns alle!«
»Wie wärs mit was zu trinken?« fragte ich.
L läutete eine kleine Glocke neben seinem Lehnstuhl. »MARLOWE!« brüllte er.
Dann sah er mich an. »Ich habe Ihr letztes Buch gelesen, Mr. Meade.«
»Irrtum«, sagte ich. »Ich bin Bukowski.«
Er wandte sich an Jensen. »Dann sind also *Sie* Taylor Meade! Verzeihen Sie mir!«
»Nein, nein, ich bin Jensen. Hilliard Jensen. NEW MOUNTAIN.«
Betretenes Schweigen. Ein Japaner in schwarzen Pluderhosen und weißem Jackett kam hereingetrabt, verbeugte sich und zog ein Lächeln auf, als ob er uns eines Tages alle um die Ecke bringen wollte.
»Marlowe, du Saftneger, diese Herren möchten was trinken. Nimm ihre Wünsche entgegen und bediene sie *umgehend*, oder ich versohle dir den Arsch!«
Merkwürdig: L's Gesicht sah aus, als habe es nie Schmerzen gekannt. Es war faltig und zerfurcht, aber die Falten sahen irgendwie unecht aus, als seien sie aufgemalt oder aufgeklebt. Merkwürdige Visage. Gelb. Kahl. Winzige Knopfaugen. Auf den ersten Blick ein unbedeutendes, nichtssagendes Gesicht. Wie war es nur möglich, daß er all *das* geschrieben hatte? ›Oh, Mack hatte einen großen Schwanz! Oh, Mack hatte den größten Schwanz von allen! Was für einen Schwanz er hatte! Mack hatte den größten Schwanz in der ganzen Stadt, den größten westlich des Mississippi. Alles redete über Macks Schwanz. Oh, Mack hatte einen großen Schwanz . . .‹ usw. In Sachen Stil machte ihm so leicht keiner was vor.
Marlowe brachte die Drinks, und das muß ich Marlowe lassen: er machte die Gläser voll und sparte mit dem Wasser. Er stellte sie vor uns hin und trabte wieder hinaus. Sein Hintern wackelte unter den dünnen Seidenhosen.

L hatte schon einen sitzen gehabt, als wir ankamen. Er schüttete wieder ein Glas in sich hinein. Ein Whisky-Soda-Typ.
»Ich werde mich immer an dieses Hotel in Paris erinnern. Wir waren alle da. Kaja, Hal Norse, Burroughs ... die bedeutendsten literarischen Köpfe unserer Generation.«
»Haben Sie den Eindruck, daß das Ihrer Arbeit förderlich war, Mr. L?« fragte ich.
Es war eine blöde Frage. Er schaute mich strafend an und schenkte mir schließlich ein kleines Lächeln. »Alles ist meiner Arbeit förderlich.«
Dann saßen wir einfach schweigend da, führten unsere Gläser zum Mund und starrten einander an. In regelmäßigen Abständen läutete L die Glocke, und Marlowe brachte Nachschub.
»Marlowe«, sagte L schließlich, »übersetzt Edna St. Vincent Millay ins Japanische.«
»Wunderbar«, sagte Jensen von der NEW MOUNTAIN.
Ich kann nicht sehen, was daran so wunderbar sein soll, wenn einer Edna St. Vincent Millay ins Japanische übersetzt, dachte ich.
»Ich vermag nicht zu sehen, was daran so wunderbar sein soll, wenn einer Edna St. Vincent Millay ins Japanische übersetzt«, sagte L.
»Nun ja, Millay ist schon ein bißchen passé, aber was ist mit der neueren Lyrik?« fragte der Mann von NEW MOUNTAIN.
Zuviel jugendlicher Überschwang, zu schnell hingemotzt, und sie geben zu schnell auf, dachte ich.
»Keine bleibenden Werte«, sagte der alte L.
Ich weiß nicht. Keiner redete mehr was. Im Grunde konnten wir uns nicht ausstehen. Marlowe servierte weitere Drinks. Ich hatte das Gefühl, daß ich in einer unterirdischen Höhle saß oder in einem Film, der keinen Sinn ergab. Nichts als eine Abfolge beziehungsloser Einstellungen. Gegen Ende stand L auf und versetzte Marlowe einen harten Schlag. Ich wußte nicht, was es zu bedeuten hatte. Sex? Langeweile? Oder nur eine Marotte? Marlowe grinste und flüchtete sich wieder in den Schoß der Millay.
»Keiner soll mein Haus betreten, der nicht alles Licht und allen Schatten ertragen kann«, sagte L.
»Schau her, Mann«, sagte ich, »du hast nichts als Scheiße im Hirn. Ich hab mich nie für deinen Kram begeistern können.«
»Und ich hab nie was für deinen Kram übrig gehabt, Meade«,

sagte der Alte. »Diese ewige Leier von wegen Filmstars abkauen und so. Das kann doch jeder. Das ist nichts Besonderes.«
»Kanns aber manchmal sein«, sagte ich. »Außerdem bin ich nicht Meade.«
Der alte Macker stand auf und wankte auf mich zu mit seinen Ausgaben in 18 verschiedenen Sprachen.
»Willst du pampig werden oder pimpern?« fragte er.
»Pimpern«, sagte ich.
»MARLOWE!« brüllte L.
Marlowe trottete herein und L schrie ihn an: »DRINKS!« Ich hatte FAST damit gerechnet, daß er Marlowe auffordern würde, für mich die Hosen runterzulassen . . . Aber ich sah nur noch Marlowes wackelnden Hintern durch die Küchentür verschwinden.
Wir setzten uns zur nächsten Runde. »Einfach so!« (SNAP!) sagte L. »Und das Establishment ist im Eimer! Wir sägen sie alle ab!«
Dann fiel sein Kopf nach vorn und er war erledigt.
»Gehn wir«, sagte Jensen.
»Augenblick«, sagte ich. Ich ging rüber zu dem Alten und fing an, ihn zu filzen.
»Was machst du denn da?« fragte Jensen.
»Alles ist meiner Arbeit förderlich«, sagte ich. »Und dieser Typ hier ist gestopft.«
Ich fand seine Brieftasche, steckte sie ein und sagte: »Gehn wer.«
»Das hättest du nicht tun sollen«, sagte Jensen, während wir zur Tür gingen.
Mein Arm wurde nach hinten gerissen und auf meinem Rükken hochgedreht.
»Wir lassen ALLE GELD HIER, BEVOR WIR GEHEN. ZU EHREN VON MR. L!« sagte der Übersetzer von E. V. Millay.
»Du brichst mir den verdammten Arm, du schlitzäugiges Aas!«
»WIR LASSEN ALLE GELD HIER! EHREN VON MR. L!« brüllte er.
»Tret ihm eine rein, Jensen! SCHLAG IHN ZUSAMMEN! SCHAFF MIR DIESEN GELBEN ARSCH VOM HALS!«
»Dein Freund langt mich an, dein Arm ist ZERBROCHEN!«
»Also schön, nimm die Brieftasche. Zum Teufel damit! Ich krieg sowieso noch 'n Scheck von GROVE PRESS.«
Er nahm L's Brieftasche und ließ sie auf den Boden fallen.

Dann nahm er *meine* heraus und ließ sie auf den Boden fallen.
»Hey, MOMENT MAL! Wie kommst du dazu? Bist du vielleicht ein krankhafter Kleptomane?«
»WIR LASSEN ALLE GELD HIER! EHREN VON MR. L!«
»Nicht zu fassen. Das ist ja schlimmer als im Bordell.«
»Jetzt. Sag deinem Freund. Er laßt seine Brieftasche fallen auf dem Boden oder ich brech dein Arm!«
Marlowe bog mir den Arm ein bißchen weiter nach oben, um mir einen Vorgeschmack zu geben.
»Jensen! Deine Brieftasche! SCHMEISS SIE HIN!«
Jensen ließ seine Brieftasche fallen. Marlowe ließ meinen Arm los. Ich schnellte herum. Ich konnte nur noch einen Arm gebrauchen.
»Jensen?« fragte ich.
Er sah Marlowe an. »Nee«, sagte er.
Ich schaute zurück zu dem alten Mann, der in seinem Lehnstuhl vor sich hindöste. Er schien ein leichtes Lächeln auf den Lippen zu haben. Wir machten die Haustür auf und gingen raus.
»Brav, Poopoo«, sagte ich.
»Brav, Poopoo«, sagte Jensen.
Wir stiegen ins Auto.
»Hast du noch jemand, den du heut abend mit mir besuchen willst?« fragte ich.
»Well, ich hatte an Anais Nin gedacht.«
»Vergiß es. Ich glaub nicht, daß ich sie noch verkraften könnte.«
Jensen bugsierte den Wagen aus der Einfahrt. Ein Abend wie jeder andere. Ein warmer kalifornischer Abend. Wir kamen auf den Pico Boulevard und Jensen ging auf östlichen Kurs. Ich konnte es nicht mehr erwarten, bis die verdammte Revolution endlich ausbrach.

»Red«, sagte ich zu dem Jungen, »für die Weiber hab ich aufgehört zu existieren. Zum Teil ist es meine eigene Schuld. Ich geh nicht mehr auf Tanzveranstaltungen, Kirchenbasare, Dichterlesungen, Love-ins und all die Scheiße – und da treiben sich die meisten Nutten herum. Ich hab sonst immer was angeschafft, in den Bars oder im Zug auf der Rückfahrt von Del

Mar, überall wo eine Sauferei im Gang war. Aber heut halt ichs in den Bars nicht mehr aus; all diese Typen, die da verloren rumsitzen und die Zeit totschlagen und darauf hoffen, daß sich ihnen irgendwann eine krätzige Tante auf den Schoß setzt. Die ganze Tour ist eine Schande für die Menschheit.«
Red wirbelte eine Bierflasche durch die Luft, fing sie auf und sprengte an meiner Tischkante die Kappe ab.
»Es ist alles im Kopf, Bukowski. Du hast das nicht nötig.«
»Es ist alles im Kopf von meinem Schwanz, Red. Und ich *habs* nötig.«
»Einmal haben wir 'ne pathologische Weinsäuferin gefaßt und auf 'n Bett geschnallt. 50 Cents pro Nummer. Ich schätze, daß da sämtliche Krüppel und verklemmten Macker in der Gegend drübergestiegen sind. In drei Tagen und drei Nächten müssen wir an die 500 Kunden abgefertigt haben.«
»Menschenskind, Red, du machst mich krank!«
»Wieso? Ich dachte, du bist der Dirty Old Man?«
»Ich wechsle bloß nicht jeden Tag die Socken, das ist alles. Habt ihr sie wenigstens aufstehen lassen, damit sie zwischendurch aufs Scheißhaus gehen konnte?«
»Wieso?«
»O shit. Hast du ihr denn was zu essen gegeben?«
»Die Sorte ißt nichts. Wir haben ihr Wein gegeben.«
»Macht mich krank.«
»Wieso?«
»Es war inhuman, verstehst du? Tierisch. Ach was, nicht mal Tiere würden sowas tun.«
»Wir haben 250 Dollar gemacht.«
»Wieviel hast du ihr gegeben?«
»Nix. Wir ham sie einfach dagelassen. Die Miete war erst in zwei Tagen fällig.«
»Habt ihr sie losgebunden?«
»Klar. Wir wollten uns doch keinen Mord anhängen lassen.«
»Wie rücksichtsvoll.«
»Du redest wie ein Pfarrer.«
»Nimm dir noch 'n Bier.«
»Ich kann dir 'n bißchen Pussy besorgen.«
»Wieviel? 50 Cents?«
»Nee, bißchen mehr mußt du schon investieren.«
»Nee, danke.«
»Siehst du, du willst es gar nicht wirklich!«
»Schätze, du hast recht.«

Wir machten uns an ein neues Bier. Er hatte einen guten Zug. Dann stand er auf. »Siehst du, ich hab immer ein kleines Rasiermesser an mir. Hier, unter meinem Gürtel. Für die meisten Rumtreiber ist Rasieren ein Problem. Nicht für mich. Und wenn ich auf Fahrt bin, hab ich immer zwei Paar Hosen an – hier, siehst du? – und wenn ich inne Stadt komm, zieh ich das äußere Paar aus, rasier mich, und unter meinem blauen Navy-Hemd hab ich 'n weißes Nylon an, das drück ich schnell durchs Wasser und inner Stunde oder so ist es trocken, und dann zieh ich meinen Schlips an, polier mir die Schuhe, hol mir innem An- und Verkauf-Laden eine passende Jacke, und zwei Tage später hab ich 'n white collar Job wie jeder respektable Bürger. Keiner sieht mir an, daß ich grad aus 'm Viehwaggon abgesprungen bin. Aber ich halt die Jobs nie lang aus. Und ums Katzenficken bin ich wieder auf Tour.«

Ich wußte nicht, was ich dazu sagen sollte. Also hielt ich die Klappe und schlappte weiter mein Bier.

»Und ich hab immer so 'n kleinen Eispickel im Ärmel, an so 'nem elastischen Halter am Unterarm, siehst du?«

»Yeah, ich sehs. Ein Freund von mir behauptet, 'n Flaschenöffner is 'ne prima Waffe.«

»Hat recht, dein Freund. Also, und wenn mich die Bullen anhalten, stoß ich das Ding immer schnell ab. Ich reiß die Arme hoch und schrei NICHT SCHIESSEN! . . .« (Red führte mir die Pantomime vor) ». . . und dabei ließ ich den Eispickel rausfallen. Sie finden nie was an mir. Ich weiß nicht, wieviel ich schon so verschwinden lassen mußte. Ne Unmenge jedenfalls.«

»Hast du mit 'nem Eispickel schon mal was gedreht, Red?«

Er warf mir einen merkwürdigen Blick zu.

»O. K., vergiß es«, sagte ich. »Ich hab nichts gesagt.«

Wir schlappten weiter an unserem Bier.

»Ich hab mal in so 'ner Absteige 'ne Zeitung gesehn mit so einem Artikel von dir. Ich halt dich für 'n großen Schriftsteller.«

»Thanks«, sagte ich.

»Ich habs auch mal versucht, aber es haut nich hin. Ich hock mich hin und versuch zu schreiben, aber es läuft einfach nicht.«

»Wie alt bist du?«

»Einundzwanzig.«

»Laß dir Zeit.«

Er saß da und überlegte, wie er ein Schriftsteller werden könnte. Dann langte er in seine Gesäßtasche.
»Das ham sie mir gegeben, damit ich die Schnauze halte.«
Es war eine geflochtene lederne Brieftasche.
»Wer?«
»Ich hab so zwei Typen gesehn, wie sie einen fertig gemacht ham, und dann ham sie mir das gegeben, damit ich nichts sage.«
»Warum ham sie ihn umgelegt?«
»Na weil er diese Brieftasche hatte mit sieben Dollar drin.«
»Und wie ham sie's gemacht?«
»Mit 'nem Steinbrocken. Er hat Wein gesoffen, und als er einen sitzen hatte, ham sie ihm den Schädel geknackt. Und die Brieftasche abgenommen. Ich hab zugesehn.«
»Was ham sie mit der Leiche gemacht?«
»Früh am Morgen hat der Zug gehalten und die Lok hat Wasser aufgenommen. Da ham sie die Leiche rausgeschleppt und unter so 'ne Viehrampe geworfen. Dann sind sie wieder eingestiegen und der Zug ist weitergefahren.«
»M-hmmm«, sagte ich.
»Später finden die Bullen dann so 'ne Leiche, sehn die Kleider, das Säufergesicht, keine Papiere am Mann, und der Fall ist für sie gestorben. Nur wieder 'n Rumtreiber. Interessiert niemand.«
Wir tranken noch ein paar Stunden weiter, und ich gab auch ein paar Sachen zum besten, natürlich nicht halb so gut wie seine. Dann wurden wir schweigsam, und jeder dachte an was anderes.
Dann stand Red auf.
»Well, hör zu, Mann, ich muß wieder los. Aber das war 'n guter Abend.«
Ich stand auf.
»Muß ich auch sagen, Red.«
»Well, shit, vielleicht sehn wir uns mal wieder.«
»Shit, yes, Red.«
Irgendwie zögerten wir beim Abschied. In mancher Beziehung war es ein guter Abend gewesen.
»See you, Kid.«
»O. K., Bukowski.«
Ich sah ihm nach, wie er um die Hecke vor dem Haus bog und sich entfernte, in Richtung Normandie, und weiter raus, auf Vermont zu, wo er noch für drei oder vier Tage ein Zim-

mer hatte, und dann war er verschwunden, und der letzte Rest des Mondes schien herab, und ich schloß die Tür ab, kippte noch ein letztes müdes Bier, machte das Licht aus, schlurfte zum Bett, zog die Klamotten aus und ließ mich reinfallen, während sie draußen in den Güterbahnhöfen über die Gleise stapften und die Züge zusammenstellten und ihre Bestimmungsorte notierten — bessere Städte, bessere Zeiten, mit mehr Liebe oder Glück oder irgendwas. Sie würden es nie finden. Sie würden nie aufhören, danach zu suchen.
Ich schlief.

Er hieß Henry Beckett und es war Montag früh, er war gerade aufgestanden, schaute aus dem Fenster, sah, wie eine Frau im Minirock vorbeiging und dachte, man hat sich schon fast wieder daran gewöhnt, zu dumm. Aber schließlich mußte eine Frau noch was anhaben, sonst hatte man nichts zum Ausziehen. Das nackte Fleisch allein hatte keinen Reiz.
Er ging in Unterhosen ins Bad, um sich zu rasieren. Als er sein Gesicht im Spiegel sah, stellte er fest, daß seine Haut völlig goldfarben war, mit grünen Tupfen. Er stand da, den Rasierpinsel in der Hand, und schaute nochmal hin.
Der Rasierpinsel fiel zu Boden. Aber sein Gesicht blieb unverändert im Spiegel: gold mit grünen Tupfen. Die Wände begannen sich zu verschieben. Henry klammerte sich ans Waschbecken. Irgendwie schaffte er es zurück ins Schlafzimmer und warf sich aufs Bett. Da lag er fünf Minuten lang, und in seinem Hirn schwappte, würgte und schluchzte es durcheinander. Dann richtete er sich auf, ging ins Bad und schaute wieder in den Spiegel: goldenes Gesicht mit grünen Tupfen.
Er ging ans Telefon. »Ja, hallo, hier spricht Henry Beckett. Ich kann heut leider nicht kommen, ich bin krank. Was? Oh . . . verkorkster Magen, ja, völlig verkorkst.« Er legte auf.
Zurück ins Badezimmer. Es war nutzlos. Das Gesicht war immer noch da. Er ließ Wasser ein und ging wieder zum Telefon. Die Sprechstundenhilfe wollte ihm einen Termin für kommenden *Mittwoch* geben. »Hören Sie, das ist ein *dringender Fall!* Ich muß den Doktor unbedingt noch *heute* sehen! Es geht um Leben und Tod! Nein, ich kanns Ihnen nicht sagen,

aber geben Sie mir *bitte* noch heute einen Termin, bitte, Sie *müssen* mich heute noch irgendwo reinnehmen!«
Sie gab ihm einen Termin um halb vier.
Er zog die Unterhosen aus und hockte sich in die Wanne. Er merkte, daß er am *ganzen* Körper goldgelb und grün gesprenkelt war. Bauch, Rücken, Beine, alles ... sogar sein Schwanz. Er seifte sich ein und fing an zu reiben. Es ging nicht ab. Er stieg aus der Wanne, trocknete sich ab und zog die Hosen wieder an.
Das Telefon läutete. Er hob ab. Gloria, seine Freundin, war dran. Sie arbeitete in derselben Firma.
»Gloria, ich kann dir nicht sagen, was los ist. Es ist schrecklich. Nein, ich hab nicht die Syph. Es ist was Schlimmeres. Ich kanns dir nicht sagen. Du würdest es mir nicht glauben.«
Sie sagte, sie werde während der Mittagspause vorbeikommen.
»Nein, bitte nicht, Baby. Sonst bring ich mich um.«
»Ich komm *sofort* rüber!« sagte sie.
»Nein, bitte nicht, BITTE ...«
Sie hatte bereits aufgelegt. Er starrte das Telefon an, stellte es zurück und ging wieder ins Badezimmer. Unverändert. Er ging zurück ins Schlafzimmer, legte sich hin und starrte auf die Risse an der Decke. Das war das erste Mal, daß ihm die Risse in der Decke auffielen. Sie sahen aus wie die Falten in einem freundlichen alten Gesicht. Er hörte den Verkehr draußen, gelegentlich einen Vogel, Stimmen auf dem Gehsteig — eine Mutter, die zu ihrem Kind sagte: »Na komm, geh doch ein *bißchen* schneller ...«, ab und zu ein Flugzeug über dem Haus.
Es klingelte an der Tür. Er ging ins vordere Zimmer, zog den Vorhang an der Tür ein wenig beiseite und schaute hinaus. Es war Gloria. Weiße Bluse, leichter blauer Rock, sie sah gut aus, er konnte sich nicht erinnern, daß sie jemals so gut ausgesehen hatte. Strohblond. Voller Leben. Die Nase ein wenig zu dick, aber wenn man sich daran gewöhnt hatte, gefiel einem auch die Nase. Er fühlte, wie sein Herz schlug. Es tickte wie eine Zeitbombe in einer leeren Besenkammer.
»Ich kann dich nicht reinlassen, Gloria!«
»Mach die verdammte Tür auf, du doofer Arsch!«
Er sah, wie sie versuchte, durch die Vorhänge hindurch einen Blick von ihm zu erhaschen.
»Gloria, du verstehst nicht ...«

»Ich hab gesagt, MACH DIE TÜR AUF!«
»All right«, sagte er, »all right, verdammt nochmal!«
Er spürte, wie sich hinter seinen Ohren der Schweiß sammelte und ihm langsam den Rücken hinunterlief.
Er riß die Tür auf.
»JESSES!« Sie gab einen halberstickten Schrei von sich. Ihre rechte Hand fuhr hoch und blieb über ihrem offenen Mund hängen.
»Ich hab doch GESAGT, ich hab doch versucht, dirs zu SAGEN...«
Er machte ein paar Schritte rückwärts ins Zimmer hinein. Sie machte die Tür hinter sich zu und folgte ihm ins Zimmer.
»Was ist das?«
»Ich weiß nicht, mein Gott, ich hab keine Ahnung. Faß mich nicht an, faß mich nicht an... vielleicht ist es was Ansteckendes.«
»Mein armer Henry, oh, mein armer Junge...«
Sie kam näher, er wich weiter zurück und stolperte über einen Papierkorb.
»Verdammt! Ich hab dir gesagt, du sollst wegbleiben!«
»Wieso, du siehst beinah hübsch aus!«
»BEINAH!« brüllte er. »ABER ICH KANN IN DEM ZUSTAND KEINE VERSICHERUNGSPOLICEN VERKAUFEN, ODER?!«
Beide brachen in Gelächter aus. Dann hockte er plötzlich auf der Couch und weinte. Er hatte sein grün-goldenes Gesicht in den Händen und weinte.
»Mein Gott, warum kann es nicht Krebs sein, oder ein Herzinfarkt, irgendwas Ordentliches und Sauberes? Gott hat auf mich geschissen, das ist es, Gott hat auf mich geschissen!«
Sie hatte begonnen, ihn am Hals zu küssen, und dann bewegten sich ihre Lippen über seine Hände, die er immer noch vors Gesicht geschlagen hatte. Er stieß sie weg. »Hör auf, hör auf!«
»Ich liebe dich, Henry. Mir ist das alles ganz gleich.«
»Ihr gottverdammten Weiber seid alle bescheuert!«
»Aber ja. Wann bist du zum Arzt bestellt?«
»Halb vier.«
»Ich muß zurück ins Büro. Ruf mich an, wenn sich was herausstellt. Ich komm heut abend wieder vorbei.«
»O. K. O. K.« Und dann war sie weg.
Zehn nach drei hatte er einen Hut auf, tief in die Stirn gezogen, einen Schal um den Hals und eine Sonnenbrille auf der

Nase. Beim Fahren vermied er jede unnötige Bewegung und schaute immer geradeaus, als ob er sich dadurch unsichtbar machen könnte. Er schien niemand aufzufallen.

Das Wartezimmer war voll besetzt, alle lasen LIFE, LOOK, NEWSWEEK, und so weiter, die Stühle und Sofas reichten kaum aus, und es war heiß da drin. Seiten wurden umgeblättert, raschelten ... Er schaute herunter auf eine Zeitschrift, die er in den Händen hielt, und versuchte, nicht gesehen zu werden. 15 oder 20 Minuten lang ging alles gut; dann geschah das Unvermeidliche. Ein kleines Mädchen, das ständig seinen Luftballon durch die Gegend schubste und zwischen den Leuten herumrannte, kam in seine Nähe, und als der Ballon schließlich bei seinem Bein landete und die Kleine ihn aufhob, schaute sie ihm direkt ins Gesicht. Sie klemmte sich das Ding unter den Arm und lief zu einem absolut grundhäßlichen Weib mit Pfannkuchenohren und Augen wie das Innere einer Spinnenseele und sagte zu ihr: »Mammi, was ist mit dem Mann seinem GESICHT?«

Und Mammi sagte: »Sch schschschschhhh!«

»ABER ES IST DOCH GANZ GELB UND HAT LAUTER SO ROTE TUPFEN DRAUF!«

»*Mary Ann*, ich hab doch gesagt, du sollst RUHIG sein! Jetzt SETZ dich mal eine Weile her zu mir und hör mit der Rennerei auf! LOS, setz dich hier HIN, hab ich gesagt!«

»Aber, *Mammi*! ...«

Die Kleine hockte sich hin, schnupfte, sah sein Gesicht an, schnupfte und sah sein Gesicht an.

Mammi und ihre Kleine wurden aufgerufen. Andere wurden aufgerufen, Neue kamen rein, manche gingen gleich wieder. Schließlich rief ihn der Arzt rein.

»Mr. Beckett.«

Er folgte dem Doktor ins Sprechzimmer. »Nun, wie geht es uns, Mr. Beckett?«

»Sie brauchen mich nur anzusehn, dann wissen Sie es.«

Der Arzt drehte sich um. »Gütiger Gott!« sagte er.

»Yeah«, sagte Mr. Beckett.

»Ich habe noch *nie* etwas derartiges gesehen! Bitte machen Sie sich frei und setzen Sie sich hier auf den Tisch. Wann ist das zum erstenmal aufgetreten?«

»Heut morgen, als ich aufgewacht bin.«

»Wie fühlen Sie sich?«

»Als ob ich von Kopf bis Fuß mit Scheiße vollgeschmiert bin.«

»Ich meine physisch.«
»Ich hab mich glänzend gefühlt, bis ich in den Spiegel geschaut hab.«
Der Arzt wickelte ihm die Gummimanschette um den Oberarm.
»Normaler Blutdruck.«
»Lassen Sie den Unfug, Doktor. Demnächst lassen Sie mich noch auf die Waage stehn. Geben Sie's ruhig zu: Sie wissen nicht, was es ist.«
»Nein, hab ich niemals derartiges gesehen.«
»Ihre Grammatik ist nicht ganz in Ordnung, Doktor. Wo sind Sie her?«
»Aus Österreich.«
»Aus Österreich. Ah ja. Und was wollen Sie jetzt mit mir machen?«
»Ich weiß es nicht. Vielleicht ein Hautspezialist, ständige Beobachtung, Tests . . .«
»Ich bin sicher, die würden mich sehr interessant finden. Aber es wird nicht weggehen.«
»Was wird nicht weggehen?«
»Was ich da hab. Ich spür es. Es wird nie mehr weggehen.«
Der Arzt fing an, sein Herz abzuhören. Beckett schlug ihm das Stethoskop weg. Er stand auf und zog sich wieder an.
»Überstürzen Sie nichts, Mr. Beckett. Bitte . . .!«
Dann war er angezogen und draußen. Hut, Schal und Sonnenbrille ließ er da. Zurück in seiner Wohnung, griff er sich seine Jagdflinte und genug Patronen, um ein ganzes Bataillon umzulegen. Er fuhr auf die Freeway und bog ab, wo es zu den Hügeln ging. Von den Hügeln konnte man eine Kurve einsehen, in der die Fahrer Gas wegnehmen mußten. Er hatte keine Ahnung, wie er ausgerechnet auf diese Stelle kam. Er stieg aus dem Wagen und kletterte auf die höchste Erhebung, die er finden konnte. Er wischte den Staub vom Zielfernrohr, lud durch, entsicherte und legte sich flach.
Zuerst wollte es nicht richtig hinhauen. Der Schuß schien jedesmal hinter dem Wagen einzuschlagen. Er übte sich darin, mit den Wagen mitzugehen. Sie fuhren alle praktisch gleich schnell, aber er paßte sich instinktiv den geringfügig wechselnden Geschwindigkeiten an. Der erste Fahrer, den er erwischte, war sehr merkwürdig. Die Kugel ging ihm durch die linke Schläfe und er schien genau zu ihm herauf zu sehen. Dann kam der Wagen ins Schleudern, fuhr gegen einen Zaun

und kippte um. Er nahm sich den nächsten vor, eine Frau am Steuer, verfehlte sie, die Kugel ging in den Motor, der Wagen fing Feuer, und die Frau saß einfach drin, schrie, wedelte mit den Armen und brannte. Das wollte er nicht mit ansehen. Er erschoß sie.

Der Verkehr stoppte. Leute stiegen aus ihren Wagen. Er beschloß, keine weiteren Frauen zu erschießen. Das sah nicht gut aus. Ein Doktor aus Österreich. Hatten sie in Österreich keine Kranken? Warum war er nicht dort geblieben?

Er erwischte vier oder fünf Männer, bevor sie da unten überhaupt merkten, was los war. Dann trafen die Bullen ein und die Krankenwagen. Sie sperrten die Freeway. Er ließ sie die Toten und Verwundeten in die Ambulanzen laden. Er schoß nicht auf die Krankenträger. Aber er feuerte auf die Bullen. Einen erwischte er, einen massigen Kerl, er war nicht zu verfehlen.

Er verlor jeden Sinn für die Zeit. Es wurde dunkel. Er fühlte, wie sie ringsherum begannen, zu ihm heraufzusteigen. Er wechselte seine Position. Bewegte sich auf sie zu. Er dezimierte ihren linken Flügel, indem er zwei aus dem Hinterhalt umlegte. Dann wurde er von rechts unter Beschuß genommen und mußte sich wieder zurückziehen. Sie kreisten ihn langsam ein. Es wäre falsch gewesen, wenn er sich an einer bestimmten Stelle festgesetzt hätte. Er versuchte noch einmal auszubrechen, aber das heftige Feuer trieb ihn wieder zurück.

Er arbeitete sich langsam wieder zu seiner alten Stellung zurück. Er hörte, wie sie redeten und fluchten. Es waren viele. Er stellte das Feuer ein und wartete. Er sah ein Hosenbein hinter ein paar Büschen, er zielte etwas höher, wo er den Körper vermutete, und drückte ab. Ein Mann schrie auf.

Es wurde immer dunkler. Gloria wäre ihm garantiert weggelaufen. Er wußte genau, daß *er* sie sitzen gelassen hätte, wenn sie jemals sowas gehabt hätte.

Sie wußten, er saß in der Falle, ganz da oben auf dem Hügel. Aber sie sahen auch, daß sie sich nicht mehr näher an ihn heranarbeiten konnten; es gab keine Deckung mehr, nur noch verstreute kleine Felsbrocken. Und alle wollten wieder heil nach Hause kommen. Er schätzte, daß er sie noch eine ganze Weile in Schach halten konnte.

Sie fingen an, Leuchtkugeln hochzujagen. Es gelang ihm, ein paar davon abzuschießen, aber bald deckten sie ihn förmlich damit ein. Und sie kamen immer näher. Scheiße. Scheiße. Na ja.

Eine Leuchtkugel landete ganz dicht neben ihm, und für einen Augenblick konnte Henry seine Hände sehen. Er schaute nochmal hin: seine Hände waren WEISS.

WEISS! Es war *weg!* Er war wieder WEISS, WEISS!

»Hey!« schrie er, »ICH GEBS AUF! ICH ERGEB MICH! ICH GEBS AUF!!«

Henry riß sein Hemd auf und schaute auf seine Brust: WEISS. Er zog sein Hemd aus, band es an den Lauf seiner Flinte und schwenkte es. Sie hörten auf zu schießen. Der irre lächerliche Traum war vorüber. Der Clown mit den roten Tupfen war verschwunden. Was für ein Witz, was für eine Scheiße ... war es überhaupt wirklich geschehen? Es konnte nicht sein. Er mußte es sich eingebildet haben. Oder war es doch geschehen? War das in Hiroshima wirklich geschehen? War irgend etwas jemals wirklich geschehen?

Er warf sein Gewehr hinunter. Dann ging er langsam hinterher, kam langsam auf sie zu, die Hände hoch über dem Kopf, und schrie: »ICH GEBS AUF! ICH ERGEB MICH! ICH ERGEB MICH!«

Während er näher kam, hörte er erregtes Stimmengewirr.

»Mann, was sollen wir jetzt machen?« »Ich weiß nicht. Paß bloß auf, vielleicht ist es ein Trick.« Er hat Eddie und Weaver auf dem Gewissen. Ich hasse die Drecksau.«

»Er kommt näher.«

»ICH ERGEB MICH!«

Einer der Bullen gab fünf Schüsse auf ihn ab, drei trafen ihn im Bauch, zwei gingen durch die Lunge.

Sie ließen ihn gut eine Minute liegen, ohne sich zu regen. Dann kamen sie aus der Deckung. Der Bulle, der geschossen hatte, erreichte ihn als erster. Er setzte den Stiefel an seiner Seite an und drehte ihn mit einem Schwung auf den Rücken. Der Bulle war ein Neger, Adrian Thompson, 236 Pfund, mit einem beinahe abbezahlten Eigenheim am Rande eines der besseren Stadtviertel. Er grinste im schwachen Mondlicht auf den leblosen Körper herunter.

Der Verkehr auf der Freeway wickelte sich wieder so reibungslos ab, als sei nichts geschehen.

Wir krallen uns alle an die Wände der Welt, und in den finstersten Augenblicken meines Deliriums denke ich an zwei Freunde, die mir Ratschläge zu verschiedenen Arten des Selbst-

mords geben. Kann man sich einen besseren Beweis der Freundschaft denken?
Der eine hat an seinem linken Arm eine Rasiermessernarbe neben der anderen. Der andere stopft sich die Pillen pfundweise durch das Loch in seinem filzigen schwarzen Bart. Beide schreiben Gedichte. Gedichte schreiben bringt es in manchen Fällen mit sich, daß man ständig mit einem Bein über dem Abgrund schwebt. Trotzdem werden wir alle drei wahrscheinlich ein hohes Alter erreichen. Könnt ihr euch die Welt im Jahre 2010 vorstellen? Vieles wird natürlich davon abhängen, was man mit der Bombe anstellt. Aber es ist denkbar, daß man nach wie vor Rühreier zum Frühstück essen wird, Orgasmusschwierigkeiten haben wird, Gedichte schreiben wird und Selbstmord verüben wird.
Ich glaube, meinen letzten Selbstmordversuch habe ich 1954 unternommen. Ich wohnte damals in einem Apartmenthaus an der North Mariposa Avenue. Ich machte alle Fenster dicht und drehte das Gas auf. Dann machte ich mirs auf dem Bett bequem. Das Geräusch von ausströmendem Gas hat etwas ungemein Beruhigendes an sich. Ich war im Nu weg. Es hätte wohl auch geklappt, nur kriegte ich von dem eingeatmeten Gas solche Kopfschmerzen, daß ich wieder aufwachte. Ich stand auf, fing an zu lachen und sagte mir: ›Du Idiot, du willst dich ja gar nicht umbringen!‹ Ich drehte das Gas ab und riß die Fenster auf. Ich mußte einfach lachen. Das Ganze kam mir wie ein blöder Witz vor.
Ein paar Jahre davor, als ich mal wieder eine einwöchige Sauftour hinter mir hatte, war ich auch ziemlich entschlossen, mich umzubringen. Ich lebte damals mit so 'nem süßen kleinen Ding zusammen und hatte keinen Job. Das Geld war alle, die Miete fällig, und selbst wenn ich mich um einen mickrigen Job gekümmert hätte, wäre es nur eine andere Form von Krepieren gewesen. Bei der nächsten Gelegenheit, wenn sie grad mal weg war, wollte ich es tun.
Inzwischen wollte ich mich vergewissern, was für ein Tag es war, denn bei der ständigen Sauferei verwischten sich einem die Vorstellungen von Tag und Nacht. Wir waren einfach pausenlos am Trinken und Stoßen. Es war um die Mittagszeit, als ich aus dem Haus trat, und ich ging die Straße runter zum Kiosk und kaufte eine Zeitung. Freitag stand da neben dem Datum. Schön, Freitag war mir so lieb wie jeder andere Tag. Und dann sah ich die Schlagzeile. MILTON BERLE'S COUSIN VON

HERABFALLENDEM STEIN ERSCHLAGEN. Also wie zum Teufel kann man an Selbstmord denken, wenn solche Dinge Schlagzeilen machen? Ich klemmte mir die Zeitung unter den Arm und ging zurück in die Wohnung. »Rat mal, was passiert ist?« fragte ich sie. »Was?« sagte sie. »Milton Berle's Cousin ist ein Stein auf den Schädel gefallen.« »Im Ernst?« »Yeah.« »Was glaubst du, was für ein Stein das war?« »Ich schätze, irgendwie rund, glatt und gelb.« »Yeah, das glaub ich auch.« »Was dieser Cousin wohl für Augen hat ...?« »Ich würde sagen braun, so 'ne Art blasses Braun.« »Blasse braune Augen, und 'n leicht gelber Stein.« »CLUNK!« »Yeah, CLUNK!« Ich machte ein paar Flaschen auf, und wir hatten schließlich doch noch einen richtig netten Tag. Ich glaube, die Zeitung mit dieser Schlagzeile hieß »The Express« oder »The Evening Herald« oder so ähnlich. Ich bin mir nicht sicher. Jedenfalls, ich bin der Zeitung und Milton Berle's Cousin und dem runden glatten gelben Stein zu ewigem Dank verpflichtet.

Well, da unser Thema heute anscheinend Selbstmord ist, ich erinnere mich da an die Zeit, als ich in Frisco im Hafen gearbeitet hab, und während der Mittagspause hockten wir da am Pier, ließen die Füße über den Rand baumeln und fraßen unsere Stullen. Well, eines Tages hock ich also da und der Kerl neben mir zieht sich Schuhe und Strümpfe aus und legt sie schön ordentlich neben sich hin. Ich denk mir nichts weiter dabei, bis ich es platschen höre. Und merkwürdig: kurz bevor er auf dem Wasser aufprallte, schrie er ›HILFE!‹. Und dann waren nur noch ein paar kleine Wellen zu sehen. Ich saß da und sah zu, wie die Luftblasen aufstiegen. Dann kam einer zu mir her gerannt und fing an zu brüllen. »TU DOCH WAS! ER VERSUCHT, SICH DAS LEBEN ZU NEHMEN!« »Was soll ich denn da machen, verdammt nochmal!« »Hol ein Seil, wirf ihm ein Seil zu oder so was!« Ich sprang auf und rannte in einen Schuppen, wo ein alter Mann grad dabei war, Pakete und Kartons zu packen. »GIB MIR 'N STÜCK SEIL!« Er schaute mich verständnislos an. »VERDAMMT, GIB MIR 'N STÜCK SEIL, DA IST EINER AM ERSAUFEN, ICH MUSS IHN RAUSZIEHEN!« Der Alte drehte sich um und langte nach etwas. Als er sich mir wieder zuwandte, hielt er etwas zwischen zwei Fingern und streckte es mir hin. Es war ein kleines Ende Bindfaden. Mir platzte der Kragen. »DU ELENDER SAUBLÖDER SCHEISSER!« brüllte ich ihn an.

Inzwischen hatte sich so ein junger Streber seiner Klamotten entledigt, war reingesprungen und brachte unseren Selbstmörder wieder an Land. Der Streber durfte sich als Belohnung für den Rest des Tages frei nehmen. Unser Selbstmordkandidat behauptete steif und fest, er sei aus Versehen reingefallen. Allerdings hatte er keine Erklärung dafür, warum er sich zuvor erst Schuhe und Strümpfe ausgezogen hatte. Ich sah ihn nie wieder. Vielleicht versuchte er's in der Nacht noch einmal mit mehr Erfolg. Man weiß eben nie, wo einen der Schuh drückt. Der lächerlichste Anlaß kann einen Knacks verursachen, wenn einer erst mal in der richtigen Verfassung ist. Und am schlimmsten ist es, wenn man sich seine Ängste und Agonien nicht einmal mehr selbst erklären kann, wenn es einfach auf einem liegt wie ein großes, dickes Stück Eisenblech und man nicht mehr hochkommt, nicht mal bei 25 Dollar in der Stunde. Ich weiß Bescheid. Selbstmord? Selbstmord scheint einem völlig unvorstellbar — bis man einmal selbst angefangen hat, ernsthaft daran zu denken. Und um dem Klub beizutreten, braucht man nicht mal Mitglied in der Poet's Union zu sein ...

Ich erinnere mich, als junger Mensch, ich lebte in so 'nem schäbigen Hotel und hatte damals einen Freund, schon etwas älter, ehemaliger Sträfling, und der hatte einen Job, der darin bestand, die Trommeln von Candy-Maschinen auszukratzen. Klingt nicht wie eine Sache, für die es sich zu leben lohnt, nicht? Jedenfalls, wir haben ab und zu 'ne Nacht zusammen durchgesoffen und er machte den Eindruck, als ob man gut mit ihm auskommen konnte; großer, bulliger, gutmütiger Bursche, so an die 45; Lou hieß er. Früher mal im Steinbruch gearbeitet. Hakennase, große, zerschrammte Pfoten, ausgelatschte Schuhe, ungekämmtes Haar, nicht so gut im Umgang mit Weibern wie ich — damals wenigstens. Kurz und gut, er kam mal nicht zur Arbeit, weil er gesoffen hatte, und die Candy-Boys entließen ihn. Ich hab ihm gesagt, er soll sich nichts draus machen, ein Job kostet einen Mann sowieso die beste Zeit im Leben. Er schien von meinen hausbackenen Ansichten nicht viel zu halten und ging wieder weg. Ein paar Stunden später ging ich rüber zu ihm, weil ich mir ein paar Zigaretten von ihm pumpen wollte. Ich klopfte an, aber er reagierte nicht. Ich dachte mir, er schläft wahrscheinlich seinen Rausch aus. Die Tür war nicht abgeschlossen. Ich ging also rein, und da lag er auf dem Bett und die ganze Bude war voller Gas. Ich schätze, die Southern California Gas Company hat keine Ahnung, wie viele Leute ihren Service in Anspruch nehmen. Also, ich machte die Fenster auf und drehte das Gas ab. Ein

alter Knastbruder, dem sie den Candy-Spachtel aus der Hand genommen hatten, weil er einen Tag bei der Arbeit gefehlt hatte. (»Der Boss sagt, ich bin der beste Arbeiter, den er je gehabt hat. Das Dumme ist bloß, daß ich zu oft fehle. Letzten Monat waren es zwei Tage. Er sagt, wenn ich noch einmal fehle, schmeißt er mich raus.«)
Ich ging rüber ans Bett und rüttelte ihn. »Wach auf, du verdammtes Aas!«
»Waa . . .?«
»Du verlottertes Aas, wenn du das nochmal machst, tret ich dich so lang in den Arsch, bis ich dir diese Flausen ausgetrieben hab!«
»Hey, Ski, DU HAST MIR DAS LEBEN GERETTET! ICH VERDANKE DIR MEIN LEBEN! DU HAST MIR DAS LEBEN GERETTET!«
Er hörte überhaupt nicht mehr auf. Noch Wochen danach fing er immer wieder damit an. Er lehnte sich zu meiner Freundin rüber mit seiner Hakennase und nahm ihre Hand in seine große schwielige Pranke, oder – noch schlimmer – er legte sie auf ihr Knie und sagte: »Hey, dieser lausige Bruder hat mir das LEBEN GERETTET! VERSTEHST DU?«
»Das hast du mir schon x-mal gesagt, Lou.«
»YEAH, ER HAT MIR DAS LEBEN GERETTET!«
Ein paar Tage später verschwand er und blieb für zwei Wochen die Miete schuldig. Ich hab ihn nie wieder gesehen.
Langsam klart sich mein verkatertes Hirn wieder auf. Vielleicht hat man mehr davon, wenn man statt Selbstmord zu begehen zu den anderen davon spricht und sie dadurch davon abbringt. Oder wirklich?
Ich bin bei meinem letzten Bier angelangt, und aus meinem Radio auf dem Fußboden kommt japanische Musik. Vor einer Weile klingelte das Telefon. Irgendein Saufbruder. Ferngespräch. Aus New York.
»Hör zu, Mann, solang sie uns nur alle fuffzig Jahr einen Bukowski geben, hab ich keine Sorge, daß ichs durchsteh.«
Für einen Augenblick erlaube ich mir den Luxus und laß mir das langsam auf der Zunge zergehen. Es ist verlogen, aber es tut gut, und ich hab schließlich hochkarätige Bluesdepressionen.
»Mann, erinnerst du dich noch an die Sauftouren, die wir zusammen gemacht haben?«
»Yeah, ich erinnere mich.«
»Was machst du jetzt so? Immer noch am Schreiben?«

»Yeah, ich schreib grad was über Selbstmord.«
»Selbstmord?«
»Yeah, ich schreib eine Kolumne oder so was, für eine neue Zeitung, die sie hier angefangen haben. OPEN CITY.«
»Und die drucken das Ding über Selbstmord?«
»Was weiß ich.«
Wir reden noch eine Weile, und dann hängt er wieder auf.
Ich erinnere mich, als ich ein Junge war, gab es einen Song, der hieß BLUE MONDAY. Kürzlich haben sie das, glaub ich, in Ungarn oft im Radio gespielt. Und jedesmal, wenn im Radio BLUE MONDAY kam, hat jemand Selbstmord verübt. Der Song wurde schließlich verboten. Aber aus meinem Radio kommt grad was, das ist genauso schlimm. Also wenn ihr in der nächsten Ausgabe meine Kolumne vermißt, dann bestimmt nicht, weil mir die Themen ausgegangen sind.

Es war letzten Montag. Ich hatte Nachtschicht geschoben bis Mitternacht und fuhr anschließend zu so 'ner Party. Ich brachte ein Six-Pack mit, das brachte die Leute wieder in Stimmung, und jemand ging weg und holte mehr.
»Letzte Woche hättet ihr Bukowski erleben sollen«, sagte einer. »Er tanzte mit dem Bügelbrett, und dann hat er sogar versucht, das Bügelbrett zu pimpern.«
»Yeah?«
»Yeah. Dann fing er an, uns seine Gedichte vorzulesen. Wir mußten ihm das Buch wegnehmen, sonst hätte er nicht mehr damit aufgehört.«
Ich sagte, da hat so ein jungfräuliches Wesen gesessen, das mich dauernd ansah, und deshalb hätte ich es nicht übers Herz gebracht, aufzuhören.
»Mal sehen«, sagte ich, »wir haben jetzt Mitte Juli, und ich hab dieses Jahr noch keine Frau umgelegt.«
Sie lachten. Sie fanden das lustig. Leute, die solche Probleme nicht kennen, finden das anscheinend immer lustig.
Dann sprachen sie über diesen blonden Götterjüngling, der es mit drei Miezen zugleich trieb. Ich wandte ein, daß der Junge mit 33 in einer Fabrik als Pförtner enden würde.
Die jüngeren Gäste schlafften langsam ab, und schließlich saß ich mit einem Oldtimer allein, er war ungefähr im gleichen Alter wie ich. Und darauf geeicht, die Nächte durchzumachen.

Als das Bier alle war, fanden wir noch 'ne kleine Flasche Whisky. Er war Herausgeber einer großen Lokalzeitung irgendwo im Osten. Wir unterhielten uns also gut. Zwei alte Knacker, die zuviel miteinander gemeinsam hatten. Es wurde hell. Kurz nach sechs stand ich auf. Ich beschloß, meinen Wagen dazulassen. Ich hatte ungefähr acht Blocks zu gehen. Der Oldtimer begleitete mich bis zur Kegelbahn am Hollywood Boulevard. Dann trennten wir uns mit einem altmodischen Händedruck.

Ich war vielleicht zwei Blocks von meiner Wohnung entfernt, als ich eine Frau sah, die sich vergeblich bemühte, ihren Wagen anzulassen. Sie stellte sich an wie der letzte Mensch. Der Wagen, ein älteres Modell, ruckelte ein paar Schritt vor und bockte. Sie drückte sofort wieder auf den Anlasser. Ich stand an der Ecke und sah ihr zu. Sie kam näher geruckelt, und schließlich stand sie mit ihrer Karre direkt vor mir. Ich sah eine Frau mit hochhackigen Schuhen an den Füßen, schwarze Netzstrümpfe, Bluse, Ohrringe, Ehering und Schlüpfer. Kein Rock, nur solche dünnen rosa Schlüpfer. Ich atmete tief ein. Sie hatte ein altes Gesicht und den Körper eines jungen Mädchens. Der Wagen machte wieder einen Sprung und wieder verreckte ihr der Motor. Ich beugte mich herunter und steckte meinen Kopf durchs Seitenfenster.

»Lady, ich glaub, es ist besser, wenn Sie das Ding hier parken. Die Bullen sind um diese Tageszeit besonders auf Draht. Sie könnten Trouble kriegen.« »Na schön.«

Sie manövrierte den Wagen an den Straßenrand und stieg aus. Der Busen unter der Bluse sah auch noch ziemlich jung und griffig aus. Da stand sie also in ihren Pumps und schwarzen Netzstrümpfen und ihrem rosa Schlüpfer um 6 Uhr 25 an einem Morgen in Los Angeles. Das Gesicht einer 55jährigen und der Körper einer 18jährigen.

»Sind Sie sich sicher, daß Ihnen nichts fehlt?« fragte ich.

»Klar, mir fehlt nichts«, sagte sie.

»Sind Sie sich auch *ganz* sicher?«

»Aber ja, selbstverständlich.« Sie drehte sich um und ging weg. Ich stand da und beobachtete das Schaukeln ihres Hinterns unter diesem straffgespannten dünnen, rosa glänzenden Zeug. Da ging das gute Stück, die Straße runter, und niemand zu sehen, keine Bullen, keine Menschenseele. Nichts als diese wiegenden jungen rosa Hinterbacken, die sich von mir entfernten. Ich war zu bematscht, um mir ein Stöhnen abzuringen; ich fühlte nur, wie der wilde Kummer über diesen Verlust an mir fraß. Ich hatte nicht die richtigen Worte gesagt. Nicht die richtige Kombination gefunden. Ich hatte es nicht einmal versucht. Das mit dem Bügelbrett geschah mir recht. Naja, zum Teufel damit, doch bloß eine Irre, die um sechs in der Früh in rosa Schlüpfern rumrannte.

Ich stand da und sah ihr nach. Das würden mir die Jungs nicht glauben, wenn ich es ihnen erzählte. Und dann drehte sie plötzlich um und kam zurück. Auf die Entfernung sah sie auch von vorn ganz gut aus. Tatsache ist, je näher sie kam, desto besser sah sie aus – wenn man das Gesicht dabei ausließ. Aber schließlich mußte man auch mein Gesicht außer Betracht lassen. Das Gesicht muß man immer als erstes abschreiben, wenn einen das Glück zu verlassen beginnt.

Sie kam dicht an mich ran; und immer noch war kein Mensch auf der Straße zu sehen. Es gibt Augenblicke, wo der Wahnsinn so real und selbstverständlich wird, daß es schon kein Wahnsinn mehr ist. Da atmeten mir also die rosa Schlüpfer ins Fell, und kein Streifenwagen bog um die Ecke, kein Mensch war zu sehen.

»Schön, Sie sind also zurückgekommen«, sagte ich.

»Ich wollte mich nur vergewissern, daß der Wagen hier keine Einfahrt versperrt.«

Sie bückte sich; ich konnte mich nicht mehr beherrschen. Ich packte sie am Arm.

»Komm, gehn wir zu mir. Es ist grad um die Ecke. Genehmigen wir uns 'n paar Drinks und machen wir, daß wir von der Straße runterkommen.«

Sie wandte mir ihr zerfallenes Gesicht zu. Ich konnte dieses Gesicht einfach nicht mit dem Körper zusammenbringen. Ich war so geil, daß ich stank. Dann sagte sie: »O. K. Gehn wir.«

Also gingen wir um die Ecke. Ich faßte sie nicht an. Ich fischte eine Zigarette aus meiner Hemdtasche und bot sie ihr an. Während ich ihr Feuer gab, war ich darauf gefaßt, daß sich in der Nachbarschaft jeden Augenblick ein Fenster öffnete und jemand herausschrie: »He, Alte, mach, daß du hier verschwindest mit deiner verdammten Reizwäsche, oder ich hetz dir die Bullen auf'n Hals!« Aber es regte sich nichts. Es macht sich eben doch bezahlt, wenn man am Rand von Hollywood wohnt. Vermutlich linsten drei oder vier Kerle in diesem Augenblick durch die Vorhänge und holten sich einen runter, während hinter ihnen ihre Frauen den Frühstückstisch richteten.

Wir gingen rein, ich rückte ihr einen Stuhl zurecht und holte eine halbe Karaffe Rotwein, die irgendein Hippie zurückgelassen hatte. Wir tranken schweigend. Sie schien doch einigermaßen bei Trost zu sein – wenigstens fing sie nicht gleich an, ihre Familienfotos hervorzukramen. Nur über ihren Alten mußte natürlich gelästert werden, in der Beziehung war sie genau wie alle anderen.
»Frank macht mich einfach krank. Er gönnt mir nicht die kleinste Freude.« »Yeh?«
»Er sperrt mich dauernd ein. Ich habs satt, dauernd eingesperrt zu sein. Er hat meine ganzen Röcke versteckt, meine ganzen Kleider, alles weggeschlossen. Das macht er immer, wenn ich am Trinken bin.«
»Yeh?«
»Er hält mich wie eine Sklavin. Findest du es richtig, daß ein Mann seine Frau wie eine Sklavin behandelt?«
»Oh, *selbstverständlich* nicht!«
»Also heut hab ichs einfach nicht mehr ausgehalten, ich hab gewartet, bis Frank besoffen war, und dann bin ich abgehauen so wie ich bin.«
»Frank ist wahrscheinlich trotz allem ein guter Kerl«, sagte ich. »Du solltest auf Frank nicht dauernd rumhacken, verstehst du, was ich meine?«
Alter professioneller Trick. Immer so tun, als ob man Verständnis hat, selbst wenn es nicht stimmt.
»Ich finde, Frank ist ein Untier. Bist du vielleicht nicht froh, daß ich hier bin?«
Naja, hätte ich beinah gesagt, auf jeden Fall besser als 'n Bügelbrett. Ich kippte mein Glas vollends runter, langte rüber und griff mir dieses alte Gesicht und küßte es – wobei ich mir Mühe gab, an ihren Körper zu denken – hängte meine Zunge rein, und sie fing an zu saugen und zu schmatzen, während ich diese festen Mädchenbeine und Titten befummelte.
Wir kamen gleichzeitig wieder hoch und schnappten nach Luft. Ich goß die Gläser wieder voll.
»Was machst du eigentlich so?« fragte sie.
»Ich bin Innenarchitekt«, sagte ich.
»Ach fick dich doch nicht ins Knie . . .!«
»Hey, du merkst aber auch alles.«
»Bin schließlich aufs College gegangen.«
»Ah ja, du bist aufs College gegangen . . .«

»Naja, nicht allzu lange ...« Dann griff sie mir plötzlich an die Eier. Ich war überhaupt nicht darauf gefaßt. Ich wollte sie eigentlich gerade zu ihrem Wagen zurückbringen.
Naja, es war nicht schlecht. Es tat sogar ganz gut. Wie sie mich so anfaßte. Und es half wenigstens über das blöde Gerede hinweg.
Wir tranken noch ein paar auf die schnelle, und dann bugsierte ich sie in Richtung Schlafzimmer. Oder sie mich. Ist ja auch unwichtig. Ich bestand darauf, daß sie ihre Schuhe und Netzstrümpfe anbehielt. Schließlich bin ich pervers. Oder was weiß ich, was die Psychiater für einen Spezialausdruck dafür haben. Jedenfalls hab ich auch ein paar Spezialausdrücke für die Psychiater.
Es war wirklich gut. Als wir das Badezimmer hinter uns hatten, gingen wir wieder nach vorn und gaben der Karaffe den Rest. Ich kann mich nicht erinnern, wie ich wieder ins Bett gelangte. Jedenfalls, als ich aufwachte, glotzte mich dieses 55-jährige Gesicht an, völlig irre, die reine *dementia praecox.* Ich mußte lachen. Sie hatte mir einen Streifen hinmassiert, während ich schlief.
»Go, Baby, go!« sagte ich zu ihr.
Ich faßte rüber und zog sie an den Backen zu mir herunter. Das alte Gesicht sackte auf mich herunter und küßte mich. Es war schauderhaft, aber der 18jährige Körper war fest wie eine pralle Zitze, knisterte und schlängelte sich – es war, als ob sich sämtliche Tapeten von den Wänden kringelten und lebendig wurden. Wir schoben noch eine Nummer. Dann schlief ich endgültig ein.
Irgendwann weckte mich etwas auf. Der rosa Schlüpfer geisterte durchs Zimmer. Ich sah, wie sie sich anschickte, in ein Paar alte, ausgebeulte Hosen von mir zu klettern. Es tat mir leid, zuzusehen, wie dieser prächtige Hintern in einem Paar viel zu weiten, schlotterigen Hosen verschwand. Es war traurig und mies und es war lachhaft, aber als alter Professioneller tat ich so, als ob ich schlief. Ich beobachtete, wie sie in einer leeren Zigarettenpackung stocherte. Ich sah aus den Augenwinkeln, wie sie auf mich herunterschaute – und für einen Augenblick hatte ich das Gefühl, daß etwas Bewunderndes in ihrem Blick lag. Na, scheiß drauf ...
Sie stelzte aus dem Schlafzimmer. Als sie weg war, sprang ich mit einem Satz aus dem Bett und durchsuchte meine Klamotten. Ich fand die Brieftasche. Ich fand 7 Dollar drin. An-

scheinend hatte sie mich doch nicht beklaut. Und mit einem kleinen peinlichen Grinsen im Gesicht ließ ich mich wieder in die Federn fallen und pennte.

In Philadelphia damals hatte ich mir einen Stammplatz ganz am anderen Ende der Bar ergattert, indem ich kleine Botengänge machte, Sandwiches holte usw. Jim, der Bartender von der Morgenschicht, pflegte mich gegen halb sechs reinzulassen, während er noch den Schmant von der letzten Nacht aufwischte, und ich kriegte freie Drinks, bis um sieben die ersten Gäste kamen. Der letzte, der am folgenden Morgen um zwei die Bar verließ, war ich. Was bedeutete, daß ich nicht allzu viel Zeit zum Schlafen fand. Aber ich hatte eh nichts zu tun.

Die Bar war so alt und heruntergekommen und stank derart nach Urin und Tod, daß wir es geradezu als Auszeichnung empfanden, wenn mal eine Nutte reinkam, um sich einen Freier zu angeln.

Etwa um diese Zeit erschien eine Kurzgeschichte von mir in PORTFOLIO III, zusammen mit Beiträgen von Henry Miller, Lorca, Sartre und anderen. Das Ding kostete 10 Dollar – ein enormer Apparat, lauter einzelne Blätter, teures, farbiges Papier, jede Seite in einer anderen Schrift gedruckt, und das Ganze durchsetzt von irrsinnig progressiven Grafiken. Caresse Crosby, die Herausgeberin, schrieb mir: »Eine höchst ungewöhnliche und wundervolle Story. Wer SIND Sie?« Und ich schrieb zurück: »Liebe Mrs. Crosby: Ich hab keine Ahnung, wer ich bin. Ihr sehr ergebener Charles Bukowski.«

In jener Nacht wankte ich raus in den Regen, es ging ein ziemlicher Wind, und ich ließ PORTFOLIO sich in seine Bestandteile auflösen. Die Blätter wirbelten durch die Gegend, die Leute rannten ihnen nach, und ich stand da in meinem Suff und sah zu. Ein riesiger Fensterputzer, der immer sechs Eier zum Frühstück aß, stellte seinen Fuß auf eines der Blätter. »Hier! He! Ich hab eins!«

»Fuck it!« schrie ich. »Laß die Scheiße sausen, laß den ganzen Mist davonfliegen!« Ich hatte irgendwas bewiesen, und das reichte mir. Daraufhin stellte ich das Schreiben für 10 Jahre ein.

Jeden Morgen um 11 sagte Jim, los es reicht jetzt, du bist voll, geh ein bißchen an die Luft. Und ich ging raus, um die

Bar herum, und legte mich in der Straße dahinter in die Gosse. Das reizte mich, weil durch diese Straße ständig Lastwagen fuhren und ich mir dachte, da könnte sich mal was ergeben. Aber ich hatte nie Glück. Keiner hatte Lust, mich zu überfahren. Statt dessen kamen jeden Tag die Negergören der Nachbarschaft und piesackten mich mit ihren Stecken, und dann hörte ich ihre Mutter rufen: »All right, laßt das doch endlich, laßt den Mann in Ruh.« Und nach einiger Zeit stand ich dann wieder auf und ging in die Bar zurück.
Eines Tages erkundigte ich mich bei einem unserer Stammgäste: »Wie kommt es eigentlich, daß nie mal einer in diese andere Bar da unten an der Straße geht?«
»Das ist eine Gangster-Bar«, wurde mir gesagt. »Wenn du da reingehst, legen sie dich um.«
Ich trank mein Glas aus, stand auf und ging mir mal das Ding ansehen. Die Bar machte einen ziemlich sauberen Eindruck. Eine Menge großer, breitschultriger Typen hockte da rum, mit völlig ausdruckslosen Gesichtern. Als ich mich an die Bar setzte, wurde es sehr still im Raum. »Scotch and water«, sagte ich zum Barkeeper.
Er tat so, als hätte er nichts gehört.
Ich drehte meine Lautstärke etwas auf. »Barkeeper, ich hab gesagt ›Scotch and water‹!«
Er ließ sich lange Zeit; dann drehte er sich um, holte die Flasche und schenkte ein. Ich kippte das Glas runter.
»Und jetzt möcht ich noch einen.«
Ich sah eine junge Lady allein in einer Nische sitzen. Sie sah einsam aus. Und sie sah gut aus. Ich hatte einiges Geld bei mir. Keine Ahnung, wo ich es her hatte. Ich griff mir mein Glas, ging rüber und setzte mich zu ihr.
»Was möchtst du hören? Was soll ich auf der Jukebox für dich drücken?« fragte ich.
»Irgendwas. Was du willst.« Ich fing an, die Jukebox aufzuladen. Die Lady sah wirklich gut aus. Wie konnte sie derart gut aussehen und trotzdem allein sitzen?
»Barkeeper! Barkeeper! Noch zwei Drinks! Einen für die Lady und einen für mich!«
Ich konnte es förmlich riechen, daß Tod in der Luft lag.
»Was möchtest du trinken, Honey? Sag dem Mann, was du haben willst!«
Wir hatten ungefähr eine halbe Stunde getrunken und uns unterhalten, als sie aufstand und pissen ging.

Einer der beiden großen Typen, die ganz am Ende der Bar saßen, stand langsam auf und kam zu mir herüber. Er stand hinter mir und beugte sich zu mir herunter. »Hör mal zu, Buddy, ich muß dir mal was SAGEN.«
»Aber bitte. Schieß los.«
»Das da ist dem Boß sein Zahn. Wenn du dich noch weiter einmischst, kanns passieren, daß dir jemand was zwischen die Rippen steckt.«
Er sagte tatsächlich »zwischen die Rippen steckt«. Wie im Kino. Er ging weg und setzte sich wieder an die Bar. Die Lady kam wieder vom Pissen zurück und setzte sich.
»Barkeeper«, sagte ich.
»Noch zwei.«
Ich unterhielt mich weiter und lud zwischendurch die Jukebox nach. Dann mußte *ich* pissen gehen. Ein Schild, auf dem MEN stand, zeigte auf eine lange Treppe, die nach unten führte. Das Männerklo war hier im Keller. Merkwürdig. Ich fing an, die Stufen hinunterzugehen, und dann merkte ich, daß mir die zwei großen Kerle folgten. Es machte mir eigentlich keine Angst, ich fand das Ganze einfach äußerst *seltsam*. Jedenfalls, es blieb mir nichts anderes übrig als weiterzugehen. Unten stellte ich mich vor ein Pißbecken, machte den Latz auf und fing an zu schiffen. Leicht angetrunken, wie ich war, spürte ich doch noch, wie ein Totschläger hinter mir niedersauste. Instinktiv bewegte ich meinen Kopf ein bißchen zur Seite, kriegte das Ding aber trotzdem genau auf den Hinterkopf. Das Licht ging aus. Dann ging es wieder an, flackerte, kreiste in meinem Kopf, wurde zu Sternen, die mir vor den Augen tanzten. Es war eigentlich nicht allzu wild. Ich pißte zu Ende, machte den Latz wieder zu und drehte mich um. Sie standen da und warteten darauf, daß ich zusammensackte.
»Verzeihung«, sagte ich und ging zwischen den beiden durch. Ich stieg die Treppe hoch und setzte mich wieder an meinen Platz. Ich hatte vergessen, mir die Hände zu waschen.
»Barkeeper«, sagte ich. »Noch zwei.«
Blut lief mir am Hinterkopf herunter. Ich holte mein Taschentuch heraus und hielt es nachlässig dagegen. Dann sah ich, wie die beiden Jungs nach oben kamen und sich wieder an die Bar setzten.
»Barkeeper«, sagte ich und nickte in ihre Richtung. »Zwei Drinks für die beiden Gentlemen da drüben.«
Ich machte weiter small talk und ließ die Jukebox eine weitere

Ladung Platten abfahren. Das Mädchen rührte sich nicht von meiner Seite. Was sie sagte, kriegte ich nur halb mit. Dann mußte ich wieder eine Stange Wasser in die Ecke stellen. Ich stand auf und marschierte wieder in Richtung Männerklo. Als ich an den beiden vorbeiging, sagte der eine zum anderen: »Den Hundeknochen kannst du nicht umlegen. Der ist übergeschnappt.«
Diesmal gingen sie mir nicht nach, und als ich wieder nach oben kam, setzte ich mich auch nicht wieder zu der Lady. Ich hatte gezeigt, worum es mir ging, und weiter interessierte mich die Sache nicht. Ich schüttete noch einiges in mich rein, bis die Bar dichtmachte, und dann gingen wir alle zusammen raus und redeten durcheinander und lachten und grölten Lieder. Die letzten paar Stunden hatte ich mit einem schwarzhaarigen Jungen gebechert, und jetzt kam er zu mir her und sagte: »Hör zu, wir wollen dich in die Gang aufnehmen. Du bist hart im Nehmen. 'n Kerl wie dich können wir brauchen.«
»Danke, Kumpel. Ehrt mich, aber ich muß ablehnen. Jedenfalls, danke für das Angebot.«
Ich drehte mich um und ging. Immer die gleiche Masche. Effektvoller Abgang und so.
Nach ein paar Blocks stoppte ich einen Streifenwagen und erzählte den Bullen, ein halbes Dutzend Matrosen hätten mich zusammengeschlagen und ausgeraubt. Sie fuhren mich in die Ambulanz, wo sich ein Arzt und eine Schwester meinen Fall vornahmen. »Das wird jetzt ziemlich weh tun«, sagte der Doktor und fing an, mit seiner Nähnadel an mir zu fummeln. Ich war so voll, daß ich überhaupt nichts merkte. Als sie mir einen Verband um den Schädel wickelten, langte ich der Schwester ans Bein und drückte ihr ein bißchen das Knie. Es fühlte sich gut an.
»He! Zum Donnerwetter, was ist denn in Sie gefahren!«
»Nix. Sollte nur 'n Scherz sein«, sagte ich.
»Sollen wir diese Type einbuchten?« fragte einer der Bullen.
»Nein, schafft ihn nach Hause. Er hat eine wüste Nacht hinter sich.«
Die Bullen chauffierten mich heim. Exzellenter Service. In Los Angeles wäre ich glatt in einer Zelle gelandet. Auf meiner Bude leerte ich erst noch eine Flasche Wein, dann haute ich mich hin.
Am nächsten Morgen war ich um halb sechs nicht da, als Jim die alte Bar aufmachte. Das kam schon hin und wieder mal

vor. Ich blieb manchmal den ganzen Tag im Bett. Gegen zwei Uhr mittags hörte ich ein paar Weiber vor meinem Fenster tratschen. »Ich weiß nicht«, sagte die eine. »Dieser neue Mieter . . . manchmal bleibt er den ganzen Tag in seinem Zimmer . . . zieht nicht mal die Rollos hoch . . . hört andauernd Radio . . . Das ist alles, was er den ganzen Tag macht.«
»Ich kenn ihn«, sagte die andere. »Die meiste Zeit besoffen. Was für ein schrecklicher Mensch.«
»Ich glaub, ich muß ihm sagen, daß er ausziehen soll.«
Ah shit, dachte ich. Ah shit shit shit shit SHIT.
Ich stellte den Stravinsky ab, zog meine Klamotten an und ging runter zur Bar.
»Hey, da kommt er!!«
»Wir ham gedacht, du bist am Arsch!«
»Bist du in die Gangster-Bar reingegangen?«
»Yeah.«
»Na erzähl doch!«
»Erst brauch ich 'n Drink.«
»Klar, hier . . .«
Ein Scotch & water wurde aufgefahren. Ich setzte mich auf meinen Stammplatz. Das dreckige Sonnenlicht arbeitete sich langsam durch den Raum. Mein Arbeitstag hatte begonnen.
»Das Gerücht«, begann ich, »daß es sich um einen ruppigen Laden handelt, entspricht absolut der Wahrheit . . .« Und dann erzählte ich ihnen in groben Zügen, was vorgefallen war.
Der Rest der Story ist, daß ich mir zwei Monate lang nicht die Haare kämmen konnte, noch ein- oder zweimal in die Gangster-Bar ging, zuvorkommend behandelt wurde, Philadelphia wenig später verließ und nach neuen Schwulitäten Ausschau hielt. Trouble fand ich jede Menge, aber das, wonach ich sonst noch suchte, hab ich bis heute nicht gefunden. Vielleicht finden wir das, wenn wir sterben. Vielleicht nicht mal dann. Ihr könnt ja in euren philosophischen Wälzern nachschlagen. Und im übrigen: macht einen Bogen um Lokale, bei denen das Männerklo im Keller ist.

Der Tod von Henrys Mutter machte keine Komplikationen. Nettes katholisches Begräbnis, wie es sich gehörte. Der Sarg blieb zu. Der Priester schwenkte ein paarmal sein Rauchfaß, und damit hatte es sich. Henry ging von der Beerdigung aus

direkt zum Rennplatz, erwischte einen guten Lauf und bandelte schließlich mit einer Chinesin an, die ihn mit auf ihr Zimmer nahm. Sie machte Steaks, und dann stiegen sie ins Bett.
Als sein Vater starb, ging es nicht so einfach ab. Der Sarg blieb offen, und die Geliebte seines Alten – er sah sie zum erstenmal, eine gewisse Shirley – diese Shirley also warf sich über den Sarg und heulte und zeterte und hievte den Oberkörper des Toten halb aus dem Sarg und bedeckte sein Gesicht mit Küssen. Man mußte sie mit Gewalt entfernen. Und als Henry wenig später die Treppe herunterkam, warf sie sich ihm in der Halle um den Hals und küßte ihn. »Oh, du siehst genauso aus wie dein Vater!« Während sie ihn küßte, wurde er ziemlich scharf, und als es ihm schließlich gelang, sie wegzustoßen, kam vorne auf seiner Hose ein feuchter Fleck durch. Er hoffte, daß die Trauergäste nichts merkten. In Gedanken machte er sich in Sachen Shirley einen Knoten ins Taschentuch. Sie war nicht viel älter als er.
Von der Beerdigung aus ging er auf den Rennplatz, aber es war keine Chinesin aufzutreiben, und außerdem verlor er einige Einsätze. Der Alte hatte wohl doch sein Stigma auf ihm gelassen.
Laut Notariat gab es kein Testament. Es gab auch kein Geld, nur ein Haus und einen Wagen. Henry und seine alte Freundin Maggy nahmen beides sofort in Beschlag.
Um die Mittagszeit pflegte er aufzustehen und den Rasen unter Wasser zu setzen. Und die Blumen. Der Alte war ein Blumennarr gewesen. Henry stand auf dem Rasen mit dem Wasserschlauch in der Hand und dachte daran, wie ihn sein Alter gehaßt hatte, weil er nicht arbeiten wollte und ständig soff und sich mit Weibern herumtrieb. Und jetzt hatte *er* das Haus und den Wagen, und der Alte sah das Gras von unten wachsen. Allmählich machte er sich mit den Nachbarn bekannt. Mit einem der Typen kam er in näheren Kontakt. Er hatte eine Wäscherei. Harry hieß er.
Harry hatte einen ganzen Hinterhof voller Vögel. Zusammen an die 5000 Dollar wert. Alle Arten von Vögeln. Eine Menge exotisches Federvieh darunter. Einige konnten sogar reden. Einer sagte ständig: »Go to hell go to hell!« Henry verpaßte ihm einmal eine kalte Dusche, aber es nützte nichts, der Vogel keifte ihn an: »Hast du mal Feuer?«, und dann sagte er mehrere Male ganz schnell hintereinander: »Go to hell!« Der

ganze Hinterhof war vollgestapelt mit Käfigen aus Maschendraht. Harry lebte nur für seine Vögel. Henry lebte für seine Flasche und für die Mösen. Vielleicht würde er es mal mit so einem Vogel versuchen ... Aber wie stellte man das an?
Maggy war gut auf der Matratze, aber da sie halb Irin und halb Indianerin war, entwickelte sie ein fürchterliches Temperament, sobald sie was getrunken hatte, und er mußte sie in regelmäßigen Abständen verprügeln. Er besorgte sich Shirleys Telefonnummer und lud sie mal zu sich ein. Sie fing prompt wieder an, ihm um den Hals zu fallen und ihm zu sagen, wie sehr er seinem Vater ähnlich sah. Er spielte mit, ließ es aber an diesem Abend noch zu nichts kommen und beschloß, erst einmal abzuwarten.
Harry kam fast jeden Abend mit seiner Frau herüber, und man setzte sich zusammen und leerte einige Flaschen. Harry erzählte von seiner Wäscherei und von seinen Vögeln. Die Vögel konnten Harrys Frau nicht ausstehen. Während Harrys Frau sich darüber ereiferte, wie sehr ihr die Vögel auf die Nerven gingen, schlug sie ständig die Beine übereinander, und zwar auf eine derart aufreizende Art, daß sich unter Henrys Hose bald etwas zu regen begann. Diese verdammten Weiber, dauernd mußten sie ihn reizen. Allmählich stellte sich auch Shirley regelmäßig zu diesen Abenden ein, Maggy wurde zunehmend sauer, und Henry sah von Harrys Frau zu Shirley und überlegte, welche wohl besser sei. So kam schließlich eines Abends alles zusammen.
Harrys Frau hatte einiges über den Durst getrunken und ließ sämtliche Vögel raus. Die ganzen 5000 Dollar schwangen sich in die Luft.
Harry, in seinem Suff, saß eine Weile wie versteinert da. Dann fing er an zu schreien und seine Alte zu vermöbeln. Jedesmal, wenn sie umfiel, hatte Henry Gelegenheit, ihr unter den Rock zu sehen. Er wurde langsam unerträglich geil. Maggy rannte raus und versuchte, die Vögel wieder einzufangen, schien aber keinen besonderen Erfolg zu haben. Die Viecher flatterten die Straße rauf und runter, hockten auf den Bäumen, stelzten auf den Dächern herum, der ganze verrückte 5000-Dollar-Verein, völlig irre und konfus wegen der ungewohnten Freiheit.
Henry konnte sich nicht mehr beherrschen, er griff sich Shirley und schleppte sie ins Schlafzimmer. Er zog sie aus und stieg drüber. Er hatte Schwierigkeiten, sich zurechtzufinden.

Der Alkohol machte ihm zu schaffen. Dann kam Maggy ins Haus zurück, mit einem Vogel unter dem Arm. Das Ding hatte ein paar vereinzelte rötliche Federbüschel auf Kopf, Brust und Beinen, und der Rest war nichts als graue, faltige Haut. Harry hatte 300 Dollar dafür bezahlt. Maggy krakeelte im Hausflur: »Ich hab einen gefangen!«, und als sie Henry nirgends entdeckte, ging sie ins Schlafzimmer, und als sie sah, was dort lief, hockte sie sich auf einen Stuhl, den Vogel im Schoß, riß ungläubig die Augen auf und schrie, und Harry verdrosch weiter seine Frau, und das war etwa die Situation, wie sie die Polizei vorfand.
Es waren zwei junge Typen. Die Bullen zerrten Henry von seiner Shirley runter und befahlen dem ganzen Verein, sich ausgehfertig zu machen. Ein weiterer Streifenwagen mit zwei Bullen drin kam an. Maggy drehte durch und fiel einen der beiden an. Die Bullen packten sie in den Wagen und fuhren mit ihr in die Berge. Dort legte sie jeder einmal auf dem Rücksitz um. Sie mußten ihr dabei Handschellen anlegen. Der andere Streifenwagen verfrachtete Henry, Shirley, Harry und Frau auf die nächste Wache. Man nahm ihre Personalien auf und buchtete sie ein. Zurück blieben die Vögel, die in hellen Scharen durch die Straßen rannten.
Am folgenden Sonntag sprach der Pfarrer von »verworfenen Trunkenbolden, die Sünde und Schande über unsere Gemeinde bringen«. Maggy saß als einzige nicht hinter Schloß und Riegel. Sie war sehr fromm. Sie saß in der ersten Reihe und schlug ihre Beine in der bekannten Weise übereinander. Der Pfarrer konnte nicht umhin, ihr unter den Rock zu sehen, und unter seiner Soutane begann sich etwas zu regen. Glücklicherweise wurde der betreffende Teil seiner Anatomie durch die Kanzel abgeschirmt. Er zwang sich dazu, während er weiterpredigte, aus dem Fenster zu sehen, bis sich das Ding unter seiner Hose wieder legte.
Harry verlor seine Stellung. Henry verkaufte das Haus. Der Pfarrer stieg mit Maggy ins Bett. Shirley heiratete einen Typ, der Fernseher reparierte. Harry saß in seinem Hinterhof und starrte die leeren Käfige an. Die Vögel verhungerten auf den Straßen und gingen reihenweise ein. Jedesmal, wenn er wieder einen toten Vogel entdeckte, nahm Harry seine Frau in die Mangel. Henry verspielte und versoff das Geld, das er für das Haus bekommen hatte.
Mit Vornamen heiße ich Henry. (Charles ist mein zweiter

Vorname.) Beim Tod meiner Mutter gab es keine Komplikationen. Nettes katholisches Begräbnis. Weihrauch und so. Und der Sarg blieb zu. Als mein Alter starb, ging es nicht so einfach ab. Der Sarg blieb offen, und die Geliebte meines Alten warf sich darüber, und den Rest der Geschichte kennen Sie.
P. S. Wenn du einen Vogel pimpern willst, mußt du ihn erst mal fangen.

Vor Jahren war ich mal mit einer aus Texas verheiratet, die eine Erbschaft von einer Million in Aussicht hatte, man mußte nur warten, bis der Alte unter der Erde war. Aber in Texas ist die Luft nicht so verpestet wie hier, und die Leute leben gesund und rennen beim kleinsten Kratzer zum Arzt . . .
Sie war eine Nymphomanin, und mit ihrem Halswirbel stimmte was nicht ganz, und um es kurz zu machen – was uns zusammenbrachte, waren meine Gedichte. Sie hielt mich für den größten Dichter seit Blake. Oder was weiß ich. Damals wußte ich noch nichts von der Million. Ich saß in meinem Zimmer am N. Kingsley Drive, frisch aus dem Krankenhaus entlassen nach einem Blutsturz und einer Magenoperation, und nachdem sie mir neun Flaschen Blut und Glukose verabreicht hatten, eröffneten sie mir: »Noch ein Drink, und der Bart ist ab.« So redet man einfach nicht mit einem Selbstmordkandidaten.
Ich saß also in meiner Bude, umgeben von leeren und vollen Bierdosen, schrieb Gedichte, paffte billige Zigarren, war ziemlich blaß und schwach und wartete darauf, daß mir die Decke auf den Kopf fiel. Inzwischen begannen ihre Briefe einzutreffen. Ich schrieb zurück. Nachdem sie ausgiebig von meinen Gedichten geschwärmt hatte, schickte sie ein paar eigene mit (sie waren nicht mal so schlecht), und dann kam immer wieder die gleiche Tour: »Ich werde nie einen Mann kriegen. Es liegt an meinem Hals. Ich kann den Kopf nicht drehen.« Ständig das gleiche Lamento: »Mich wird nie einer heiraten, ich werd nie einen Mann kriegen, mich wird keiner heiraten.« Schließlich, eines Abends, platzte mir der Kragen. Ich setzte mich hin, in meinem volltrunkenen Unverstand, und schrieb ihr: »Um Gottes willen, hör auf zu jammern! *Ich* werd dich heiraten!« Ich steckte den Brief in den Kasten und vergaß die ganze Geschichte. Nur sie vergaß es nicht. Ich hatte Fotos von

ihr bekommen, die mir sehr gut gefielen, und auf diesen Brief hin trafen plötzlich Fotos ein, die gar nicht mehr so schön waren. Ich starrte die Fotos an und kriegte es langsam mit der Angst zu tun. Ich fiel mitten im Zimmer auf die Knie und sagte: »Ich bin bereit, mich zu opfern. Wenn ich in meinem Leben nur einen einzigen Menschen glücklich machen kann, dann ist dieses Leben nicht umsonst gewesen.« Shit, ich mußte mir einfach irgendeinen Balsam auf die Seele gießen.
Well, sie kam also aus Texas angereist. Mit dem Bus. Papa und Mama wußten von nichts, selbst Opa war ahnungslos. Sie machten irgendwo Ferien. Mehr als ein bißchen Kleingeld hatten sie ihr anscheinend nicht dagelassen. Ich wartete auf sie an der Bushaltestelle. Ich wartete auf eine Frau, die ich heiraten sollte, ohne sie jemals gesehen zu haben. Ich hatte wirklich die Motten. Der Bus kam an.
Ich seh mir die Leute an, die aussteigen, und da kommt diese blonde Schönheit raus, richtig sexy, mit Stöckelschuhen, wippender Gang und so, dufter Hintern und alles, und JUNG, Menschenskind, höchstens 23, und das mit dem Hals schien gar nicht so wild zu sein. War es möglich? Moment, dachte ich: und wenn sie den Bus verpaßt hat? Egal, ich ging auf sie zu.
»Sind Sie Barbara?«
»Ja«, sagte sie. »Dann sind Sie also Bukowski . . .«
»Schätze ja. Wollen wir?«
»Allright.«
Wir kletterten in meine alte Karre und fuhren zu mir.
»Fast wäre ich unterwegs wieder ausgestiegen und umgekehrt.«
»Kann ich verstehen.«
Bei mir zu Hause kippte ich schnell noch ein paar Gläser, aber sie wollte erst mit mir ins Bett, wenn wir verheiratet waren. Also legte sich jeder aufs Ohr, und am nächsten Morgen fuhr ich mit ihr nach Las Vegas und wir heirateten. Ich fuhr die ganze Strecke nach Las Vegas und zurück ohne Unterbrechung. Ich hatte es so eilig wie noch nie in meinem Leben. Der Schweiß brach mir aus, wenn ich an den Augenblick dachte, wo wir ins Bett steigen würden. Und wie richtig diese Ahnung war, stellte sich schnell heraus . . . NACH unserer ersten Nummer. O. K., sie hatte mir geschrieben, sie sei mannstoll. Aber ich hatte es ihr nicht geglaubt. Nach der dritten oder vierten Runde war ich soweit, daß ich es glaubte. Da wußte ich, daß ich mich in die Nesseln gesetzt hatte.

Ich arbeitete als Packer in einer Spedition. Ich gab den Job auf und wir nahmen den nächsten Bus nach Texas. Dort stellte sich heraus, daß ich eine potentielle Millionärin geheiratet hatte. Was mich nicht besonders aus der Fassung brachte – ich hatte schon immer einen leichten Schatten. Es war eine ziemlich kleine Stadt. Einer Untersuchung zufolge war es die letzte Stadt, auf die man eine Atombombe werfen würde, und ich war geneigt, mich der Meinung der Experten anzuschließen.

Sooft ich der Sklavenarbeit im Schlafzimmer entrinnen konnte, ging ich spazieren, ziemlich weich in den Knien und ziemlich bleich im Gesicht, und wurde natürlich von allen Seiten angestarrt. Ich war der Macker aus der großen Stadt, der sich das reiche Mädchen geangelt hatte. Irgendwas MUSSTE also an mir dran sein. Alles, was an mir dran war, war ein müder Schwanz und ein Koffer voll Gedichte.

Sie arbeitete im Bürgermeisteramt. Sie hatte einen riesigen Schreibtisch und nichts zu tun, und ich saß in ihrem Büro am Fenster, ließ mir die Sonne ins Gesicht scheinen und verscheuchte die Fliegen. Ihr Alter haßte mich wie die Pest. Opa dagegen schien mich zu mögen; nur hatte Papa fast all die Moneten. Also hockte ich am Fenster und verscheuchte die Fliegen und wartete. Ein riesiger Cowboy kam rein; in Stiefeln; einen enormen Hut auf dem Kopf; alles was dazu gehörte.

»Hallo, Barbara«, sagte er. Dann sah er mich.

»Sag mal . . . was machst *du* hier?«

»Was ich hier MACHE?«

»Ja, was du hier eigentlich MACHST.«

Ich ließ eine lange Zeit verstreichen. Ich schaute aus dem Fenster. Ich verscheuchte eine Fliege. Dann wandte ich mich zu ihm um. Er beugte sich über den Schalter zu mir herein mit seinen eins-dreiundachtzig, mit seiner roten texanischen Visage, ganz amerikanischer Volksheld.

»Ich? Oooch, ich äh . . . ich HÄNG hier eben so rum und nehm, was kommt.«

Er fuhr zurück, als hätte ich den bösen Blick, und im nächsten Augenblick war es vor dem Schalter wieder leer.

»Weißt du, wer das war?« fragte sie mich.

»Nee.«

»Das war unser starker Mann; verdrischt die Leute und so. Er ist mein Cousin.«

»Na, aber eben hat er doch nichts GEZEIGT, oder?«
Sie warf mir einen merkwürdigen Blick zu, und zum erstenmal hatte sie einen zweifelnden Ausdruck in den Augen. Sie merkte wohl langsam, daß die ganze Aura des sensiblen Lyrikers nur ein rosa Schleifchen war, das ich mir zu Weihnachten umband. Am Blue-Jean-Day (Cowboy-Festival) kramte ich meinen einzigen guten Anzug heraus und zog ihn an und schlenderte damit durch die Stadt. Angeblich sollte jeder, der an diesem Tag nicht in Blue Jeans rumlief, in den Löschteich geworfen werden. Aber damit war es nichts. Ich kriegte den Teich nicht mal aus der Ferne zu sehen. Ich hatte schon einiges getankt, wankte durch die Gegend und sah gefährlich drein. Die Stadt gehörte mir. Der Doktor kam angekrochen und wollte mit mir angeln gehen, oder auf die Jagd. Die Verwandten kamen an und machten große Augen, während ich die leergetrunkenen Bierdosen der Reihe nach in den Papierkorb flippte und Witze erzählte.
Aber sie wollte unbedingt nach Los Angeles ziehen. Sie hatte noch nie in einer großen Stadt gelebt. Ich versuchte es ihr auszureden, schließlich fand ich das Leben in Texas ganz erträglich, aber nein, sie mußte weg. Also stellte uns Opa einen Scheck aus und zurück gings nach L. A. Mit dem Bus. Zwei verstaubte und verdreckte Millionäre in einem Greyhound-Bus nach Los Angeles. Und es kam noch schlimmer: sie bestand darauf, daß wir unseren Unterhalt selbst verdienten. Also heuerte ich wieder als Packer an, und sie hockte zu Hause herum und wünschte nichts sehnlicher, als auch einen Job zu finden ... Nach der Arbeit mußte ich mich jeden Abend besaufen. »Großer Gott«, sagte ich, »was hab ich nur gemacht. Ich hab 'ne Dorftrampel geheiratet.« Daß ich vor der Million keinen Respekt hatte, ging ihr wirklich an die Nieren.
Wir hatten ein kleines Haus in den Außenbezirken gemietet, und der Hof hinterm Haus war völlig mit Gras zugewachsen und voller Fliegen. Sie schwirrten zu Tausenden herum und raubten mir langsam den letzten Nerv. Ich rannte jeden Tag mit einer großen Spraydose raus und killte, soviele ich konnte, aber sie nahmen nicht ab.
Das bescheuerte Volk, das vor uns da gewohnt hatte, hinterließ uns eine sinnreiche Einrichtung im Schlafzimmer – sie hatten um das ganze Bett herum Regale gebaut, auf denen unzählige Töpfe mit Geranien standen. Wenn wir fickten, wackelte das Bett, und dann fing der ganze Apparat an zu

wackeln, es klang wie ferner Donner, wenn die Blumentöpfe auf den Regalen tanzten, und ich hörte mittendrin auf. »Nein NEIN, MACH WEITER, AHH, MACH WEITER!« Und ich raffte mich auf, versuchte meinen Rhythmus wiederzufinden, und dann kam der ganze Laden auf mich herunter, die Geranien fielen mir auf den Arsch und auf den Kopf, und auf den Rücken und die Beine, und sie schrie und lachte in ihrem Delirium und KAM.

Die Blumentöpfe hatten es ihr wirklich angetan. »Ich werd diese ganze Scheiße von der Wand reißen!« sagte ich ständig; aber sie hatte so eine nette Art, mich davon abzubringen, daß ich die Dinger immer wieder aufstellte, und alles blieb beim alten.

Dann kaufte sie eines Tages einen kleinen schwarzen Hund, der einen Dachschaden hatte, und nannte ihn Bruegel. Nach ein paar Tagen verlor sie das Interesse an ihm. Sie trat ihm in die Rippen, wenn er ihr in den Weg kam, und raunzte ihn an: »Hau ab, Scheißviech!« Die einzige Freude, die der Hund hatte, waren unsere abendlichen Kämpfe, wenn ich im Suff mit ihm auf dem Fußboden herumrollte.

Sie kaufte einen neuen Wagen, einen 57er Plymouth — ich fahr ihn heute noch — und ich sagte ihr, bei der Landespolizei hätte sich ein Job für sie ergeben. Sie stellte sich vor und bezog einen Schreibtisch im Büro des Sheriffs. Ich erzählte ihr, die Spedition hätte einiges Personal entlassen müssen, darunter leider auch mich.

Nun wusch ich jeden Tag den Wagen und holte sie von der Arbeit ab. Eines Tages, ich parkte vor dem Gebäude und sie stieg gerade ein, da kamen lauter solche bleichgesichtigen Typen in geblümten Hemden und mit eingefallenen Schultern und blöden Kaugummi-Visagen aus dem Gebäude.

»Was sind denn das für traurige Armleuchter?« fragte ich sie.

»Das sind Polizeibeamte«, sagte sie in ihrem hochnäsigen Zickenton.

»Ah, erzähl mir doch keine Märchen! Diese mickrigen, duseligen Scheißer? Das sind doch im Leben keine Bullen! Was? Ach komm, *das* sind doch keine Bullen!«

»Das sind Polizeibeamte, und es sind alles SEHR nette Jungs.«

»Oh, SHIT!« sagte ich.

Sie war tödlich beleidigt. In der Nacht fickten wir nur einmal. Am nächsten Tag war wieder was anderes kaputt.

»Das da ist José«, sagte sie. »Er ist Spanier.«

»Spanier?«
»Ja, er ist in Spanien geboren.«
»Die ganzen Mexikaner, mit denen ich in den Fabriken gearbeitet hab, die behaupten alle, sie seien in Spanien geboren. Das ist alles Theater.«
»Aber José ist in Spanien geboren. Ich weiß es.«
»Woher willst du denn das wissen?«
»Er hat es mir gesagt.«
»Oh, SHIT!«
Am Abend beschloß sie, in den Zeichenkurs zu gehen. Sie war ständig am Kritzeln und Malen.
»Ich werd auch hingehen«, sagte ich.
»DU? Wozu denn?«
»Damit du jemand hast, mit dem du in der Pause Kaffee trinken kannst. Und ich kann dich dann immer hinfahren und wieder zurück.«
»Na schön, wenn du willst . . .«
Wir belegten den gleichen Kurs, und nach drei oder vier Abenden fing sie an nervös zu werden und die Seiten aus ihrem Zeichenblock zu reißen und zusammenzuknüllen. Ich hockte einfach an meinem Platz und gab mir Mühe, sie nicht anzusehen. Alle taten ganz geschäftig und vertieft, kicherten aber ständig, als sei das Ganze ein blöder Witz und als sei es ihnen peinlich, hier zu sitzen wie Schulkinder und zu malen.
Der Zeichenlehrer pflanzte sich vor mich hin. »Hören Sie, Bukowski, Sie sollen hier was malen. Warum sitzen Sie ständig da und starren auf das Papier?«
»Ich hab vergessen, mir einen Pinsel zu kaufen.«
»Na schön, dann LEIHE ich Ihnen eben einen Pinsel. Aber geben Sie ihn nach der Stunde wieder zurück.«
»Yeah.«
»So, und jetzt malen Sie mal diese Vase da mit den Blumen drin.«
Ich beschloß, es hinter mich zu bringen. Ich schmierte was aufs Papier, dann ging ich raus, trank einen Kaffee und rauchte eine Zigarette. Als ich wieder reinkam, standen alle um meinen Platz herum. Eine Blonde mit enormen Titten wandte sich nach mir um und hängte mir die Dinger vors Gesicht und sagte: »Ah, Sie haben FRÜHER schon gemalt, nicht wahr?«
»Nee, das ist mein erstes Bild.«
»Ah, Sie machen einen SCHERZ!«
»Ummmmmmm«, war alles, was ich sagen konnte.

Der Professor griff sich mein Opus und hängte es vorne an der Tafel auf. »Sehen Sie, meine Herrschaften, DAS ist es, was ich von Ihnen möchte! Dieses GEFÜHL ... diesen NATÜRLICHEN FLUSS ...!«

Ach du große Scheiße, dachte ich.

Sie stand wütend von ihrem Platz auf, packte ihren Kram zusammen und verschwand im Nebenzimmer. Sekunden später hörte man da drin Papier in Fetzen gehen und Farbtöpfe an den Wänden zerschellen. Der Professor kam auf mich zu. »Mr. Bukowski ... ist die Dame da drin Ihre ... Frau?«

»Äh ... ja.«

»Nun, wir dulden hier nämlich nicht solche Primadonna-Allüren. Öh, vielleicht wäre es gut, wenn Sie das Ihrer Frau Gemahlin sagten. Und, öh, was ich Sie fragen wollte: würden Sie mir gestatten, Ihr Werk in die Kunstausstellung aufzunehmen ...?«

»Klar.«

»Oh, verbindlichsten Dank, danke sehr, sehr freundlich von Ihnen!« Der Professor hatte ganz eindeutig eine Meise. Alles, was ich zusammenschmierte, wollte er für seine Kunstausstellung. Dabei wußte ich nicht einmal, wie man richtig die Farben mischt. Ich rührte einfach etwas zusammen, tunkte den Pinsel rein und fuhrwerkte damit auf dem Papier herum. Das Ganze sah aus, als sei ein Hund mit Dünnschiß darüber gerannt.

Jedenfalls, die Frau Gemahlin hatte den Kanal voll und steckte das Malen auf. Und ich vermachte dem Professor meinen impressionistischen Dünnschiß und meldete mich ebenfalls ab.

Dann fing sie an, mir von ihrem Türken vorzuschwärmen, der sei so ein feiner Mensch. »Er trägt eine purpurne Krawattennadel, und heut hat er mich auf die Stirn geküßt, so ganz dezent und hat gesagt, ich seh HIMMLISCH aus.«

»Hör zu, Sweetheart, sowas gehört zum Standard-Repertoire sämtlicher Bürohengste. Manchmal kommt was dabei heraus, meistens aber nicht. Die meisten von diesen Typen onanieren daheim in ihrer Besenkammer und sehen sich zuviele Filme mit Charles Boyer an. Die Typen, die wirklich was zu bieten haben, machen nicht solchen Zirkus. Ich mach jede Wette, dein Verehrer geht zu oft ins Kino. Faß ihm an die Eier, und er läuft davon.«

»Aber WENIGSTENS ist er ein GENTLEMAN! Und er ist immer so überarbeitet. Er tut mir richtig leid.«

»Überarbeitet! Von WAS denn? Vom Heftklammern-Sortieren?«
»Er hat ein Autokino, da muß er immer noch bis spät in die Nacht arbeiten. Er kommt überhaupt nicht richtig zum Schlafen.«
»Na, da will ich Schweinchen Schlau heißen . . .«
»So heißt du auch«, hauchte sie. In dieser Nacht kamen die Geranien zweimal auf mich runter.
Und dann kam der Abend, als ich die pikanten chinesischen Schnecken servierte. Ich war im Supermarkt gewesen, und zum erstenmal war mir dieses Regal mit den Spezialitäten aufgefallen. Ich kaufte den ganzen Mist. Winzige Tintenfische, Schnecken, Schlangen, Eidechsen, Raupen, Heuschrecken . . . Als erstes kamen die Schnecken auf den Tisch.
»Ich hab sie in Butter gedünstet«, sagte ich zu ihr. »Greif zu. Das fressen die armen Schlucker im Osten jeden Tag. Hier zahlt man sich krumm und bucklig dafür . . .«
»Die schmecken wie aus Gummi . . .«
»Gummi, Gummi . . . ISS sie!«
»Sie haben so kleine Arschlöcher . . . man kann richtig ihre kleinen Löcher sehen . . . ohh . . .«
»Alles, was man ißt, hat ein Loch. Du hast eins, ich hab eins, wir alle haben Löcher. Sogar dein Krawattenmuffel . . .«
»Ohhhhh . . .«
Sie wurde grün im Gesicht, fing an zu würgen und stürzte ins Bad. Ich brach in brüllendes Gelächter aus, und während mir die Tränen übers Gesicht liefen, schlappte ich die kleinen Arschlöcher eins nach dem anderen auf und spülte sie mit Bier runter.
Es überraschte mich nicht besonders, als mir wenige Tage später eine Scheidungsklage ins Haus flatterte.
Ich hielt ihr betrübt das Stück Papier hin. »Baby, was ist denn das? Liebst du mich denn nicht?«
Sie fing an zu heulen. Sie heulte und heulte und heulte.
»Na komm, na komm, krieg dich wieder. Vielleicht ist der Krawattenmuffel der Richtige. Ja, ich glaube, das wird der Richtige sein. Ich glaube auch nicht wirklich, daß er heimlich zu Hause onaniert.«
»Ohhhhh, ohh-ohh. Ohhhh . . .«
»Vielleicht wichst er nur in der Badewanne.«
»Oh, du gemeines Scheusal!«
Sie hörte abrupt zu weinen auf. Wir brachten ein letztes Mal

die Geranientöpfe zum Einsturz. Dann ging sie ins Badezimmer, summte und trällerte vor sich hin. Ich suchte ihr eine Wohnung und half ihr beim Umzug. Sie wollte nicht im Haus wohnen bleiben; sie sagte, es würde ihr das Herz brechen. Übergeschnappte Möse. Am nächsten Tag kaufte ich mir eine Zeitung und konsultierte den Stellenmarkt. Packer, Laufjunge, Pförtner, Kaufhausdetektiv, Aushilfe in einem Heim für Krüppel, Telefonbücher austragen . . . Ich warf die Zeitung in die Ecke, ging ins nächste Spirituosengeschäft und besorgte mir eine Flasche und begoß die entschwundene Million.
Ich sah sie ein- oder zweimal wieder – nur so, ohne Geranien – und sie sagte, nach der ersten Nacht mit dem Krawattenmuffel hätte sie ihren Job aufgegeben, und jetzt wollte sie »ernsthaft« mit Schreiben und Malen anfangen.
Später ging sie nach Alaska und heiratete einen Eskimo, oder einen japanischen Fischer, und wenn ich besoffen bin, mach ich mir manchmal einen Witz daraus, den Leuten zu erzählen: »Ich hab mal eine Million an einen japanischen Fischer verloren.«
Ein- oder zweimal im Jahr krieg ich einen Brief von ihr, zu Weihnachten meistens einen längeren. »Schreib mir mal«, sagt sie. Inzwischen hat sie zwei oder drei Kinder, die alle Eskimo-Namen haben. Und sie sagt, sie hat ein Buch geschrieben, ein Kinderbuch, und sie ist sehr »stolz« darauf, und jetzt schreibt sie einen Roman über »Persönlichkeitszerfall«. Oder vielmehr ZWEI. Aha, sag ich mir, einen über mich und einen über den japanischen Fischermann, der inzwischen wohl längst durchgedreht hat.
Vielleicht hätte ich mich lieber um die Blonde mit den großen Titten in der Abendakademie kümmern sollen. Aber man kann nie wissen.
Wahrscheinlich hätte auch sie die Schnecken mit den kleinen Löchern nicht gemocht. Aber Tintenfisch, das sollten Sie mal versuchen. Wie Babyfinger in zerlassener Butter. Und während Sie daran schmatzen, haben Sie das Gefühl, daß Sie genüßlich Ihre Rache auskosten, und dann kippen Sie ein Bier hinterher und zum Teufel mit der Million, und zum Teufel mit dem Elektrizitätswerk und mit Fuller-Pinseln, kaputten Tonbandgeräten und den Hängebäuchen von Texas und ihren blödsinnigen Weibern mit den steifen Hälsen, die ständig keifen und flennen und einen auspowern und einem die Substanz rauben, und jedes Jahr zu Weihnachten ihren Fa-

milientratsch auf einen loslassen, und obwohl man sich längst völlig fremd geworden ist, beharrlich in denselben alten Erinnerungen herumwühlen, Bruegel, die Fliegen, der 57er Plymouth vor dem Fenster, das ganze Elend, sinnlos und vertan, das ständig gleiche müde Theater, unser ganzes Leben, immer nur einstecken, in die Knie gehen, wieder aufstehen, so tun als sei alles O. K., und wir grinsen und sabbern und wischen uns unsere kleinen verhärmten Arschlöcher und all die anderen Löcher.

Die Öffentlichkeit nimmt sich von einem Schriftsteller, was sie braucht, und den Rest läßt sie unter den Tisch fallen. Und was sie unter den Tisch fallen lassen, ist meistens das, was sie am nötigsten hätten.
Sex ist interessant, aber nicht das einzig Entscheidende. Ich will damit sagen, es ist nicht mal so wichtig (technisch gesehen) wie das Scheißen. Ein Mann kann 70 Jahre alt werden, ohne je eine Nummer zu schieben, aber ohne Stuhlgang kann er in einer Woche tot sein.
Vor allem hier in den Vereinigten Staaten geht die Überschätzung des Sex ins Aschgraue. Eine Frau, die sexy aussieht, benutzt ihren Körper automatisch als Waffe im Kampf um größeren materiellen Wohlstand. Ich spreche nicht von der gewerbsmäßigen Hure, ich spreche von eurer Mutter und eurer Schwester und eurer Frau und eurer Tochter. Und der amerikanische Mann ist dusselig genug, zuzusehen, wie dieser Extremismus weiter ins Kraut schießt. Sicher, man muß berücksichtigen, daß der amerikanische Mann schon in frühester Kindheit weichgemacht wird von der Tretmühle der amerikanischen Erziehung und dem behämmerten amerikanischen Elternhaus und von der Werbung, jenem speziellen amerikanischen Monster. Wenn er also ins entsprechende Alter kommt, ist er präpariert, und seine weiblichen Gegenspieler kennen ebenfalls ihren Part und lassen ihn vor sich hecheln und winseln und die Dollarscheine ausfahren. Deshalb hassen sie auch ihre Konkurrentinnen, die gewerbsmäßigen Nutten mit dem Gummi unter dem Leintuch, bis aufs Blut. Die rein geschäftsmäßige Attitüde der professionellen Hure wirkt zersetzend auf die Moral der amerikanischen Männergesellschaft, der zufolge man sich erst vor dem Sexschinken im Staub winden

muß, bevor man mal darf, und dann *außerdem* noch den spendablen Freier markieren muß. Mit anderen Worten, die Einstellung der professionellen Nutte inflationiert das Währungssystem Möse.

Es stimmt schon: Sex wird zu völlig überhöhten Preisen gehandelt. Man betrachte sich einmal mit Verstand eine jener Gruppenaufnahmen von Teilnehmerinnen an einem Schönheitswettbewerb oder einer Mißwahl – diese Idealfiguren, diese Beine, diese Busen ... in der Tat, eine gewisse magische Ausstrahlung läßt sich nicht abstreiten. Aber die Girls wissen alle, daß es sich dabei um KAPITAL handelt. Und dann betrachte man einmal die GESICHTER, die einem da entgegenlächeln. Das sind keine menschlichen Gesichter. Das ist genormtes Lächeln, in ein Stück toten Karton eingestanzt. Die Einzelteile – Nase, Ohren, Mund usw. – entsprechen durchaus unseren gängigen Vorstellungen von Schönheit; aber als Ganzes sind diese Gesichter häßliche Fratzen ohne einen Funken Geist, ohne Intensität, nichts als platte mörderische Attrappen aus bemalter Haut. Aber sobald man diese Horrorvisagen einem amerikanischen Durchschnittsmann vorführt, wird er prompt sagen: »Yeah, die Weiber sind EINSAME KLASSE ... nichts gegen zu sagen.«

Wenige Jahre später kann man sie dann im Supermarkt sehen, um Jahrzehnte gealtert, heruntergekommen, schlampig, übergeschnappt und verbittert – sie fühlen sich hereingelegt, als habe man ihre Aktien plötzlich weit unter Kurs verscherbelt. Und dann ist Vorsicht geboten: ihre Shopping-Karren haben Messerklingen an den Rädern – wie die Kampfwagen der alten Nubier. Sie sind die Wahnsinnsmösen des Universums.

Für manche Schriftsteller – den glorreich impertinenten Bukowski eingeschlossen – ist Sex also eindeutig eine Tragikomödie. Wenn ich darüber schreibe, dann nicht, weil ich hoffnungslos davon besessen bin. Ich sehe es eher als eine Schmierenkomödie, bei der man in den Pausen ein bißchen heulen muß. Boccaccio hat das viel besser gekonnt als ich. Er fand den richtigen Stil und er hatte den nötigen Abstand davon. Ich klebe immer noch zu sehr am Objekt, und die Leute halten mich einfach für einen Schmutzfinken. Vielleicht sollten sie lieber mal das »Dekameron« lesen ... Und doch, nach mehr als 2000 Nummern – von denen die meisten nicht viel taugten – bin ich doch allmählich in der Lage, die Sache mit etwas

Abstand zu sehen und mich über mein Dilemma mit einiger Selbstironie hinwegzusetzen.
Einmal hatte ich einen Job als Packer im Keller eines Modehauses. Ich arbeitete mit einem jüngeren Typ zusammen, einem unausstehlichen kleinen Fatzken, dem die Haare ausfielen und der gerade seinen Einberufungsbescheid gekriegt hatte, er sollte kurz vor Toresschluß noch im 2. Weltkrieg mitmischen. Das schien ihn zu bedrücken. Er kam zu mir und vertraute mir seine Sorgen an. Anscheinend hielt er mich für einen netten Burschen.
Wir waren allein in dieser riesigen unterirdischen Lagerhalle – die übrigen Packer arbeiteten im Erdgeschoß –, es war ein trostloses, verstaubtes Loch und wir krochen auf allen Vieren über die Kartons, die sechs Fuß hoch aufgestapelt waren, und suchten nach einer bestimmten Nummer, irgendein Artikel, der versandfertig gemacht werden sollte. Also wir krochen durch diese staubigen Kartons, man konnte kaum atmen, und im ganzen Keller gab es höchstens 3 oder 4 Glühbirnen, die so trüb waren, daß man kaum die Hand vor den Augen sah, und da sollten wir nun eine gewisse Nummer ausfindig machen.
Und der kleine kahlköpfige Fatzke schrie andauernd: »HAST DIE NUMMER JETZT GEFUNDEN?«
Und ich röchelte irgendwo hinter einem Karton hervor: »Nä . . .«
Shit, ich gab mir nicht mal Mühe. Was interessierte mich diese Nummer. Schließlich wühlte er sich zu mir durch, hockte sich auf einen Stoffballen neben mir und zündete sich eine Zigarette an.
»Bukowski, du bist 'n dufter Kerl. Ich gab keine Antwort.
»Noch eine Woche, und dann muß ich einrücken.«
Weiß Gott, seit ich hier angefangen hatte, juckte es mich ständig, ihm eine zu kleben, und jetzt kam er doch tatsächlich auch noch an meinen Busen gekrochen.
»Weißt du, was mir bei der Army zu schaffen macht?«
»Nee.«
»Ich werd meine Alte nicht mehr pimpern können. Also, die meisten Jungs sind ja noch zu grün, die haben keine Erfahrung. Aber bei dir, ich meine, du kriegst es ja regelmäßig, das seh ich dir an . . .« (Fehlanzeige, dachte ich.) ». . . also sag ich zu meiner Frau, ich sag ›Honey, was werd ich bloß tun. Ich werd dich nicht mehr ficken können.‹ Und weißt du,

was sie mir antwortet? Sie sagt: ›Menschenskind, mach, daß du in die Army kommst und sei endlich ein Mann. Ich werd schon auf dich warten ...‹ Aber verdammt, es wird mir fehlen. Es wird mir arg fehlen. Die meisten von diesen Jungs wissen ja nicht, wie das ist, aber du und ich, wir wissen es. Yeah.«

Hätte ich ihm vielleicht sagen sollen, daß ein anderer ihm das Pimpern abnehmen würde, während er weg war? Und daß sie, wenn er nicht mehr zurückkam, mit dem was sie noch zu bieten hatte, ganz selbstverständlich die dafür vorgesehene Position auf dem Fleischmarkt einnehmen würde? Und der kleine Maulwurf würde seine x-beliebige unerhebliche Position in der Army ausfüllen: einem Himmelfahrtskommando BANZAI! brüllender Japaner zu trotzen, oder einem letzten verzweifelten Schachzug des bereits geschlagenen Hunnen, der erbittert und zähneknirschend mit der letzten Energie, die ihm der Wahnsinn verlieh, durch den Schnee der Ardennen vorpreschte und nach SEINER Nummer Ausschau hielt. Und der mickrige Maulwurf würde es heroisch durchleiden wie einen Juckreiz oder ein Gähnen oder eine Grippe, nur um weiter auf der *richtigen* Seite der menschlichen Gesellschaft zu bleiben, in der Hoffnung, bei einigem Glück mit heiler Haut davonzukommen und dann wieder in Ruhe seine Alte ficken zu können.

Da habt ihr die Spannweite des Phänomens Sex: sie umfaßt drittklassige Arschkrücken, die zwecks Erhaltung eines Systems, das auf der Diktatur sekundärer Geschlechtsmerkmale beruht, einen Granatwerfer bedienen, ebenso wie die Triebkräfte, die ganze Armeen bewegen. Männer, die anstelle eines Hirns eine Möse haben, werden mit Tapferkeitsmedaillen dekoriert. Aber was für eine Tapferkeit ist das? Der Mut von Idioten fällt doch kaum ins Gewicht.

Nun ja, je mehr man darüber nachdenkt, desto weniger wird man daraus schlau, und das Sex-Ding macht sogar den Bukowski konfus.

Einmal saß ich abends in einer Kneipe, downtown, in der Nähe von einem der großen Tunnels, ich wohnte grad um die Ecke, ein Stück den Bunker Hill rauf, well, ich saß also in dieser Kneipe, so richtig am Bechern, und verdammt, ich fühlte mich so richtig stark, ganz harter Bursche und so, der mit jedem fertig wird, der ihm in die Quere kommt. Ich war so 22, 23. Ein richtiges Arschloch, das sich noch Illusionen macht.

Na schön, ich sitz also da, trinke alles durcheinander – Whisky, Wein, Bier – und geb mir jede Mühe, mal so richtig zu versumpfen, aber es will nicht klappen.
Und dann schau ich mal in die Runde und seh dieses sehr traurige und schöne junge Mädchen neben mir sitzen. Sie ist vielleicht siebzehn und hat langes blondes Haar (sowas macht mich immer weich, diese langhaarigen Typen, ich meine, wo man bis an den Arsch runter langen kann und immer noch Haar in der Hand hat . . .) und sie sitzt sehr still, ganz ruhig, man sieht fast einen kleinen Heiligenschein . . . ah, aber sie ist eine NUTTE, und neben ihr sitzt ihr Schutzengel, die lesbische Madam, und sie MÖCHTEN eigentlich lieber nicht, versteht ihr, aber sie brauchen eben den Zaster. Ich fing eine Unterhaltung mit ihnen an und bestellte Drinks.
Für jeden Drink, den sie schlürften, kippte ich drei runter. Das schien sie zu ermutigen. Ich hatte angebissen, ich hatte das »X« auf der Stirn, ich war leichte Beute. Was sie nicht wissen konnten, ist, daß ich schon überall in der Stadt Saufwetten gewonnen hatte, und zwar mit einigen der härtesten Trinker, die es gab. Ich weiß nicht, warum ich solche Unmengen in mich reinkippen mußte, bis ich endlich unter den Tisch fiel. Vielleicht hatte ich zuviel aufgestauten Ärger in mir. Oder zuviel Unverstand. Wahrscheinlich beides.
Jedenfalls, ich will mich nicht mit diesen Details aufhalten; wir machten uns schließlich auf, alle drei, und gingen hoch auf meine Bude.
Ich muß noch erwähnen, daß die lesbische Madam ein widerwärtiger Fettkloß war, mit Augen aus Pappe und sinnlosen Wülsten an den unmöglichsten Stellen, und dazu kam, daß ihr eine Hand fehlte, und an Stelle der Hand hatte sie so eine schimmernde, klobige und sehr interessante stählerne KLAUE.
Also wir gingen zusammen den Bunker Hill rauf, und in meinem Zimmer sah ich mir die beiden mal näher an. Die reine, schlanke, magische junge Schönheit, und neben ihr die Tragödie des Jahrhunderts: Schmant und Horror, maschinelles Versagen, Frontalzusammenstöße, Frösche, denen kleine Jungs die Beine ausreißen, die Spinne, die der Fliege die Eier abfrißt, und das zermatschte Hirn von Primo Carnera, der unter den monotonen Playboy-Kanonaden von Maxie Baer in die Knie geht – und ich warf mich auf die Tragödie des Jahrhunderts, auf diese blödsinnige Mißgeburt aus Fett und Scheiße.
Ich packte sie und versuchte, sie auf meine dreckige Matratze

zu werfen, aber sie war zu nüchtern und zu stark für mich. Sie fegte mich mit ihrem puren lesbischen einarmigen Haß zur Seite und fing an, DIESEN ARM MIT DER GROSSEN INTERESSANTEN SCHIMMERNDEN STÄHLERNEN KLAUE ZU SCHWINGEN.

Ich konnte nicht den Lauf der Sexualgeschichte ändern; dazu hatte ich nicht das Zeug.

Sie ging mir nach mit weiten, wundervollen Schwüngen dieser Klaue, und jedesmal, wenn ich mich duckte und dann den Kopf hob, um zu sehen, wo sich die KLAUE befand, kam sie schon wieder auf mich herunter. Und während Eisenklaue ihre Mordlust an mir ausließ, warf ich schnelle Blicke auf die schöne junge und heilige Nutte, und ich sah an ihrem Gesichtsausdruck, daß sie von uns dreien am meisten litt. Sie konnte bestimmt nicht begreifen, warum ich auf diesen häßlichen Berg aus totem Fett aus war, anstatt auf das, was sie mir zu bieten hatte. Aber ich schätze, die lesbische Mama hatte längst begriffen, und jedesmal, wenn sie mit ihrer Klaue nach mir ausholte, wandte sie sich halb nach ihrer Kleinen um und sagte: »Der Kerl ist wahnsinnig, der Kerl ist wahnsinnig, der Kerl ist wahnsinnig . . .!« In einem solchen Augenblick duckte ich mich unter einem ihrer Schwinger durch und stürzte mich auf die Tür. Ich zeigte auf die Kommode und schrie: »DAS GELD IST IN DER OBERSTEN SCHUBLADE!« Und die Alte, der raffgierige Knochen, ließ sich einwickeln und wandte sich der Kommode zu. Bis sie merkte, was gespielt wurde, war ich schon den ganzen Bunker Hill hinauf. Ich sah mich um, atmete tief durch, betastete mich von Kopf bis Fuß und überlegte, wo das nächste Spirituosengeschäft war.

Als ich mit der Flasche unter dem Arm zurückkam, stand die Tür weit offen und sie waren weg. Ich verriegelte die Tür, schenkte mir in Ruhe ein Glas ein und leerte es andächtig. Auf den Sex und auf den Wahnsinn. Dann kippte ich noch eins hinterher, legte mich lang und ließ die Welt ihren Lauf nehmen.

Alles fängt an und endet mit dem Briefkasten, und wenn sie eines Tages einen Weg finden, wie man ohne Briefkästen auskommt, werden wir eine ganze Menge Probleme los sein.

Aber soweit ist es noch nicht. Ich ging also nach einer schlaflosen Nacht auf meine Veranda und sah dieses große, graue, geistlose Ding an, unter dem sich gerade eine Spinne die letzten Zuckungen einer Schmetterlingsseele einverleibte. Ich steh also da und sag mir, ah, well, vielleicht der Pulitzer-Preis oder ein Reisestipendium oder mein Exemplar des »Turf Digest« (Rennsportzeitung), ich lang also rein, und da ist es: ein einsamer Brief im Kasten – ich kenne die Handschrift, ich weiß den Absender auswendig, ich kenne den Ton, das Vibrato, die krakelige Persönlichkeit jedes einzelnen Schriftzugs, jeder einzelnen Seite, das unsinnige Trommeln der Querschläger und Schrapnelle einer überkandidelten, kleinkarierten weiblichen Seele:

»Lieber Bongo:
Heut hab ich die Pflanzen gegossen. Meine ganzen Pflanzen sterben. Wie geht es Dir? Bald wird es Weihnachten. Meine Freundin Lana hält einen Kurs über Dichtung in der Irr-Heilanstalt. Sie geben auch eine Zeitschrift heraus. Vielleicht kannst Du auch etwas von Dir hinschicken. Jetzt muß ich schließen. Ich bin sicher, sie würden gern was von Dir veröffentlichen. Die Kinder kommen gleich von der Schule. Ich hab Dein letztes Gedicht gelesen in der Oktobernummer von BLUE STARDUST JACKOFF. Es war wundervoll. Du bist der größte lebende Dichter unserer Zeit. Die Kinder kommen jetzt gleich von der Schule und muß schließen.

Liebe Grüße
Deine Meggy.«

Meggy bombardiert mich mit solchen Briefen. Ich habe sie nie getroffen, aber ich kenne sie von den Fotos, die sie schickt, und ich muß sagen, sie sieht aus wie eine große, gesunde Fickmaschine. Sie hat mir auch schon Gedichte von sich geschickt. In ihren Gedichten macht sie es sich ein bißchen einfach, und obwohl sie von Agonie und Tod und Ewigkeit und Ozean spricht, ist das Ganze doch ein einziges großes gähnendes Loch in der Sofaecke. Nichts als wieder mal eine triste Weiberseele, eingelullt von ihrem eigenen Ausverkauf durch die Jahre und Jahrzehnte, und längst dazu verurteilt, für den Rest ihrer Tage mit dem Staubsauger durch die Gegend zu schussern und sich mit den Flausen ihres Juniors herumzuärgern, der ebenfalls rapide auf das große Nichts zusteuert.
Wenn Meggy irgendwo in der Nähe wohnen würde, hätte ich der ganzen Qual längst ein Ende machen können – ich sehe es richtig vor mir, sie in meiner Bude, hingemäht vom Feuer-

atem meiner lyrischen Augen, gebannt dem müde stolzierenden Pantherschritt meiner Beine in den durchlöcherten Hosen folgend, mich im Geiste mit Stephan Spender vergleichend, und ich würde mich ihr zuwenden und in nicht ganz stilvollem Englisch sagen:
»Baby, in wenigen Minuten werd ich dir deine gottverdammten Fähnchen vom Leib reißen und dir einen dicken, runzligen Truthahn-hals zeigen, der dir bis ans kühle Grab hinan gedenken wird. Ich hab einen großen, krummen Penis, geschweift wie eine Sichel, der schon gar manche Möse ausgeräumt und ihren heißen Saft auf meinen härenen, wanzenverschmierten Teppich hat speien lassen. Doch erst laß mich mal diesen Drink vollends killen.«
Und dann leerst du ein randvolles Glas Whisky, schleuderst das Glas an die Wand, murmelst: »Villon hat gegrillte Titten zum Frühstück gegessen«, steckst dir in Ruhe eine Zigarette an, und wenn du dich umdrehst, ist das Problem verschwunden — nämlich durch den Vordereingang. Wenn es nicht verschwindet, hat es verdient, was dann kommt. Und du selbst auch.
Aber Meggy lebte in einem Staat hoch im Norden, und deshalb war diese Lösung für mich gestorben. Immerhin beantwortete ich ihre Briefe mehrere Jahre lang, in der Hoffnung, daß sie vielleicht doch einmal eines Tages nahe genug kam, um sie entweder zu ficken oder ein für allemal zu verscheuchen.
Schließlich baute aber meine scheinbar permanente Erektion doch ab. Es kamen weiter Briefe von ihr, aber ich beantwortete sie einfach nicht mehr. Ihre Briefe waren wie immer unendlich deprimierend und entnervend, aber die Tatsache, daß ich sie nicht mehr beantwortete, entschärfte langsam die Wirkung ihres Giftes. Was für ein genialer Plan, ein Plan, für den ein simpler Verstand wie meiner JAHRE gebraucht hatte: einfach die Briefe nicht mehr beantworten, und du bist FREI.
Schließlich trat eine Pause ein. Ich hatte das Gefühl, daß es ausgestanden war. Ich fing an, wieder freier zu atmen. Ich fing an, wieder die kleinen Dinge meiner Umgebung zu sehen, die seltsamen und verrückten Dinge, die mir früher immer aufzufallen pflegten; romantische, explosive Dinge, die plötzlich eine magische Kraft zu offenbaren schienen, wo zuvor nur ein gähnendes Nichts gewesen war.

TÖTET ERFINDER

Monterey, 18. Nov. (UPI) Ein Mann aus Carmel Valley erlitt tödliche Verletzungen, als ein von ihm konstruiertes Gerät zur Entrunzelung von Pflaumen aus bisher ungeklärten Gründen explodierte.

Das war die ganze Meldung. Perfekt. Ich lebte wieder. Dann, eines Morgens, ging ich wieder mal an den Briefkasten, und zwischen den Gas- und Stromrechnungen, einer Mahnung vom Zahnarzt und einer Karte von einer meiner Ex-Frauen, an die ich mich kaum noch erinnerte, lag wieder ein Brief von IHR.

»Lieber Bongo:
Das ist jetzt endgültig mein LETZTER Brief. Gott möge Dich strafen. Meinetwegen fahr zur Hölle. Du bist nicht der EINZIGE, der mich verlassen hat. Euch undankbare Halunken werd ich noch alle überleben. ICH WERD EUCH ALLE ÜBERLEBEN!

Meggy.«

Well. Ein paar Tage später – wieder ein Stoß Briefe. Ich machte den ersten auf:

»Sehr geehrter Herr Bukowski,
Ihr Antrag auf ein Stipendium des *National Endowment for the Arts* ist vom *National Council on the Arts* geprüft worden. In Übereinstimmung mit dem Urteil eines unabhängigen Sachverständigenausschusses bedauern wir, Ihnen mitteilen zu müssen ...«

Ich öffnete den nächsten:

»Hallo Bongo:
schreibe diese Zeilen zusammengekauert in einer Ecke dieses übelriechenden Hotelzimmers das einzige was die Stille durchbricht ist das Klirren von Flaschenhälsen zwischen klappernden Zähnen ... hab eine böse Erkältung und Frostbeulen an den Füßen; 51 Asse umgedreht auf dem Tisch, alles Nieten; und das 52. kommt mit der Post ... hab an alles gedacht, verstehst du? und jetzt merk ich was für ein elender beschissener Teufelskreis es ist ... Job auf der Zitronenplantage verloren weil ich zu lang weg geblieben bin (4 Tage Hochzeit auf ner Schweinefarm) und zu wenig gepflückt hab. Fuhr zurück nach San F. und hab todsicheren Weihnachtsjob bei der Post um einen Tag verpaßt ... hock in dieser Ecke hier im Dunkeln und warte darauf daß in der Baptistenkirche gegenüber das rote Neonlicht angeht und mir die Tränen kommen ... Bus-

fahrer Kontrolle verloren und 'n Hund auf der Straße überfahren ... wünschte ich wär dieser Hund gewesen, von selber bring ichs doch nicht fertig ... sogar das verlangt eine Entscheidung von einem ... kann meine Zigaretten nicht finden ... heut morgen in der Mission gewesen, konnte es nicht mehr aushalten, der unaussprechliche Fraß dreht einem den Magen um. Hab mich ein bißchen auf der Market Street umgesehen, all die hübschen Mädchen mit ihren langen Haaren wie klarer San-Frisco-Winter-Sonnenschein . . . Naja. Was soll's.

M.«

Und noch einer:

»Lieber Bongo:

Verzeih mir. Es fliegt einfach so an mich ran. Versuch mich ein bißchen gern zu haben. Heut hab ich einen neuen Rasensprenger gekauft. Der andere war schon ganz verrostet. Ich lege ein Gedicht aus ›Poetry Chicago‹ bei. Ich mußte ... unwillkürlich ... an mich selber denken ... wie ich es gelesen hab. Muß jetzt schließen. Die Kinder kommen gleich heim.

Küß mich,
Meggy.«

Das beiliegende Gedicht ist sorgfältig abgetippt, fehlerlos, zweifacher Zeilenabstand, und die Worte sind alle mit dem gleichen regelmäßigen Anschlag, mit der gleichen *liebevollen* Sorgfalt auf dem Papier eingraviert. Es ist ein schauderhaftes Gedicht. Es handelt vom Wind und von irgendeiner Tragödie, die aber so lasch vorgetragen wird, daß es wirklich nicht weit her damit sein kann. Reines 18. Jahrhundert. Schlechtes 18. Jahrhundert.

Ich lasse die Briefe unbeantwortet. Ich erscheine regelmäßig zur Arbeit bei der Müllabfuhr. Da unten wissen sie nicht, wer ich bin. Und das ist mir recht. Sie lassen mich in Frieden. Sie lassen mich treiben. T. S. Eliot und Lawrence von Arabien sind für sie Jacke wie Hose. Manchmal bin ich zwei oder drei Tage hintereinander besoffen. Aber ich erscheine pünktlich zur Arbeit.

Wenn mich jemand anruft, muß er das Telefon nach einem bestimmten System klingeln lassen, sonst hebe ich nicht ab. Das ist kein snobistischer Tick von mir; ich will nur sicher sein, daß mir der Betreffende auch was zu sagen hat. Aber eines Nachts, als ich mich gerade für die Arbeit fertig machte, klingelte das Telefon; es war nicht das richtige Signal, aber

ich war sowieso schon halb aus der Tür und dachte, was soll's, und nahm den Hörer ab. »Bongo?«
»Eh? Yeh?«
»Hör zu, ich äh, ich will mich nicht aufdrängen. Nur, ich krieg eben Zustände manchmal . . . und heut . . .«
»Oh . . . yeh . . . das geht uns allen so.«
»Hauptsache, du haßt mich nicht wegen meinen Briefen . . .«
»Well, Meggy, das ist so: hassen tu ich deine Briefe eigentlich nicht. Sie sind einfach so . . .«
»Oh, ich bin ja so froh!«
Sie ließ mich nicht ausreden. Ich hatte sagen wollen, ihre Briefe seien so nichtssagend, daß sie mir mit ihrem Staubsauger-Gähnen den letzten Nerv raubten. Aber sie ließ mich ja nicht ausreden.
»Das freut mich wirklich.«
»Yeh«, sagte ich.
»Aber du hast keine Gedichte geschickt für die Zeitschrift von der Heilanstalt.«
»Ich werd mal nachsehn, ob ich was passendes finde.«
»Ich bin sicher, daß sie jedes Gedicht von dir nehmen würden . . . Oder schreibst du keine Gedichte mehr? Ich kann mich noch entsinnen an die Zeit, wo in jeder Nummer von BLUE STARDUST was von dir drin war. Lilly schreibt, daß du schon seit Jahren nichts mehr schickst. Hast du denn die Little Magazines ganz vergessen?«
»Nee, die Motherfucker werd ich nie vergessen.«
»Oh, du bist ein Witzbold. Aber, ich meine, schickst du denn deine ARBEITEN gar nicht mehr raus?«
»Naja, da ist zum Beispiel EVERGREEN . . .«
»Du meinst, die haben wirklich was von dir GENOMMEN?«
»Ein- oder zweimal. Aber EVERGREEN ist natürlich keine kleine Zeitschrift mehr. Meinetwegen sag Lilly, ich bin desertiert.«
»Oh Bongo, ich hab gleich gewußt, wie ich zum erstenmal was von dir gelesen hab, daß du zu was Großem bestimmt bist. Ich hab immer noch mein Exemplar von deinem ›Christus kriecht rückwärts‹. Oh Bongo Bongo.«
Ich wimmelte sie schließlich ab, indem ich ihr klarmachte, daß ich jetzt dringend etwas Müll aufsammeln mußte. Ich holte mir ein Bier aus dem Kühlschrank. Ich beschloß, daß ich heute den Job schleifen lassen mußte. Ich hockte mich in meinen kaputten Lehnstuhl, setzte die Flasche an, und alles andere war mir egal.

Ich kannte mal eine, die behauptete, sie sei im St.-Elisabeth-Hospital zu Ezra Pound ins Bett gestiegen. Nach längerer Korrespondenz gelang es mir, auch die abzuwimmeln. Ich bestand darauf, daß ich von Gedichten mehr verstand, und außerdem seien die »Cantos« stinklangweilig.

Überall lagen Meggys Briefe herum. Einer lag auf dem Boden neben der Schreibmaschine. Ich stand auf, ging rüber und hob ihn auf:

»Lieber Bongo:

Alle meine Gedichte kommen zurück. Naja, wenn die nicht wissen, was ein gutes Gedicht ist, sind sie selber dran schuld. Ich nehme immer wieder deinen ersten Gedichtband zur Hand. CHRIST CREEPS BACKWARDS. Und all deine anderen Gedichtbände. Solang ich das hab, können die mir mit ihrer ganzen schrecklichen Blödheit gestohlen bleiben. Die Kinder werden gleich heimkommen. Küß mich.

Meggy.

P.S. — Mein Mann zieht mich ständig auf: ›Bongo hat schon lang nichts mehr von sich hören lassen. Wast ist los mit Bongo?‹«

Ich trank die Flasche aus und warf sie in den Papierkorb. Ich konnte es richtig vor mir sehen: ihr Mann, wie er dreimal in der Woche über sie stieg. Ihr Haar wie ein verfilzter Fächer auf dem Kissen. Und sie stellt sich vor, er sei Bongo. *Er* stellt sich vor, er sei Bongo.

»Oh Bongo! Bongo!« sagt sie.

»Gleich, Mutti«, sagt er.

Ich lang mir noch ein Bier und gehe ans Fenster. Draußen beginnt wieder ein trüber, steriler, sinnloser Tag in Los Angeles. Ich wundere mich, daß ich noch am Leben bin. Es ist lange her seit jenem ersten Gedichtband. Es ist lange her seit dem Aufstand in Watts. John Bryan braucht einen Artikel. Ich könnte was über Meggy schreiben. Aber bei der Meggy-Story fehlt noch der Schluß. Er wird morgen im Briefkasten liegen. Wenn das Ganze ein Film wäre, hätte ich den Schluß schon jetzt parat:

»Also sieh mal, John, ich kenn da so 'ne Schreckschraube. Sie geht mir auf den Wecker, verstehst du? Du weißt, wie man mit sowas fertig wird. Aber vermassel die Sache nicht. Gib ihr deinen 35-cm-Schwanz und schaff sie mir vom Hals, ja? Du kannst sie nicht verfehlen. Sie steht in diesem Zimmer mit dem Staubsauger in der Hand und Tränen in den Augen.

'n Zimmer voller Gedichtbände und Lyrik-Hefte, und sie ist unglücklich, sie glaubt, daß sie das Leben angeschissen hat, aber sie weiß überhaupt nicht, was Leben ist, verstehst du? Bring sie wieder in Ordnung, gib ihr deine 35 cm ...«
»Aw right.«
»Und John ...« »Yeh?«
»Sauf dir unterwegs keinen an.« »Aw right.«
Ich lasse mich wieder in den Lehnstuhl fallen und schlürfe mein Bier. Ich sollte mir einen ansaufen, zu ihr hochfliegen und völlig verlaust und zerlumpt und voll wie tausend Mann an ihre Haustür klopfen, die ganze Hemdenbrust gepflastert mit Buttons: »FEUERT JOHNSON« ... »STOP THE WAR« ... »EXHUMIERT TOM MIX.« Irgendwas. Aber es nützt alles nichts. Ich kann nur dasitzen und warten. Mit dem Stipendium ist es nichts. An EVERGREEN schicke ich keine Gedichte mehr. Und in meinem Briefkasten werde ich in Zukunft nur noch eins finden:

»Lieber Bongo:
Blah blah blah blah blah blah. Ich hab die Pflanzen gegossen. Die Kinder kommen gleich heim. Blah blah blah blah blah blah.

Küß mich.
Meggy.«

Ob Balzac oder Shakespeare oder Cervantes je sowas passiert ist? Ich möchte es ihnen jedenfalls nicht wünschen. Die schlimmste Erfindung des Menschen ist eine dreiköpfige Hydra: Der Briefkasten, der Briefträger und der Briefschreiber. Auf dem Regal steht eine blaue Kaffeekanne voller unbeantworteter Briefe. Im Wandschrank steht ein großer Pappkarton voller unbeantworteter Briefe. Wann tun all diese Leute eigentlich saufen, ficken, Geld verdienen, schlafen, baden, scheißen, essen und sich die Fußnägel schneiden?? Und Meggy führt die ganze Meute an: Küß mich, küß mich, küß mich.
Ein 35-cm-Schwanz würde mich vielleicht aus der Affäre ziehen. Oder noch weiter reinreiten. Jedenfalls mit dem, was ich hab, hat es schon Trouble genug gegeben.

In jenen Tagen war gewöhnlich jemand in meiner Bude, egal ob ich zu Hause war oder nicht, und wenn ich durch die Tür kam, wußte ich meistens nicht, wen (oder wie viele) ich an-

treffen würde. Es war ständig irgendeine Party im Gange, und um die Bude mit sechs oder sieben Leuten vollsitzen zu haben, genügten zwei Dollar und etwas Wechselgeld und ein Sonderangebot in der Getränkeabteilung.
All right, eines Nachts wachte ich auf in meinem Bett, stockvoll, aber doch noch klar im Kopf, die Lichter waren aus, ich stützte mich auf, sah mich um, und es schien niemand mehr da zu sein. Nur ein paar leere Weinflaschen lagen auf dem Boden herum. Ich setzte mich im Bett auf und erkannte die Umrisse einer menschlichen Gestalt neben mir. Hm. Anscheinend hatte eine dieser Nutten beschlossen, bei mir zu bleiben. Das war Liebe. Das war ein Zeichen von Courage. Shit, wer konnte mich denn schon ausstehen? Jemand, der es mit mir aushielt, mußte wahrhaftig ein Herz aus purem Gold haben. Ich mußte diese Seele von Mensch einfach dafür BELOHNEN, daß sie das Stehvermögen und den Schneid hatte, bei mir zu bleiben.
Und was für eine schönere Belohnung gab es, als sie in den Arsch zu ficken?
Ich hatte eine merkwürdige Serie von Weibern hinter mir, und keine wollte sich von hinten nehmen lassen, was zur Folge hatte, daß sich das langsam zu einer Zwangsvorstellung bei mir auswuchs. Sobald ich etwas getrunken hatte, mußte ich immer wieder davon anfangen. Ich peilte das nächste Weib an und sagte: »Ich werd dir den Arsch aufreißen, und ich werd deiner Mama den Arsch aufreißen, und ich werd deiner Tochter den Arsch aufreißen.« Und die Antwort war jedesmal: »Oh nein, das wirst du NICHT!« Sie würden alles tun, nur nicht DAS. Vielleicht war es das Gesetz der Serie, oder vielleicht lag es nur am Wetter, jedenfalls Jahre später saßen plötzlich nur noch Weiber herum, die sagten: »Bukowski, warum rammelst du mich nicht mal in den Arsch? Ich hab 'n großes, rundes, weiches Hinterteil . . .«, und ich pflegte zu antworten: »Das stimmt, Schätzchen, das sieht man wirklich. Aber ich möcht lieber nicht.«
Damals jedoch herrschte in dieser Beziehung reiner Notstand, und ich kriegte wirklich langsam die Motten, und als ich DIE da neben mir liegen sah, sagte ich mir, Mann, 'ne gute Nummer in der ihren Arsch und du bist 'ne Menge emotionale Probleme los.
Ich fand noch einen Rest Wein in einem Glas mit einer leichten Schicht Zigarrenasche darauf, und dann kroch ich wieder

ins Bett und manövrierte meinen kleinen Weenie in dieses makellose, schnarchende, sich wölbende Hinterteil. Von einem heimlichen Dieb sagt man, daß er die Beute nicht so sehr liebt wie das eigentliche Stehlen. Ich mochte beides gleich gern. Mein kleiner Bammelmann pulsierte und zitterte am Rande des Wahnsinns. Das war die Rache, irgendwie, widerwärtig und vollkommen, die Rache für alles mögliche, für verhutzelte Eisverkäufer mit irren Taubenaugen, für meine tote Mutter, die sich Fettcreme auf ihr lebloses, gleichgültiges Gesicht schmierte ...

Die hat aber einen tiefen Schlaf, dachte ich. Na, um so besser. Wahrscheinlich war es Mitzi. Oder vielleicht Betty. Spielte ja keine Rolle. Es war mein Sieg – mein trauriger, arbeitsloser, verhungerter Schwanz brach siegreich durch das Tor zu allen verbotenen Dingen! Fanfarenstöße! Ich fühlte mich als Mittelpunkt eines großen Dramas – wie Jesse James, als ihn im grell ausgeleuchteten Aufnahmestudio die goldene Kugel traf.

Ich arbeitete drauflos wie ein Besessener. Sie stöhnte und machte AARG UG, HO AH, HA ... Mir wurde klar, daß sie nur so tat, als ob sie schliefe. Sie tut nur so, um den letzten Rest ihrer versoffenen Ehre zu retten, und ich bin ein MANN und NIEMAND kann mir an den Karren fahren!

Ich erwischte zur Abwechslung mal einen richtigen Lauf, und der magische Glanz und die Glorie des Ganzen und meine wilde Brutalität trugen mich empor und ließen mich mit schier endloser Ausdauer rammeln und stoßen, und alles war rein und vollkommen.

Und dann rutschte uns in der Aufregung die Bettdecke weg, und ich sah den Kopf und den Nacken und die Schultern – es war Baldy M. Glatzköpfiges, amerikanisches männliches Individuum! ... Alles an mir wurde schlaff. Ich rollte auf den Rücken, benommen vor Ekel, und starrte an die Decke. Und kein Tropfen Alkohol mehr in der Bude ... Baldy M. machte keinen Mucks. Kein Laut, keine Bewegung. Schließlich beschloß ich zu schlafen und den Morgen abzuwarten.

Am nächsten Morgen wachten wir auf, und keiner erwähnte etwas. Dann kam jemand vorbei und wir legten zusammen für eine Flasche Wein.

Und er machte keine Anstalten zu gehen. Nach ein paar Tagen fingen die Girls an, mir komische Blicke zuzuwerfen. Zwei Wochen, drei Wochen gingen vorbei, und er war noch immer da.

Es stellte sich auch heraus, daß er nicht gerade einen Reinlichkeitsfimmel hatte. Eines Abends – ich hatte den ganzen Tag Kisten mit tiefgefrorenem Fisch abgeladen – kam ich angekrochen, die Hände blutig und zerschrammt und einen Fuß, auf den mir eine Kiste gefallen war, leicht angeknackst. Wieder war eine Party im Gang – was mich nicht störte, ich hab es immer gern, wenn ein paar volle Flaschen auf dem Tisch stehen –, nur mußte ich feststellen, daß es in der Küche verheerend aussah; sie hatten meine ganzen Konserven aufgebraucht, sämtliche Gläser, Teller und Bestecke waren dreckig, und alles lag im Ausguß in einer stinkenden trüben Brühe, und der Ausguß war verstopft; sie hatten auch meinen ganzen Vorrat an Papiertellern aufgebraucht, die jetzt in dicken aufgequollenen Klumpen im Ausguß lagen, und zu alledem hatte auch noch jemand in den Ausguß gekotzt. Und als ich das sah, griff ich mir das nächste volle Glas, kippte es runter, schmiß das Glas an die Wand und brüllte: »JETZT REICHT ES MIR! ALLE MANN RAUS! UND ZWAR SOFORT!«
Sie machten sich dünne, einer nach dem anderen, all die Nutten und Schnorrer – alle bis auf Baldy M. Er blieb einfach auf dem Bettrand sitzen, sah mich verständnislos an und sagte: »Hank, Hank, was is denn? Was is denn los, Hank?«
»HALTS Maul oder ich schlag dich k. o.!«
Ich ging ans Telefon, suchte die Nummer seiner Mutter heraus und rief sie an. Er war einer von diesen Trotteln mit überdurchschnittlichem Intelligenzquotienten, die ständig bei ihrer Mutter wohnen.
»Hören Sie, Mrs. M., hier ist Hank. Kommen Sie rüber und holen Sie Ihren Filius ab.«
»Ah, also bei IHNEN hat er die ganze Zeit gesteckt. Ich hab mirs halb gedacht, aber ich wußte Ihre Adresse nicht. Wir haben schon eine Vermißtenanzeige erstattet. Sie sind ein schlechter Umgang für ihn, Hank. Warum können Sie meinen Jungen nicht in Ruhe lassen?« (Ihr ›Junge‹ war 32 Jahre alt.)
»Ich werd mir Mühe geben, Mrs. M. Inzwischen wäre es vielleicht gut, wenn Sie ihn abholen.«
»Ich kann einfach nicht verstehen, weshalb er diesmal so LANGE geblieben ist. Gewöhnlich kommt er nach ein oder zwei Tagen wieder nach Hause.«
»Ja. Und jetzt holen Sie ihn bitte ab.«
Ich gab ihr meine Adresse und ging wieder zu meinem Sorgenkind zurück.

»Deine Mutter kommt vorbei und holt dich ab.«
»Ich will aber nicht gehen! Nein! Hank, ist noch Wein da? Ich muß was trinken, Hank.«
Ich schenkte ihm ein Glas ein. »Ich will nicht gehen«, sagte er.
»Jetzt hör mir mal zu. Ich hab dir x-mal gesagt, du sollst verschwinden. Aber es hat nichts genützt. Ich hatte nur die Wahl, dich entweder windelweich zu schlagen und mit Gewalt rauszuschmeißen, oder deine Mutter anzurufen. Ich hab mich für den zweiten Weg entschieden.«
»Aber ich bin doch ein erwachsener MANN! Ich bin ein MANN, kannst du das nicht sehen? ICH WAR IN CHINA IM KRIEG! ICH HAB DIE CHINESISCHEN TRUPPEN DURCH DICK UND DÜNN GEFÜHRT! ICH HAB MICH IN AUGENBLICKEN HÖCHSTER GEFAHR ALS LEUTNANT IN DER AMERIKANISCHEN INFANTERIE BEWÄHRT!«
Es stimmte. Und er war sogar in Ehren aus der Army entlassen worden. Ich goß jedem von uns ein Glas ein.
»Auf den China-Feldzug!« toastete ich.
»Auf den China-Feldzug!« sagte er.
Wir tranken aus.
Dann fing er wieder an. »Ich bin ein MANN! Verdammt nochmal, ist dir nicht klar, daß ich ein MANN bin! Begreifst du nicht: ICH BIN EIN MANN!«
15 Minuten später kam sie an. Sie sagte nur ein Wort: »WILLIAM!«
Dann ging sie rüber ans Bett und packte ihn beim Ohr. Sie war eine gebeugte alte Lady, bestimmt über die 60. Sie packte ihn am Ohr, zog ihn hoch und zerrte ihn, ohne sein Ohr loszulassen, durch den Flur, hinaus zum Fahrstuhl, drückte auf den Knopf, und während er wimmerte und sich wand, bugsierte sie ihn in den Fahrstuhl; der Fahrstuhl fuhr abwärts und ich hörte ihn wieder schreien: ICH BIN EIN MANN, ICH BIN EIN MANN!
Ich ging ans Fenster und sah zu, wie sie ihn am Ohr zum Auto zerrte, ihn reinstieß, auf die andere Seite herumging und einstieg, und dann sah ich meine einzige Nummer *a tergo* entschwinden und hörte, wie er mit schwächer werdender Stimme heulte, »ICH BIN EIN MANN! ICH BIN EIN MANN!«
Es erübrigt sich zu sagen, daß ich ihn nie wieder sah und auch keine besonderen Anstrengungen unternahm, ihn wiederzusehen.

In der Nacht, als die Drei-Zentner-Hure auftauchte, war ich zu allem bereit. Als einziger im ganzen Lokal, wie sich zeigte. Sie war unglaublich fett, und allzu sauber war sie auch nicht. Kein Mensch wußte, woher sie kam, was sie hier suchte und wie sie überhaupt so lange überlebt hatte. Aber von wem wußte man das schon. Also bestellte ich Drinks für sie und fing an, ihr auf die Pelle zu rücken, an ihr zu schnuppern und sie anzuheizen. Sie kicherte in einer Tour. »Baby, Baby, ich könnte dir was reindrücken, daß dir das Lachen vergeht und das große Wimmern kommt!«
»Ah, hahahahaha, ha«, lachte sie.
»Wenn ich dir das reinsteck, geht dirs durch den ganzen Bauch und hoch durch die Tracheen und den Oesophagus. Yeah!«
»Ah, hahahahaha, ha!«
»Verdammt, ich mach jede Wette, wenn du dich aufs Scheißhaus setzt, hängen dir die Arschbacken bis auf den Boden runter, eh? Und wenn du geschissen hast, Baby, ist die Leitung einen ganzen Monat lang verstopft. Eh?«
»Ah, hahahahaha, ha!«
Als die Kneipe Feierabend machte, gingen wir zusammen weg. Ich mit meinen 1,80 und 165 Pfund, und sie mit ihren 1,58 und 300 Pfund. Die einsame und lächerliche Welt walzte zusammen die Straße runter. Vor meiner Pension blieb ich stehen und suchte nach den Schlüsseln.
»Jeesus«, hörte ich sie sagen. »Was is denn das?«
Ich drehte mich um. Auf der anderen Straßenseite stand ein kleines, unscheinbares Gebäude, an dem ein unscheinbares Schild hing: MAGENKLINIK.
»Oh, das . . . ist was zum Lachen. Na lach mal, ich hör dich gern lachen, Baby!«
»Es is 'ne Leiche, sie tragen 'ne Leiche raus!«
»Freund von mir. Hat früher mal bei Red Grange Football gespielt. Ich hab ihn erst heut mittag noch gesehn. Da hat er noch ganz gesund ausgesehen. Ich hab ihm 'ne Packung Zigaretten gegeben. Die Leichen schaffen sie hier immer bei Nacht raus. Ich seh sie jede Nacht eine oder zwei raustragen. Bei Tag würde es schlecht aufs Geschäft wirken.«
»Woher weißt du, daß es dein Freund ist?«
»Ich seh's an der ganzen Figur, an der Kopfform unter dem Leintuch. Einmal nachts war ich so voll, daß ich beinah so 'ne Leiche geklaut hätte. Ich weiß nicht, was ich damit angefangen hätte. In den Schrank gestellt, schätze ich.«

»Wo gehn sie jetzt hin?«
»Die nächste Leiche holen. Was macht dein Magen?«
»Oh . . . gut . . . gut.«
Wir gingen rauf zu mir. Irgendwie schaffte sie es, obwohl sie einmal ins Rutschen kam und fast die ganze Wand mitgenommen hätte. Wir zogen uns aus und ich stieg auf.
»Menschenskind«, sagte ich. »Laß mal 'n bißchen BEWEGUNG sehn! Lieg doch nicht einfach da wie 'n großer Pudding! . . . heb mal deine großen Baumstämme an . . . Mutti, ich kann dich ja gar nicht FINDEN! . . .«
Sie fing an zu kichern. »Oh, hehehehehehe, oh, hehehehehehe!«
»Shit und fuck!« raunzte ich. »MACH MAL LOS! SHAKE IT!«
Und dann fing sie wirklich richtig an. Ich klammerte mich an und versuchte den Rhythmus zu finden. Sie rotierte ganz schön, aber es ging nicht nur im Kreis, sondern dazu noch rauf und runter. Dem Kreisen konnte ich mich noch anpassen, aber bei dem unberechenbaren Auf und Ab wurde ich mehrere Male aus dem Sattel geworfen. Einmal gelang es mir fast, eine jener riesigen Titten zu fassen, aber dieses schreckliche Ding rutschte weg über den Rand der Matratze und hing da wie eine träge, vollgefressene Wanze. Ich warf mich wieder zurück auf die Mitte dieser 300 Pfund und sank wieder in das Zentrum dieses »Oh, hehehehehe, oh, hehehehehe«, und ritt und klammerte mich fest, so gut es ging.
»Der Himmel steh uns bei«, keuchte ich in eins ihrer fetten, heißen, dreckigen Ohren.
Betrunken wie wir waren, schufteten wir weiter, wobei ich noch öfter abgeworfen wurde, aber jedesmal beharrlich wieder aufsprang. Ich bin sicher, wir wollten beide am liebsten aufgeben, aber irgendwie fanden wir nicht den richtigen Ausstieg. Einmal griff ich mir aus purer Verzweiflung eine dieser enormen Titten, zog das Ding wie einen lappigen Pfannkuchen hoch und rammte mir das spitze Ende in den Mund. Es schmeckte nach Traurigkeit, Gummi und abgestandenem Yoghurt. Angewidert spie ich das Ding wieder aus und grub mich tiefer ein. Schließlich schaffte ich sie. Ich meine, sie war immer noch am Arbeiten, das muß ich ihr lassen, aber sie fing an nachzugeben, ich hatte ihren Rhythmus gefunden und meine Stöße kamen genau, wie sie es brauchte, und schließlich, wie ein abbruchreifes Haus, das sich gegen das Einstürzen wehrt, gab sie nach, gab nach, und dann stöhnte sie und

wimmerte wie ein Kind, und ich räucherte sie vollends aus. Es war herrlich. Dann schliefen wir.
Als wir am nächsten Morgen aufwachten, stellte sich heraus, daß das Bett platt auf dem Boden lag. Alle vier Beine waren abgebrochen.
»Meine Güte!« sagte ich. »Ach du meine Güte . . .!«
»Wasn los, Hank?«
»Das Bett ist kaputt.«
»Hab ich mir fast gedacht.«
»Yeah, aber ich hab kein Geld für ein neues.«
»Hm. Ich hab auch keins.«
»Eigentlich sollte ich dir ja auch 'n bißchen Geld geben, Ann.«
»Nein, ich bitte dich. Du bist der erste Mann seit Jahren, bei dem ich was gefühlt hab.«
»Well, vielen Dank, aber im Moment beschäftigt mich das verdammte Bett.« »Willst du, daß ich geh?«
»Hm, ich will ja nicht schofel sein, aber recht wär mirs schon. Es ist wegen dem Bett. Das macht mir Kummer.«
»Ist doch klar, Hank. Kann ich erst noch mal schnell aufs Klo?«
»Natürlich.«
Sie zog sich an und ging den Flur runter und zwängte sich in das Kabuff. Dann kam sie wieder raus, blieb an der Treppe stehen und drehte sich um.
»Goodbye, Hank.«
»Goodbye, Ann.«
Ich kam mir richtig schofel vor, daß ich sie einfach so wegschickte. Aber das mit dem Bett machte mir Sorgen. Ich erinnerte mich an ein Seil, das ich mal gekauft hatte, als ich mich aufhängen wollte. Es war ein gutes, solides Stück Seil. Ich stellte fest, daß die Bettpfosten der Länge nach gesplittert waren. Man konnte sie also schienen. Ich flickte sie notdürftig wieder zusammen. Dann zog ich mich an und ging runter.
Unten erwartete mich meine Wirtin.
»Ich hab diese Frau hier rausgehen sehen. Das war eine Straßendirne, Mr. Bukowski. Ich habe Grund zu der Annahme, daß sie die Nacht auf Ihrem Zimmer verbracht hat. Ich kenne meine Mieter; die anderen würden sowas nicht tun.«
»Mutti«, sagte ich. »Es gibt sehr wenige Männer, die sich das verkneifen können.«
Ich ließ sie stehen und steuerte meine Kneipe an. Die Drinks schmeckten, aber das mit dem Bett ging mir einfach nach.

Idiotisch, dachte ich. Ich Leiche auf Rädern reg mich über ein kaputtes Bett auf. Aber es ließ mir keine Ruhe. Ich goß mir noch ein paar hinter die Binde und ging wieder zurück. Wieder erwartete mich die Wirtin.
»Mr. Bukowski. Mit Ihrem Seiltrick können Sie mir nichts vormachen! Sie haben das Bett kaputt gemacht! Herr des Himmels, da oben bei Ihnen muß letzte Nacht wirklich was los gewesen sein! An dem Bett sind alle VIER Beine ab!«
»Tut mir leid«, sagte ich. »Aber ich kann Ihnen das Bett nicht ersetzen. Ich hab meine Stellung als Bus-Schaffner verloren, und die bei Harpers' und Atlantic Monthly lehnen alle meine Short Stories ab.«
»Well, wir haben Ihnen ein NEUES Bett reingestellt.«
»Ein neues Bett?«
»Ja. Lila schlägt es gerade auf.«
Lila war ein adrettes schwarzes Hausmädchen. Ich hatte sie nur ein- oder zweimal zu Gesicht bekommen, da sie tagsüber arbeitete, und da war ich gewöhnlich am Sumpfen.
»Well«, sagte ich. »Ich bin ziemlich abgeschlafft. Vielleicht sollte ich ein bißchen raufgehen.«
»Ja, ich kann mir vorstellen, daß Ihnen das guttun würde...«
Wir gingen zusammen die Treppe hoch. Am ersten Treppenabsatz hing ein handgesticktes Tuch an der Wand, auf dem es hieß: GOTT SCHÜTZE DIESES HAUS.
»Lila!« rief die Wirtin, als wir uns meinem Zimmer näherten.
»Ja?«
»Wie weit bist du mit dem Bett?«
»Mann oh Mann, das Scheißding macht mich vielleicht fertig! Da möcht man blutige Tränen furzen. Ich krieg einfach das letzte Bein nicht dran! Ich kanns anstellen wie ich will, das Ding PASST einfach nicht!«
»Wenn mich die Damen vielleicht einen Augenblick entschuldigen wollen«, sagte ich. »Ich muß auf'n Sprung ins Klo . . .«
Ich schloß mich ein und setzte mich zu einem langsamen, aber stetigen Bier-Wodka-Wein- und Whisky-Schiß auf die alte rissige Schüssel. Ein Gestank wie tausend Ottern. Ich zog mit letzter Kraft die Spülung und ging wieder nach vorn. Als ich vor meiner Tür stand, hörte ich drinnen einen lauten quietschenden Plumps, und dann brachen beide in ein wieherndes Gelächter aus. Ich ging rein. Ihr Lachen erstarb. Sie blickten plötzlich ganz ärgerlich und mißbilligend drein. Das Mädchen

rannte raus und polterte die Treppe hinunter. Unten fing sie wieder an zu lachen. Die Wirtin baute sich im Türrahmen auf und sah mich streng an.

»Versuchen Sie bitte, sich in Zukunft zu benehmen, Mr. Bukowski. Dies ist ein anständiges Haus.«

Dann machte sie langsam die Tür zu.

Ich sah mir das Bett an. Es war aus Eisen.

Ich zog mich aus und legte mich nackt in mein neues, frisch bezogenes Bett. Als ich mir die saubere weiße Bettdecke über den Kopf zog, fiel mir ein, daß ich schon wieder vergessen hatte, mir die Hände zu waschen. Was sollte es. Ein Wunder war geschehen. Ich war gerettet. Ich schlief. Es war ein Uhr nachmittags in Philadelphia.

Mary versuchte es mit allen erdenklichen Tricks. Aber in Wirklichkeit wollte sie mich gar nicht verlassen. Eine typische Abschiedsvorstellung sah etwa so aus: Sie kam aus dem Bad und hatte ihre ganzen Haare zu einer windschiefen Frisur auf die Seite gekämmt. »Schau her!« Ich goß mir ungerührt ein Glas Wein ein und sagte in meinem besten angeekelten Tonfall: »Billige Nutte, gottverdammte miese Nutte . . .« Sie machte kehrt, und als wie wieder herauskam, hatte sie statt eines Mundes einen dicken, fetten Klacks Lippenstift im Gesicht. »Schau her! Genau wie dem Johnson seine Alte!«

»Nutte, mickrige, drittklassige Nutte . . .«

Ich ließ mich ächzend aufs Bett fallen, barfuß, in schmuddeliger Unterwäsche, die ich seit mehr als einer Woche nicht mehr gewechselt hatte, und stellte mit zittriger Hand mein Glas auf den Nachttisch. Sie kam herüber und beugte sich über mich.

»DU BIST DIE GRÖSSTE DRECKSAU ALLER ZEITEN!«

»Hi! hehehehe!« meckerte ich.

»Well, ich GEH jetzt!«

»Das juckt mich nicht. Bloß laß dir nicht einfallen, die Tür zuzuknallen, wenn du rausgehst. Diese Türknallerei geht mir nämlich langsam auf die Nerven. Also. Wenn du die Tür wieder zuknallst, geh ich dir mit der Kohlenschaufel nach!«

»Du TRAUST dich ja nicht!«

Sie donnerte wahrhaftig die Tür zu. Als mich die Schockwelle erreichte, blieb mir fast das Herz stehen. Ich wartete, bis die

Wände aufhörten zu wackeln, dann sprang ich aus dem Bett und stürzte hinaus. Sie hörte, wie ich die Tür aufriß, und fing an zu laufen. Aber sie hatte hohe Schuhe an und kam nicht weit. Ich holte sie auf dem ersten Treppenabsatz ein und klebte ihr eine, daß sie kopfüber die restlichen Stufen hinuntersegelte. Das verschaffte mir die Möglichkeit, ihr unter den Rock zu sehen; und als ich diese langen, prächtigen, nylonumspannten Beine in ihrer ganzen magischen Schönheit sah, dachte ich: was für ein Wahnsinn, all diese Herrlichkeit einfach in den Wind zu schießen! Aber es half nichts. Ich mußte Haltung zeigen. Ich drehte mich um und ging wieder hinauf, schloß die Tür hinter mir, setzte mich hin und schenkte mir das nächste Glas ein. Ich hörte, wie sie unten zeterte. Dann ging eine Tür auf.

»Was is los, Honey?« sagte eine Frauenstimme.

»Er hat mich GESCHLAGEN! Mein Mann hat mich GESCHLAGEN!«

(Mein MANN??)

»Armes Ding! Kommen Sie, stehen Sie auf . . .«

»Vielen Dank.«

»Was wollen Sie jetzt machen?«

»Ich weiß nicht. Ich kenne keine Menschen . . .« (Verlogenes Aas.)

»Also, passen Sie auf: Sie nehmen sich jetzt ein Zimmer für die Nacht, und morgen, wenn er zur Arbeit geht, kommen Sie einfach wieder zurück.«

»ARBEIT!« heulte sie. »ARBEIT? DER DRECKSACK HAT IN SEINEM GANZEN LEBEN NOCH KEINEN EINZIGEN TAG GEARBEITET!«

Ich fand das ungeheuer witzig. Ich fand das so witzig, daß ich einen Lachkrampf kriegte. Ich mußte mir das Kissen vors Gesicht drücken, damit sie mich nicht lachen hörte. Als der Anfall vorüber war, machte ich vorsichtig die Tür auf und schaute hinunter. Sie war weg.

Nach ein paar Tagen war sie wieder da, und alles ging wieder von vorne los. Ich saß da in meinen schmuddeligen Unterhosen und wurde zunehmend sauer, und Mary war im Badezimmer zugange und richtete sich für ihren nächsten Abgang.

»Diesmal komm ich nicht mehr zurück! Jetzt hab ich endgültig den Kanal voll! Mir reicht's! Ich kann dich nicht mehr ausstehen! Du bist einfach durch und durch verdorben und verrottet!«

»Du bist 'n Flittchen, nichts als 'n billiges Flittchen . . .«

»Klar bin ich 'n Flittchen, sonst würd ich ja nicht mit dir leben . . .!«
»Hmmmm . . . von der Seite hab ich das noch gar nicht betrachtet.«
»Dann wirds aber Zeit . . .!«
Ich leerte mein Glas und schenkte mir gleich wieder nach. »Hör zu«, sagte ich, »diesmal werde ich dich an die Tür bringen und SELBER die Tür aufmachen und wieder schließen. Bist du fertig?«
Ich hielt ihr die Tür auf. Ich stand da in meinen Unterhosen und mit meinem Glas Wein in der Hand und wartete. »Komm, komm, mach schon. Ich will mich hier nicht erkälten. Bringen wirs hinter uns. Hm?« Es paßte ihr gar nicht. Sie ging durch die Tür, blieb stehen und drehte sich nach mir um.
»Na los, zisch ab. Vielleicht kannst du dem Zeitungsjungen, dem der rechte Daumen fehlt, du weißt schon, der mit der vernarbten Visage, vielleicht kannst du dem für 5 Mark deine Syph-Spritze andrehen. Toodle-uuh, Schätzchen.«
Ich machte Anstalten, die Tür zu schließen, und sie packte ihre Handtasche mit beiden Händen und hob sie hoch über den Kopf. »Du ELENDES Dreckstück!« Ich sah die Handtasche niedersausen und blieb einfach stehen, mit einem kleinen, ungerührten Lächeln auf den Lippen. Ich hatte etliche Schlägereien mit ziemlich harten Burschen überstanden, und eine Frau mit Handtasche war das letzte, wovor ich mich fürchtete. Das Ding sauste auf mich herunter. Ich spürte es. Sehr sogar. Sie hatte eine ganze Reihe Cremepötte aus Porzellan, anscheinend waren die alle da drin. Das Ding traf mich wie ein Felsbrocken.
»Baby«, sagte ich. Ich hatte immer noch den Türknauf in der Hand und mein stilles Lächeln im Gesicht, aber ich konnte mich nicht bewegen, ich war wie gelähmt.
Wieder sauste die Handtasche nieder. »Hör zu, Baby . . .«
Und wieder.
»Oh, Baby . . .«
Meine Beine gaben nach. Und während ich langsam in die Knie ging, hatte sie oben mehr Platz zum Ausholen, und jetzt kam sie erst richtig in Fahrt, schneller und wütender kamen ihre Schläge, als wollte sie mir den Schädel knacken. Das war der dritte K. O. in meiner bewegten Karriere, aber der erste, der mir von einer Frau beigebracht wurde.
Als ich wieder zu mir kam, war die Tür zu und ich war allein.

Ich sah Blut auf dem Boden. Glücklicherweise hatte ich Linoleum in der ganzen Wohnung. Ich rappelte mich auf, watschte durch das Zeug und steuerte die Küche an, wo ich für besondere Anlässe eine Flasche Whisky verwahrte. Dies war ein besonderer Anlaß. Ich köpfte die Flasche, und bevor ich mir ein Glas einschenkte, goß ich mir eine Portion auf den Skalp. Dann kippte ich das Glas in einem Zug. Das elende Weibsstück hatte versucht, mich UMZUBRINGEN! Unglaublich! Für einen Augenblick spielte ich mit dem Gedanken, sie wegen versuchten Totschlags anzuzeigen. Aber es war zu riskant. Wahrscheinlich hätten mich die Bullen gleich mit eingebuchtet. Wer weiß, vielleicht hätten sie sich das Schauspiel nicht entgehen lassen, mich *mit ihr zusammen* in eine Zelle zu sperren!

Das Apartment lag im vierten Stock. Ich zwitscherte noch einen Whisky und ging zum Schrank. Ich griff mir ihre Kleider, Schuhe, Hosen, Schlüpfer, BHs, Slipper, Strumpfgürtel, den ganzen Mist, und schichtete es am Fenster auf. »Das verdammte Hurenstück hat versucht, mich zu killen . . .« Neben dem Haus war eine Baugrube. Ich warf das Zeug aus dem Fenster. Ich warf es wild durch die Gegend. Die Fähnchen landeten auf den Hecken, auf den Bäumen, auf dem Bauzaun, oder flogen einfach in die Grube. Ich fühlte mich wieder besser. Ich leerte die Flasche, holte einen Putzlappen und wischte den Boden auf.

Am nächsten Morgen dröhnte mir der Schädel. Ich betastete meinen Skalp und stellte fest, daß ich einen dicken roten Kamm aus geronnenem Blut hatte. Es ging auf Mittag zu. Ich stieg die Treppen runter und ging durch den Hintereingang auf den Hof hinaus, um die Kleider und das ganze Zeug wieder aufzusammeln. Es war weg. Ich ging um die Baustelle herum. Das Zeug war verschwunden. Im Hinterhof des Nachbarhauses hantierte ein alter Knacker mit einer Maurerkelle. Ich ging zu ihm hin.

»Sagen Sie mal, haben Sie hier zufällig ein paar Kleider rumliegen sehen?«

»Was für Kleider?«

»Na, Weiberklamotten.«

»Ja, sind hier in der Gegend gelegen. Hab den Kram aufgelesen und die Heilsarmee angerufen, damit sie es abholen.«

»Das waren die Kleider von meiner Frau.«

»Ich hab gedacht, die hat jemand weggeschmissen.«

»Es war ein Versehen.«
»Well, ich hab sie noch da. Inner Schachtel.«
»Sie ham sie noch? Hören Sie: kann ich sie wiederhaben?«
»Klar. Aber ich hab gedacht, die hat jemand weggeschmissen.«
Der alte Knacker ging ins Haus, und nach einer Weile brachte er einen Karton angeschleppt.
»Thanks«, sagte ich.
»Schon gut.«
Ich klemmte mir den Karton unter den Arm und ging wieder rauf.
Am späten Abend kam sie zurück, mit Eddie und der ›Herzogin‹ im Kielwasser. Sie brachten Wein mit. Ich schenkte die Gläser voll. Eddie sah sich in der Wohnung um. »Sieht richtig sauber aus hier«, sagte er.
»Hör zu, Hank«, sagte Mary. »Lassen wir doch die Streitereien. Es macht mich einfach krank. Und weißt du, eigentlich lieb ich dich doch. Ich lieb dich wirklich.«
»Yeah.«
Die ›Herzogin‹ saß teilnahmslos da, die Haare fielen ihr übers Gesicht, ihre Strümpfe waren zerrissen und dünne Speichelfäden liefen ihr aus den Mundwinkeln. Ich merkte sie mir im Geiste vor. Sie hatte so einen kranken sexy-Look. Ich schickte Mary und Eddie weg, um mehr Wein zu holen. Sie hatten kaum die Tür hinter sich zugemacht, als ich mich auf die Herzogin stürzte und sie aufs Bett warf. Sie war nichts als Haut und Knochen und sah irgendwie sehr theatralisch aus. Das arme Ding hatte wahrscheinlich seit zwei Wochen nichts Anständiges mehr gegessen. Ich puderte ihr einen über, einen auf die schnelle. Als die beiden anderen zurückkamen, saßen wir wieder auf unseren Stühlen, als sei nichts gewesen.
Ungefähr nach einer Stunde flaute die Unterhaltung ab, und wir saßen nur noch herum mit unseren Gläsern in der Hand. Plötzlich streckte die Herzogin ihre Hand aus und zeigte mit ihrem toten knochigen Finger auf mich. »Er hat mich vergewaltigt«, sagte sie mit völlig tonloser Stimme. »Er hat mich vergewaltigt, während ihr den Wein geholt habt.«
»Du glaubst doch nicht, was sie sagt, oder?«
»Natürlich glaub ichs«, sagte Eddie.
»Also wenn du einem Freund sowas zutraust, dann ist hier kein Platz mehr für dich! Mach, daß du verschwindest!«
»Die Herzogin lügt nicht. Wenn sie sagt, daß du . . .«

»VERSCHWINDET, IHR GOTTVERDAMMTEN SCHEISSER!«
Ich stand auf und schleuderte ein volles Glas an die Wand.
»Ich auch?« fragte Mary.
»DU AUCH!«
»Oh Hank, ich hab gedacht, es ist endlich Schluß mit diesen Szenen. Ich bins wirklich langsam leid ...«
Sie verdrückten sich. Eddie voran, dann die Herzogin, dann Mary. Die Herzogin wiederholte ständig: »Er hat mich vergewaltigt, ich sag euch, er hat mich vergewaltigt. Er hat mich vergewaltigt, wenn ich euch sage . . . er hat mich vergewaltigt ...«
Als sie gerade aus der Tür waren, packte ich Mary am Arm.
»Komm rein, du Miststück!«
Ich zerrte sie ins Zimmer und kickte die Tür zu. Dann gab ich ihr einen heißen, saftigen Kuß und griff mir eine pralle Hälfte ihres Hinterns.
»Oh, Hank ...«
Sie mochte das.
»Hank, Hank, du hast doch dieses Knochengestell nicht wirklich gepimpert, oder?«
Ich gab ihr keine Antwort, ich bearbeitete sie einfach weiter. Ihre Handtasche fiel zu Boden. Sie langte mir mit einer Hand zwischen die Beine und fing an, mir die Eier zu massieren. Ich war plötzlich müde. Ich brauchte eine Schnaufpause.
»Ich hab deine ganzen Klamotten aus dem Fenster geschmissen«, sagte ich.
»Was?!« Sie bekam große Augen und nahm ihre Hand weg.
»Aber ich bin runter und hab sie wieder aufgelesen.«
Ich ging zum Tisch und schenkte zwei Gläser voll.
»Du weißt, daß du mich um ein Haar erledigt hättest, nicht?«
»Waas?«
»Ja, erinnerst du dich denn nicht mehr?«
Ich sank völlig gebrochen auf einen Stuhl und ließ den Kopf hängen, damit sie ihr Werk auch richtig begutachten konnte. Sie kam herüber und sah sich meinen ramponierten Skalp an.
»Oh, mein armer Junge. Mein Gott, das tut mir aber leid ...«
Sie beugte sich über mich und küßte meinen blutverkrusteten Kamm. Ich langte ihr unter den Rock. Sie machte JUCH! Und dann balgten wir uns wieder, in diesem elenden Loch, zwischen den Weinlachen und Glassplittern auf dem Boden. In dieser Nacht würde es keine Prügelei geben, es gab kein Gesindel rauszuwerfen, wir waren allein, unsere Schatten tanz-

ten auf dem blanken, ausgetretenen Linoleum, die Liebe hatte gesiegt.

Es war im French Quarter in New Orleans, ich stand auf dem Trottoir (sic) und sah einem Italiener zu, der an einem betrunkenen Franzosen seine schlechte Laune ausließ. Er fragte ihn: »Bist du 'n Franzos?«, und der Franzose sagte: »Ja, ich bin Franzose.« Der Itakker langte ihm eine und fragte wieder: »Bist du 'n *Franzos?«* Und der Franzose sagte wieder ja und fing wieder eine. Wie ein mechanisches Ballett. Und das Merkwürdige ist, jedesmal wenn ihm der Itakker eine latschte, sagte er: »Ich bin dein Freund, ich bin dein Freund, ich will dir doch nur *helfen,* begreifst du das denn nicht?« Und der Franzose sagte ja und kriegte wieder eine gelangt.
Nun ja, ich war allerhand gewöhnt. Aber da war noch ein Franzose. Er saß in seinem Wagen und rasierte sich im Rückspiegel im Schein einer Taschenlampe. Er saß da, das ganze Gesicht voller Rasiercreme, und schabte sich mit einem langen Rasiermesser die Stoppeln aus dem Gesicht. Er ignorierte völlig, was um ihn herum vorging. Aber dann kam sein Landsmann unter den Schlägen des Itakkers ins Wanken und stolperte auf den Wagen zu. Er hielt sich am Türgriff fest und sagte »Hilfe«. Der Itakker verpaßte ihm noch eine, er fiel gegen den Wagen und das Ding kam ins Schaukeln. Auf der anderen Seite ging die Tür auf und der Fahrer sprang heraus. »Du elender Hund!« brüllte er. Auf seiner linken Backe begann sich durch den weißen Schaum ein roter Striemen abzuzeichnen. Er ging auf seinen Landsmann zu und zog dem Störenfried mit blitzschnellen Bewegungen das Rasiermesser übers Gesicht; und als der aufheulte und die Hände vors Gesicht schlug, schlitzte er ihm die Handrücken auf. »Du elender Hund! Du dreckiger Sauhund!«
Ich war erst seit zwei Tagen in der Stadt und fand es langsam etwas schwierig, mich an die Verhältnisse zu gewöhnen. Ich ging in die nächste Kneipe und setzte mich an die Bar. Ein Typ neben mir lehnte sich herüber und fragte: »Bist du 'n *Franzos,* oder bist du Italiener?« »Weder noch«, sagte ich. »Ich bin in China geboren. Mein Vater war dort Missionar. Er ist von 'nem Tiger gefressen worden, als ich noch 'n kleines Kind war . . .«

Glücklicherweise blieben mir weitere Fragen erspart, weil in diesem Augenblick die Band zu spielen anfing. Ich bestellte ein Bier. Dann kam ein anderer zu mir her und setzte sich neben mich. »Mein Name ist Sunderson. Sie sehen aus, als ob Sie Arbeit suchen.«

»Was ich brauch, ist Geld. Auf Arbeit bin ich nicht gerade scharf.«

»Sie müßten nur jede Nacht ein paar Stunden hinter der Kasse sitzen.« »Und was ist dabei drin?«

»18 Dollar die Woche. Vorausgesetzt, die Kasse *stimmt* ...«

»Und wie wollen Sie mich daran hindern, daß ich nicht mit der Kasse türme?«

»Ich heuere noch einen an. Auch für 18 Dollar die Woche. Der paßt auf Sie und die Kasse auf.«

»Sind Sie 'n Franzos?«

»Sunderson. Schotte. Entfernter Verwandter von Winston Churchill.«

»Ah. Ich hab mir gleich gedacht, daß bei Ihnen was nicht ganz in Ordnung ist.«

Es war eine Art Tankstelle. Sie gehörte einem Taxiunternehmen. Die Fahrer kamen an zum Tanken, ich kassierte und deponierte das Geld in der Kasse. Die meiste Zeit döste ich auf meinem Stuhl vor mich hin. Der Job ließ sich ganz gut an, abgesehen von gelegentlichen Streitereien mit den Fahrern, die unbedingt wollten, daß ich ihnen beim Reifenwechsel half. Dann hängte sich einer dieser italienischen Jungs ans Telefon, klingelte den Boß aus dem Bett und beschwerte sich über meine mangelhafte Arbeitsmoral. Aber ich hatte meine Anweisungen. Ich hatte nichts zu tun als Benzin zu zapfen und auf das Geld aufzupassen. Und der Alte hatte mir gezeigt, wo die Pistole lag und wie sie funktionierte.

Nur hätte er sich da fast geschnitten. Ich hatte nämlich nicht das geringste Interesse, für 18 Dollar in der Woche eine volle Kasse zu bewachen. Das Dumme war, daß mir mal jemand unmißverständlich klargemacht hatte, daß »unrecht Gut nicht gedeiht«, wie er sich ausdrückte. Und das saß so tief, daß ich einfach nicht dagegen ankam.

In der vierten Nacht stand plötzlich eine junge Negerin in der Tür. Sie stand gut und gerne 3 Minuten lang da und lächelte mich an. Schließlich sagte sie: »Na, wie läufts denn so? Ich heiße Elsie.«

»Nicht besonders«, sagte ich. »Ich heiße Hank.«

Sie kam herein. Sie hatte ein dünnes braunes Kleid an. Und während sie auf mich zukam, schien so etwas wie Elektrizität im Raum zu knistern.
Sie lehnte sich an den alten Schreibtisch, hinter dem ich saß.
»Kann ich einen Soft-Drink haben?«
»Klar.«
Sie gab mir das Geld. Ich sah ihr zu, wie sie den Deckel von der Kühltruhe nahm und nach vielem Hin und Her eine Limonade herausholte. Sie setzte sich auf einen Barhocker in der Ecke, hob kurz die Flasche in meine Richtung und trank sie runter. Ich sah, wie die Luftblasen in der Flasche im Schein der Lampe aufblitzten. Ich starrte sie an. Ihren Körper. Ihre Beine. Mir wurde ziemlich warm ums Herz. Es war einsam in der Bude, wenn man Nacht um Nacht auf seinem Stuhl vor sich hindämmerte. Und das für 18 Dollar die Woche.
Sie gab mir die leere Flasche zurück.
»Thanks.«
»Yeh.«
»Was dagegen, wenn ich morgen nacht 'n paar Freundinnen mitbringe?«
»Wenn sie nur halb so dufte sind wie du, Sweetie, dann nichts wie her damit.«
»Die sind alle wie ich.«
»Na dann bis morgen.«
In der nächsten Nacht kam sie an mit drei oder vier Freundinnen; sie saßen herum, lachten, redeten durcheinander und machten sich über die Soft-Drinks her. Sie waren jung, voller Leben und Energie, es kam Stimmung in die Bude, und mein Job fing an mir Spaß zu machen. In der Nacht darauf waren sie zu acht, und eine Nacht später waren es 13 oder 14. Sie begannen Whisky und Gin mitzubringen, und ich brachte mir auch einigen Stoff mit. Elsie war eine Marke für sich; sie setzte sich bei mir auf den Schoß, und nach einiger Zeit sprang sie plötzlich auf die Beine und schrie: »Hey, Menschenskind, willst du mir meine EINGEWEIDE oben rausschieben mit deiner dicken FAHNENSTANGE?!« Sie funkelte mich an und tat äußerst pikiert, und die restlichen Girls lachten, bis ihnen die Tränen herunterliefen. Ich saß da, völlig konfus und entgeistert, und lächelte in die Runde. Sie waren alle unerreichbar für mich, aber irgendwie war es eine gute Show. Ich fing richtig an aufzutauen.
Wenn draußen ein Fahrer hupte, stand ich schwankend auf,

trank langsam mein Glas aus, holte die Knarre aus der Schublade und sagte zu Elsie: »Also, Baby, du nimmst jetzt die Knarre und bewachst den Zaster in der Kasse, und wenn eins von diesen Girls eine dumme Bewegung macht, dann bläst du ihr 'ne Kugel durch die Möse, klar?«
Und Elsie stand da mit dieser enormen Luger in der Hand. Es war eine merkwürdige Kombination. Sie hatte es in der Hand, ob jemand aus Versehen draufging oder nicht, während ich draußen an der Zapfsäule stand ...
Und dann kam eines Nachts Pinelli, einer der italienischen Fahrer, herein und wollte einen Soft-Drink. Sein Name war so ziemlich das einzige, was ich an ihm mochte. Er war einer von denen, die mich ständig für irgendwelche Hilfeleistungen einspannen wollten. Reifenwechsel und so. Ich hatte nichts gegen Italiener an sich, aber es beunruhigte mich doch, daß mir die italienische Landsmannschaft seit meiner Ankunft am meisten Kummer zu machen schien. Pinelli kam also hereingestelzt. Und ich meine wirklich: GESTELZT. Die Girls waren in Hochstimmung. Sie ignorierten ihn vollkommen. Er ging an die Kühltruhe und hob den Deckel ab.
»VERDAMMT, DIE GANZEN SOFT-DRINKS SIND WEG! WER HAT DIE SOFT-DRINKS WEGGESOFFEN?!«
»Ich«, sagte ich.
Es wurde sehr still. Die Girls blickten interessiert herüber. Elsie stand direkt neben mir und beobachtete ihn. Pinelli sah ganz gut aus, wenn man nicht so genau hinschaute. Adlernase, schwarzes Haar, enge Hosen. Dazu seine schönen blitzenden Augen. Im Geiste glaubte man sogar eine kleine herrische Gebärde mit einer unsichtbaren Reitpeitsche zu sehen.
»DIESE GIRLS WAREN ES! UND DIE HABEN HIER DRIN NICHTS ZU SUCHEN! DIESE DRINKS SIND NUR FÜR TAXIFAHRER!«
Er kam näher und pflanzte sich vor mich hin. Dabei stellte er seine Beine leicht auseinander. Genau wie ein Huhn, bevor es kackt.
»UND WEISST DU, WAS DAS FÜR GIRLS SIND? HM?«
»Klar«, sagte ich. »Das sind alles meine Freunde.«
»NEE, DAS SIND ALLES NUTTEN! SIE ARBEITEN IN DREI VERSCHIEDENEN BORDELLEN UM DIE ECKE! NUTTEN SIND DAS, ALLE ZUSAMMEN!«
Keiner sagte etwas. Wir standen schweigend um ihn herum und starrten ihn an. Nach einer Ewigkeit drehte er sich um und ging hinaus. Für einen Augenblick hatte ich mir Sorgen

um Elsie gemacht. Sie hatte die ganze Zeit die Knarre in der Hand gehabt. Ich ging hin und nahm sie ihr weg.

»Fast hätt ich diesem Scheißer einen neuen Bauchnabel verpaßt«, sagte sie. »Ich will verdammt sein, wenn *den* nicht 'ne vergrätzte Nutte ausgeschissen hat!«

Und im nächsten Augenblick war die Bude leer. Ich hockte allein da mit meinem Glas in der Hand.

Ich machte die Kasse auf und warf einen Blick hinein. Es schien nichts zu fehlen.

Gegen 5 in der Frühe kam der Boß rein.

»Bukowski.«

»Mr. Sunderson?«

»Ich muß Sie entlassen.«

»Wieso, was is kaputt?«

»Die Jungs sagen, Sie hätten hier lose Sitten einreißen lassen, der ganze Laden voller Nutten mit raushängenden Titten und Beine breit und so, und Sie sollen dazwischen rumgekrochen sein und geleckt und gemacht und so, und das Nacht für Nacht! Stimmt das?«

»Nö, kann man eigentlich nicht sagen . . .«

»Also jedenfalls, ich werde hier jetzt selber nach dem Rechten sehen, bis ich einen vertrauenswürdigen Mann für den Job finde.«

»Tja, wenn Sie meinen . . . Es ist Ihre Show, Sunderson.«

Es muß ungefähr zwei Nächte später gewesen sein. Ich war in einer Bar gewesen und beschloß, auf dem Nachhauseweg mal bei der alten Tankstelle vorbeizuschauen. Als ich ankam, waren drei Überfallwagen da.

Ein Stück weiter erkannte ich Marty mit seinem Wagen. Er war einer der wenigen Fahrer, mit denen ich gut auskam. Ich ging zu ihm hin.

»Was isn hier los, Marty?«

»Sunderson hamse abgestochen, und 'n Fahrer hamse mit der Knarre umgelegt.«

»Jessas, wie im Kino. Und der Fahrer, den's erwischt hat: war das Pinelli?«

»Yeah! Wie kommst du drauf?«

»Loch im Bauch?«

»Yeah, yeah! Woher weißt du 'n das?«

Ich gab keine Antwort. Ich drehte mich um und machte mich wieder auf den Weg. Ich weiß nicht, entweder war ich voll oder der Mond, jedenfalls lief mir unterwegs plötzlich das

Wasser aus den Augen. Hm. Elsie, die sagenhafte schwarze Nutte. Ich hätte was drum gegeben, wenn ich sie hätte sehen können, wie sie dem gelackten Affen ein Loch in den Pelz gebrannt hat.
Ich ging weiter durch die ausgestorbenen Straßen von New Orleans. Ich machte einen Umweg und fand einen Laden, der noch offen hatte. Der Verkäufer stellte die Flasche vor mich hin, ließ aber seine Hand dran. Er lehnte sich über den Ladentisch, hielt die andere Hand auf und sah mich von unten herauf an. Ich stützte mich leicht auf die Kante, fischte die dreckigen Münzen aus meiner Jackentasche, hielt sie mit spitzen Fingern hoch (ich sah, wie seine Augen der Bewegung folgten) und ließ sie einzeln an seiner ausgestreckten Hand vorbei auf den Boden fallen.

»Ah«, sagte mein Freund Lou. »Ich glaub, ich habs!«
»Yeah?«
»Yeah. Wir müssen das Ding aber gemeinsam drehen.«
»In Ordnung.«
»Also. Du erzählst gute Geschichten, ich meine, du hast da so 'ne Ader dafür. Sie brauchen ja nicht wahr zu sein ...«
»Sie sind immer wahr.«
»Gut, in Ordnung, aber in diesem Fall ist das völlig wurscht. Also paß auf, wir machen das so: da unten an der Straße ist so 'ne mondäne Bar. Molino's. Du kennst den Laden. Da gehst du rein. Alles, was du brauchst, ist das Geld für den ersten Drink. Dafür legen wir zusammen. Du hockst dich also an die Bar und läßt dir Zeit mit deinem Drink und siehst dich um nach einem Typ, der große Scheine ausfährt. Da sitzen immer einige drin, die gestopft sind. Und wenn du einen hast, gehst du zu ihm rüber und fängst an, deine Geschichten zu erzählen. Aber so richtig loslegen, verstehst du, du mußt ihn richtig einwickeln. Versuch dir vorzustellen, du hättest so 'ne richtige Schlagseite. Wenn du voll bist, entwickelst du 'n ganz beachtlichen Wortschatz ... einmal hast du sogar behauptet, du wärst ein Arzt ... damals hast du mir 'ne Dickdarm-Operation in allen Einzelheiten geschildert ... O. K., also du wickelst ihn ein, er wird dir Drinks bestellen, und du mußt natürlich darauf bestehen, daß er die ganze Nacht mithält. Und wenn die Bar schließt, gehst du mit ihm in Richtung Alvarado

Street, an der kleinen Sackgasse vorbei. Erzähl ihm, daß du ihm 'ne saftige junge Pussy verschaffen kannst, erzähl ihm, was du willst, Hauptsache, du führst ihn an dieser Sackgasse vorbei. Dort werd ich auf ihn warten. Mit dem da . . .«
Lou fummelte hinter der Tür und brachte einen enormen Baseballschläger zum Vorschein.
»Mann Gottes!« sagte ich. »Willst du den Kerl umlegen?«
»Aach was, ein Besoffener geht nicht so schnell drauf, das solltest du am besten wissen! Ich werd ihn nur für 'ne Weile aus'm Verkehr ziehen. Wir nehmen ihm die Brieftasche ab und machen halbe-halbe.«
»Und das letzte, an was er sich erinnern wird, ist, daß *ich* ihn begleitet hab.«
»Das stimmt allerdings.«
»Ich glaub, ich mach lieber das mit dem Baseballschläger . . .«
»Ausgeschlossen. Das muß ich machen. Du mußt das Quatschen besorgen. Ich hab nicht so'n guten Vortrag wie du.«
»Also ich kann das nicht, einen so hopps nehmen . . . das geht mir gegen den Strich, dazu bin ich zu anständig . . .«
»Du und anständig. Du bist der kaltschnäuzigste Knochen, der mir je vorgekommen ist. Deshalb mag ich dich ja so gern . . .«
Ich fand einen. Einen richtigen Fettsack. Für solche Säcke hatte ich mein Leben lang gearbeitet und war von ihnen aus allen möglichen sinnlosen und unterbezahlten Jobs gefeuert worden. Langsam begann mir die Idee zu gefallen. Es würde mir gut tun.
Ich quatschte ihn an. Ich ließ meine Platten ablaufen. Was ich alles redete, wurde mir gar nicht recht bewußt. Ich fühlte nur, daß sich meine Lippen bewegten. Aber er hörte zu, lachte, nickte mit dem Kopf und ließ die Drinks anfahren. Er hatte eine massive Armbanduhr, an jedem Finger einen Ring, und eine pralle Brieftasche. Es war harte Arbeit, aber mit den spendierten Drinks kam ich einigermaßen über die Runden.
Ich erzählte ihm Stories aus dem Knast, von den Track-Gangs bei der Eisenbahn und aus dem Bordell. Die Bordellgeschichten gefielen ihm am besten. Ich erzählte ihm von dem Kerl, der sich nackt in die leere Badewanne setzte, während die Nutte ein Abführmittel nahm, und nach einer Stunde kam sie rein und zog ihren Dünnschiß über ihm ab, und ihm ging einer ab, der bis an die Decke spritzte.
»Oh nein, WIRKLICH?«
»Oh ja. Wirklich.«

Dann erzählte ich ihm von einem, der regelmäßig alle zwei Wochen ankam und gut bezahlte. Er ging mit der Nutte aufs Zimmer, sie zogen sich aus und spielten Karten. Nach zwei Stunden war er soweit. Konnte es nicht mehr erwarten, seine Klamotten wieder anzuziehen. Geld auf'n Tisch und raus. Und die Nutte nie angelangt.
»Donnerwetter!« sagte der Fette und sah völlig entgeistert drein.
»Yeah«, sagte ich.
Er hatte nichts als Scheiße im Kopf, das stand fest. Und je länger ich seinen dicken Schweineschädel ansah, desto wohliger wurde mir beim Gedanken an den Augenblick, wenn der Baseballschläger darauf niedersausen würde.
»Mögen Sie junge Girls?« fragte ich.
»Oh yeah, yeah, yeah!«
»So um die 15?«
»Oh mein Gott, ja!«
»Ich erwarte eine aus Chicago heut nacht. Sie wird so kurz nach 2 in meiner Wohnung sein. Sie ist sauber, intelligent und hat 'n irres Temperament. Ich geh natürlich ein kleines Risiko ein, wenn ich Ihnen das so sage. Sie müssen mir also vertrauen. Sagen wir 10 Dollar im voraus und 10, wenn Sie fertig sind. Oder ist Ihnen das zu hoch . . .?«
»Aber nein! Völlig in Ordnung!« Er fischte einen Zehner aus der Tasche.
»O. K. Wenn die hier dicht machen, kommen Sie mit mir.«
»Klar. In Ordnung.«
»Und dann hat die Kleine aber auch noch solche Sporen. Silberne Sporen mit Rädchen aus Rubinen. Die kann sie anlegen und Ihnen was vorreiten, während Sie sich die Eier am Abbrechen sind. Was meinen Sie dazu? Das kostet allerdings 5 Dollar extra.«
»Äh, nein, vielleicht doch lieber ohne die Sporen.«
Schließlich wurde es 2 und ich ging mit ihm raus und steuerte ihn in Richtung auf unsere Stelle. Hoffentlich war Lou nicht irgendwo versumpft oder hatte Schiß gekriegt. Vielleicht machte er sich doch Sorgen, daß er dem Typ aus Versehen den Schädel zertrümmern könnte. Im stillen war ich froh, daß ich nur das Reden zu besorgen hatte . . . Wir schwankten im Mondlicht die Straße hinunter. Weit und breit war niemand zu sehen. Alles würde glatt gehen.
Wir kamen an die vereinbarte Ecke. Lou war da.

Aber der Dicke sah ihn, er machte eine Bewegung mit dem Arm und duckte sich. Der Schlag verfehlte ihn und traf mich. Direkt hinter dem Ohr.
Während ich zu Boden ging, zuckte mir für den Bruchteil einer Sekunde der Gedanke durch den Kopf: Wenigstens hab ich den Zehner ... wenigstens etwas ...
Und dann lag ich in der Seitengasse im Dreck, zwischen alten Kondomen, Zeitungsfetzen, demolierten Waschmaschinen, Nägeln, Streichholzschachteln, vertrockneten Regenwürmern, in einer schmierigen Gasse voller nasser, sadistischer Schatten, wo sich rachitische Tunten im Morgengrauen mit klammen Händen gegenseitig einen runterholten und der rasselnde Atem von streunenden, bis aufs Skelett abgemagerten Katzen aus den dunklen Ecken drang.
Undeutlich hörte ich noch, wie der Dicke die Flucht ergriff; dann spürte ich Lous Hand, die mir den Zehner aus der Tasche zog; dann riß der Film.
Der steinreiche Bonze hockte in seiner Heimsauna und heulte. Er hatte das Gesamtwerk von J. S. Bach auf Schallplatten, aber das half nichts. Er hatte Butzenscheiben in der ganzen Wohnung, er hatte ein Bild von einer Nonne, die ihre Röcke hob und in den Rinnstein pißte, und auch das nützte nichts. Einmal hatte er in der Wüste von Nevada bei Vollmond einen Taxifahrer zu Tode foltern lassen und dabei zugeschaut; das möbelte ihn etwas auf, aber nach einer halben Stunde hatte auch diese Geschichte ihren Reiz für ihn verloren. Er fesselte Hunde an alte Grabkreuze und brannte ihnen mit seinen 5-Dollar-Zigarren die Augen aus. Kalter Kaffee. Er hatte so viele junge, unschuldige Dinger defloriert, daß ihn auch das nicht mehr juckte. Jetzt war er quengelig und verbittert. Er brannte teures exotisches Räucherwerk ab, während er badete. Er schüttete seinem Butler die Cocktails ins Gesicht. Der reiche Bonze war ein kümmerlicher, alter, beschissener Knacker.
Dann saß er mir an seinem Schreibtisch gegenüber. Immer noch liefen ihm die Tränen über das aufgeschwemmte Gesicht. Ich steckte mir eine von seinen teuren Zigarren an.
»Tu doch endlich was, um HIMMELS willen, hilf mir doch!« schrie er.
Es war Zeit für meinen Akt. »Augenblick«, sagte ich.
Ich machte seine Spezialtruhe auf, holte den schweren schwarzen Ledergürtel heraus. Ich hielt ihn so, daß das Ende mit

der massiven Metallschnalle nach unten hing. Er zog seinen Bademantel aus und legte sich über den Tisch. All das ungesunde, weiße, schwammige Fleisch, der eklige, schwabbelige, haarige Arsch . . . Ich holte weit aus und drosch mit dem metallenen Ende des Lederriemens auf ihn ein.

ZAP! ZAP!

ZAP! ZAP! ZAP!

Er fiel vom Tisch. Er kroch am Boden herum wie ein Krebs, der nach dem Ozean Ausschau hält. Ich folgte ihm mit dem Riemen.

ZAP!
 ZAP!
  ZAP!

Dann beugte ich mich zu ihm hinunter, und während er zwei- oder dreimal wild aufbrüllte, drückte ich die Zigarre auf ihm aus.

Dann lag er still. Er hatte ein verklärtes Lächeln auf dem Gesicht. Ich ging in die Küche. Am Küchentisch hockte sein Anwalt und trank Kaffee.

»Fertig?« fragte er.

»Yeah.«

Neben seiner Kaffeetasse lag ein dickes Bündel Geldscheine. Er pellte umständlich fünf Zehner ab und schob sie mir über den Tisch. Ich merkte, daß ich immer noch die Zigarre in der Hand hatte. Ich warf sie in den Ausguß.

»Meine Fresse«, sagte ich. »Scheiße nochmal.«

»Yeah«, sagte der Anwalt. »Ihr Vorgänger hat es nur einen Monat ausgehalten.«

Ich schenkte mir einen Kaffee ein. Die Küche war ganz gemütlich.

»Also dann nächsten Mittwoch wieder«, sagte er.

»Wollen Sie's nicht mal für mich machen?«

»ICH? Nee, ich bin viel zu sensibel . . .!«

Wir lachten. Ich ließ 2 Stück Würfelzucker in meinen Kaffee fallen.

Es war dunkel in der alten chinesischen Wäscherei. Wir hörten, wie er oben über die aufgestellte Klappe stolperte, und dann

kam er über die schräge Rutsche nach unten geschlittert. Maxfield zog ihm mit dem Stiel einer Zimmermannsaxt eine über und brach ihm das Genick. Wir durchsuchten seine Taschen. Wir hatten den Falschen erwischt.
»Oh shit«, sagte Maxfield.
»Oh shit«, sagte ich.
Ich ging rauf ins Büro und rief Steinfelt an.
»Rabbit. Ram. Kay. Remus. Hard«, sagte ich.
»Shoot. Bugger. Damn. Lame«, sagte Steinfelt.
»Spooks«, sagte ich. »Spooks down tender.«
»FUCK YOU«, sagte Steinfelt und hängte auf.
Als ich wieder runterkam, lag Maxfield schmatzend auf der Leiche.
»Aha, ich hab dich schon immer im Verdacht gehabt«, sagte ich.
Maxfield schaute auf und bleckte die Zähne. »Bugger, bugger reeme«, raunzte er.
»Was hat'n DAS damit zu tun?« fragte ich.
»Gluub«, machte er.
Ich hockte mich auf eine ausrangierte Waschmaschine.
»Hör zu«, sagte ich. »Wenn wir eine bessere Welt schaffen wollen, müssen wir den Kampf nicht nur auf der Straße austragen, sondern auch in unseren Köpfen. Außerdem, wenn unsere Frauen ihre Fußnägel nicht sauberhalten können, steht zu befürchten, daß sie es auch mit der übrigen Körperhygiene nicht allzu ernst nehmen. Also immer erst Inspektion machen. Und bei den Fußzehen anfangen.«
»Gluub«, machte er. Er stützte sich auf und entfernte der Leiche mit seinem Schnappmesser die Augäpfel. Auf dem Messergriff war ein Hakenkreuz eingraviert. Er sah aus wie Celine in seinen besten Tagen. Er schluckte die Augäpfel runter.
Eine Zeitlang saßen wir schweigend da.
Dann fragte er: »Hast du ›Widerstand, Rebellion und Tod‹ gelesen?«
»Ich fürchte, ja.«
»In der höchsten Gefahr liegt unsere größte Hoffnung.«
»Hast du mal 'ne Zigarette?«
»Klar«, sagte er.
Ich steckte sie an und drückte ihm die brennende Spitze leicht auf den Handrücken.
»Oh shit«, sagte er. »Hör doch mit diesem Tinnef auf.«

»Du kannst von Glück sagen, daß ich dir das Ding nicht in den Arsch gesteckt hab.«
»Schön wärs«, seufzte er.
»Ausziehen!« kommandierte ich.
Er gehorchte.
»Arschbacken auseinander!«
Er gehorchte.
»Ich gelobe«, intonierte er, »bei der . . .«
Aus einem Lautsprecher im Obergeschoß kam Rimsky Korsakovs »Scheherazade«. Ich hielt ihm die rotglühende Zigarettenspitze zwischen die Backen.
»Unngggg«, machte er.
»So. Gehen wir der Sache mal auf den Grund«, sagte ich und drückte ihm das Ding rein.
»Mann«, sagte er, »Mann Gottes . . .!«
»Jeder macht mal 'ne kleine Dummheit«, sagte ich ungerührt.
»Aber WER bringt es fertig, mit der dummen, arroganten Glorie seines genialen Irrsinns zu leben?«
»Nur einer: CHARLES BUKOWSKI!«
»Maxfield«, sagte ich, »du bist gar nicht so blöd wie ich gedacht hab.« Ich zog ihm die Zigarette aus dem Hintern, schnupperte daran und warf sie in die Ecke.
»Also, im Ernst«, sagte ich, »das mit Camus ist gar nicht so schwer zu verstehen . . . wenn du mir folgen kannst . . . ein Brukk, ein Banko, ein Sestina-vik . . . all das . . . brillanter Schreiber, gewiß, ABER . . . letzten Endes doch umgefallen . . .«
»Wovon redest du eigentlich?«
»Von den Briefen an COMBAT, von den Reden für L'Amitié Française, von den Erklärungen, die er im Dominikaner-Kloster von Latour-Maubourg abgegeben hat. Und seine Antwort an Gabriel Marcel. Und die Rede im Gewerkschaftshaus von Saint-Etienne am 10. Mai 1958. Und die Tischrede anläßlich eines Banketts zu Ehren von Präsident Eduardo Santos, ehemaliger Herausgeber von ›Il Tiempo‹, und von der Junta aus Kolumbien vertrieben. Und der Brief an M. Aziz Kessous. Und das Interview in ›Demain‹ im Oktober 1957. Mit anderen Worten: weich geworden, sich abkauen lassen, seine Position aufgegeben. Er starb in einem Auto, das er längst nicht mehr steuerte . . .«
»Trotzdem«, sagte er, »was für ein Recht haben wir, auf den Mann zu scheißen? Wer sind wir denn schon – kleine Nummern . . . mit Flinten, Schreibmaschinen, anonymen Briefen

unter der Tür ... räudige alte Köter, die versuchen, einem großen Toten ans Bein zu pissen ...«
»Ach, fick dich doch nichts ins Knie ...«, sagte ich.
Wir schwiegen eine lange Zeit. Schließlich sagte ich: »Was machen wir jetzt mit dieser Leiche?«
»Wieso? Hab ich doch schon erledigt ...«
»Ich meine JETZT ...«
»Jetzt bist du dran.«
»Vergiß es.«
Wir schwiegen und starrten den toten Körper an.
»Warum sprichst du nicht mit Steinfelt?« fragte Maxfield.
»Warum ich ...«
»Ja, warum denn nicht?«
»Mensch, du gehst mir vielleicht auf die Nerven.«
Ich ging rauf und nahm den Hörer ab. Er fühlte sich an wie ein großer, schlaffer Negerschwanz. Meine Hand war feucht und verschwitzt.
»Steinfelt«, sagte ich.
»Was meinst du, wer das 9. Rennen gewonnen hat?« fragte er, »Harness oder Del Mar?«
»Harness.«
»Falsch getippt. Jonboy Star. 5 Mille gemeldet. Davor in Spokane waren es sechs, Asaphr im Sattel. Am Start die 8. Sechs zu zweieinhalb. Jetzt die 2. Jack Williams übernahm. Morning Line 4. Mit 7/2 eröffnet. Nach letzten Wetten auf 2/1 herunter. Gewann spielend.«
»Und auf wen hast du gesetzt?«
»Smoke Concert.«
»Na also. Was soll der Quatsch.«
»Rabbit Ram Kay Remus. Hard.«
»Spooks«, sagte ich. »Spooks down tender.«
»FUCK YOU«, sagte Steinfelt und hängte auf.
Ich ging wieder runter. Copelands ›Fanfare for the Common Man‹ dröhnte aus dem Lautsprecher. Maxfield machte sich wieder an der Leiche zu schaffen.
Ich sah ihm eine Weile zu.
»Mein lieber Freund«, sagte ich, »unser Job ist nicht einfach. Denk an Afrika, denk an Vietnam, denk an Watts und Detroit; denk an die Boston Red Sox und das L. A. Landesmuseum. Oder sonst was. Denk dran, wie beschissen du im Spiegel aussiehst.«
»Blubb«, sagte Maxfield.

Der unaufhaltsame Untergang des Alten Westens. Noch zehn Jahre. Höchstens noch zehn Jahre, lieber Spengler. Oswald. OSWALD??? Le Harvey Oswald Spengler.

Miriam und ich hatten eine Art Gartenhaus gemietet, was ganz praktisch war – Miriam ging arbeiten, und ich kümmerte mich um die Tulpen und Bohnen und führte den Hund aus. Das war alles, was ich tat; wenigstens nach außen hin. Die Miete war minimal und die Nachbarn ließen einen in Ruhe, sogar wenn man im Suff randalierte. Wenn die Miete fällig war, mußte man dem Hausbesitzer geradezu damit nachlaufen. Er war Autohändler und schwamm im Geld. Wenn man ihm dezent andeutete, daß man mit der nächsten Miete vielleicht ein oder zwei Wochen in Verzug geraten würde, sagte er nur: »Schon gut. Nur, tun Sie mir den Gefallen und geben Sie das Geld nicht meiner Frau. Sie säuft mir in letzter Zeit zuviel, und ich möchte nicht, daß das ins Kraut schießt ...«

Es war ein gemütliches Arrangement. Miriam arbeitete als Stenotypistin in einem großen Möbelgeschäft. Morgens war ich meistens zu verkatert, um sie an den Bus zu bringen; aber abends holte ich sie immer mit dem Hund an der Haltestelle ab. Wir hatten zwar einen Wagen, aber der blieb mir allein vorbehalten, da sie unfähig war, das Ding anzulassen. Gewöhnlich wachte ich gegen halb elf auf, ließ mir Zeit mit dem Aufstehen, sah nach den Blumen, trank einen Kaffee und ein Bier und ging dann raus in die Sonne und rieb mir den Bauch. Dann spielte ich mit dem Hund, was ziemlich ermüdend war, denn er war ein riesiges Tier, größer als ich selbst. Deshalb verzog ich mich bald wieder ins Haus, räumte ein bißchen auf, machte das Bett, sammelte die leeren Flaschen auf und spülte das Geschirr. Noch ein Bier, ein kurzer Blick in den Kühlschrank, um mich zu vergewissern, daß noch etwas zu essen für sie da war, und dann wurde es Zeit für den Rennplatz. Nach dem letzten Rennen konnte ich es gerade noch bequem schaffen, sie rechtzeitig an der Haltestelle abzuholen.

Es war ein schönes Leben. Es war zwar nicht gerade wie Monte Carlo, aber ich fühlte mich doch ganz wohl dabei. Schließlich war ich nicht besonders verwöhnt. Ich schlief besser, sah besser aus und fickte besser als zuvor. Es war wirklich nicht schlecht. Trotzdem, ich spürte, daß es auf die Dauer nicht gutgehen würde ...

Es fing an, als ich die Dame kennenlernte, die in dem Haus vorne an der Straße wohnte. Zuerst war es ganz harmlos. Ich saß auf der Veranda, trank mein Bier und warf den Ball für den Hund. Und sie kam heraus, breitete ein Badetuch auf dem Rasen aus und nahm ein Sonnenbad. Man mußte sehr genau hinsehen, um zu bemerken, daß sie einen Bikini anhatte. Er bestand nur aus ein paar dünnen Fäden. Und einen KÖRPER hatte die Dame ... Während der ersten paar Tage beschränkten wir uns auf einen flüchtigen Gruß. Sie sagte »Hi« und ich sagte »Hi«, und viel mehr wurde nicht gesprochen. Ich mußte vorsichtig sein. Miriam kannte schließlich die ganze Nachbarschaft.

Aber dieser KÖRPER ... Hin und wieder schafft die Natur einen Körper, an dem alles stimmt, sogar der Hintern. Gewöhnlich ist es der Hintern, der aus der Reihe tanzt – er ist entweder zu groß oder zu platt oder zu rund oder nicht rund genug, oder er hängt einfach völlig beziehungslos da, als sei er im letzten Augenblick grad noch so drangeklatscht worden. Aber bei der hier stimmte sogar der Hintern. Allmählich fand ich heraus, daß sie Renie hieß und daß sie in einem der kleinen Klubs an der Western Avenue als Stripper arbeitete. Sie hatte ein paar harte Linien im Gesicht. Ein typisches Los-Angeles-Gesicht. Man ahnte, daß sie einiges mitgemacht hatte, als sie noch jünger war; und jetzt war sie vorsichtig geworden und behielt ihre Deckung oben, als wolle sie sagen: Fuck you, Brother ... jetzt bestimme ich, wie die Schläge verteilt werden.

Eines Morgens sagte sie zu mir: »Ich muß jetzt immer hier hinten hin zum Sonnenbaden. Kürzlich ist mir da vorne der alte Dreckskerl von nebenan auf die Pelle gerückt und hat versucht, mich abzufummeln.«

»Tatsächlich?«

»Ja. Die alte Sau. Bestimmt schon an die 70, aber seine drekkigen Griffel kann er immer noch nicht weglassen. Da ist ein Kerl, der kommt jeden Tag und bringt seine Frau zu dem Alten. Und der Alte steigt mit ihr in die Federn, und sie liegen den ganzen Tag in der Falle und saufen und vögeln. Und abends kommt der Mann wieder und holt seine Frau ab. Die denken wahrscheinlich, wenn der Alte abkratzt, vermacht er ihnen sein Geld. Steinreich, der Alte. Solche Leute machen mich einfach krank. Da unten in dem Klub, wo ich arbeite,

der Kerl, dem der Laden gehört, so'n großer, fetter Itakker, Gregario heißt er, der sagt also eines Tages zu mir: ›Baby‹, sagt er, ›wenn du für mich arbeiten willst, dann mußt du immer für mich da sein, und nicht nur wenn du auf der Bühne stehst.‹ Und ich hab zu ihm gesagt: ›Schau her, George, ich bin eine Künstlerin. Wenn dir mein Akt so, wie er ist, nicht paßt, dann steig ich aus!‹ Ich hab einen Freund von mir angerufen und wir haben meine ganzen Sachen da rausgeholt, und kaum waren wir bei mir zu Hause, da hat schon das Telefon geklingelt. Gregorio natürlich. ›Schau, Honey‹, sagt er, ›du mußt zurückkommen! Der Laden läuft einfach nicht, wenn du nicht hier bist. Alle fragen sie nach dir. Bitte, komm zurück, Baby. Ich respektiere dich als Künstlerin und als Frau. Du bist 'ne großartige Frau . . .«
»Ham Sie Lust auf ein Bier?« fragte ich sie.
»Klar.«
Ich ging ins Haus und holte ein paar Flaschen aus dem Kühlschrank. Renie setzte sich zu mir auf die Veranda, und wir fingen an zu trinken.
»Was machst du so den ganzen Tag?« fragte sie.
»Zur Zeit gar nichts.«
»Du hast 'ne nette Freundin.«
»Ja, die is O. K.«
»Und was hast du früher gemacht?«
»Alles mögliche. Lauter miese Jobs. Nichts besonderes.«
»Ich hab mich mal mit Miriam unterhalten. Sie sagt, du malst und schreibst Gedichte. Du bist ein Künstler.«
»In ganz seltenen Augenblicken bin ich ein Künstler, in der übrigen Zeit bin ich nichts.«
»Ich möchte gern, daß du mal meinen Akt siehst.«
»Ich geh nicht gern in diese Klubs.«
»Ich hab 'ne Bühne in meinem Schlafzimmer.«
»Was??«
»Komm, ich zeigs dir.«
Wir gingen rüber in ihr Apartment. Tatsächlich, sie hatte eine Bühne im Schlafzimmer. Sie nahm fast den ganzen Raum ein. Auf der Seite war ein Teil durch einen Vorhang abgetrennt. Sie brachte mir einen Whisky. Dann ging sie auf die Bühne und verschwand hinter dem Vorhang. Ich hockte auf dem Bett und nippte an meinem Drink. Dann hörte ich Musik. »Slaughter on Tenth Avenue.« Dann teilte sich der Vorhang und sie schlängelte sich heraus.

Ich goß den Rest meines Drinks herunter und beschloß, diesen Nachmittag nicht zum Pferderennen zu gehen.
Nach und nach fielen die Hüllen. Sie fing an zu stoßen und sich zu winden. Sie hatte mir die Flasche neben das Bett gestellt; ich langte rüber und goß mir einen kräftigen Schuß ein. Inzwischen hatte sie nur noch die dünne Schnur mit dem kleinen Perlenvorhang an. Wenn sie den Unterleib nach vorne stieß, sah man die magische Büchse. Dann war die Platte zu Ende. Sie war wirklich gut.
»Bravo, bravo!« applaudierte ich.
Sie kam herunter und steckte sich eine Zigarette an.
»Hat es dir wirklich gefallen?«
»Klar. Jetzt weiß ich, was Gregario meint, wenn er sagt, du hast Klasse.«
»All right, was meint er denn?«
»Erst brauch ich noch 'n Drink.«
»Schön. Ich nehm auch einen.«
»Also, Klasse ist etwas, das sieht man, das fühlt man. Das kann man nicht erklären. Auch bei Männern kann man es sehen. Und bei Tieren. Trapezkünstler, zum Beispiel, wenn sie in die Arena kommen. Sie haben so etwas in ihrem Gang, in ihrer ganzen Haltung. Etwas, das von INNEN heraus durchscheint. Das hast du auch, wenn du tanzt. Dein ganzer Tanz lebt von dem, was du in dir hast.«
»Ja, so empfinde ich es auch. Für mich ist es nicht nur so 'n mechanisches Sex-Gehupfe. Es ist ein Gefühl. Innerlich spreche ich und singe ich, wenn ich tanze.«
»Weiß Gott, das tust du, das hab ich gemerkt.«
»Aber weißt du, ich möchte gern, daß du mich kritisierst. Ich möchte, daß du mir Anregungen gibst. Ich möchte noch besser werden. Deshalb hab ich auch diese Bühne hier, zum Üben. Sprich zu mir, während ich tanze. Du mußt dich nicht genieren, was zu sagen.«
»O.K. Noch 'n paar Drinks und ich schätze, ich werd auftauen.«
»Klar. Bedien' dich nur.«
Sie verschwand wieder hinter dem Vorhang. Als sie wieder herauskam, hatte sie ein anderes Kostüm an. Und sie hatte eine neue Platte aufgelegt.

> »When a New York baby says goodnight
> it's early in the morning
> good night sweetheart . . .«

Die Musik war so laut, daß ich geradezu brüllen mußte. Ich kam mir vor wie ein abnormaler, fettarschiger Hollywoodregisseur.

»DU DARFST NICHT LÄCHELN, WENN DU RAUSKOMMST. DAS IST VULGÄR. DENK DRAN, DU BIST EINE LADY. DU LÄSST DICH HERAB, VOR DIESEN MACKERN ZU ERSCHEINEN. WENN GOTT NE MÖSE HÄTTE, DANN WÄRST DU GOTT. DU MUSST NUR NOCH ETWAS GELÖSTER WERDEN. DU BIST EINE HEILIGE, DU BIST EINSAME KLASSE! ZEIGS IHNEN!«

Ich goß mir Whisky nach. Ich fand eine Packung Zigaretten auf dem Bett und rauchte eine nach der anderen.

»JA! GENAU SO! DU MUSST DIR VORSTELLEN, DU BIST GANZ ALLEIN. KEIN PUBLIKUM. UND DU SEHNST DICH NACH LIEBE, NACH DER LIEBE HINTER ALL DEM SEX, HINTER ALL DER QUAL!«

Ihr Kostüm begann sich aufzulösen.

»JETZT SAG ETWAS, GANZ UNVERHOFFT! ZISCH ETWAS INS PUBLIKUM, ÜBER DIE SCHULTER, WÄHREND DU DICH VON DER RAMPE WEGDREHST! WAS DIR GRAD EINFÄLLT! SAG IRGENDWAS! SO WAS WIE ›POTATOES HURL MIDNIGHT ONIONS‹!«

»Potatoes hurl midnight onions!« zischte sie.

»NEIN! NEIN! DU SOLLST SELBER WAS SAGEN!«

»Chippy chippy suck nuts!« zischte sie.

Ich verschluckte beinahe die Eiswürfel. Ich goß mir schnell einen neuen Whisky nach.

»UND JETZT TEMPO, AUFS GANZE GEHEN! RUNTER MIT DEN FÄHNCHEN! ZEIG MIR DIE EWIGE MÖSE!«

Sie tat es. Das ganze Schlafzimmer stand in Flammen.

»UND JETZT SCHNELLER! SCHNELLER! ALS OB DU DEN VERSTAND VERLOREN HÄTTEST! ALS OB DU ALLES UM DICH HERUM VERGISST!«

Und sie legte los. Ich war sprachlos. Die Zigarette versengte mir die Finger.

»UND JETZT WERD' ROT!«

Sie errötete tatsächlich.

»UND JETZT LANGSAMER! LANGSAM, GANZ LANGSAM! AUF MICH ZU! LANGSAM, LANGSAM ...! JA! DIE GANZE TÜRKISCHE ARMEE HAT EINEN STEIFEN! NÄHER! AUF MICH ZU! JAAA! ...«

Ich wollte gerade auf die Bühne springen, als sie wieder zischte: »Chippy chippy suck nuts!« Und da war es zu spät. Es ging mir in die Hose.

Ich goß noch ein Glas runter, sagte ihr goodbye, ging wieder rüber zu mir, nahm ein Bad, rasierte mich, spülte das Geschirr, nahm den Hund an die Leine und kam gerade noch zurecht, um Miriam an der Haltestelle in Empfang zu nehmen. Sie war müde und abgespannt.

»War das mal wieder ein Tag«, sagte sie. »Eins von diesen blöden Mädchen ist rumgegangen und hat sämtliche Schreibmaschinen geölt. Die Dinger haben überhaupt nicht mehr funktioniert. Wir mußten einen aus der Reparaturwerkstatt holen. Der hat uns angebrüllt: ›Verdammt, wer hat die ganzen Dinger geölt?‹ Und dann ist uns Connors ins Kreuz getreten, damit wir die verlorene Zeit wieder aufholen und diese blöden Rechnungen fertig kriegen. Ich hab so auf die Tasten gehämmert, daß ich ganz taube Finger hab.«

»Du siehst trotzdem blendend aus, Baby«, sagte ich. »Du wirst jetzt ein schönes heißes Bad nehmen, und nach ein paar Drinks fühlst du dich wieder ganz prächtig. Ich hab pommes frites im Ofen und wir haben Steaks und Tomaten, und dazu ein frisches heißes Knoblauchbrot.«

Zu Hause hockte sie sich auf einen Stuhl, kickte ihre Schuhe in eine Ecke und sagte: »Ich bin einfach hundemüde.« Ich brachte ihr einen Drink. Sie nippte daran und sah aus dem Fenster. »Wie schön doch unsere Stangenbohnen sind, wenn abends die Sonne so durchkommt«, sagte sie seufzend.

Sie war eben nur ein nettes kleines Mädchen aus New Mexico.

Well, ich sah Renie noch ein paarmal wieder, aber es war nie mehr so wie beim erstenmal, und wir hatten nie was miteinander. Erstens mußte ich wegen Miriam vorsichtig sein, und zweitens hatte ich mich so in die Vorstellung von Renie als Künstlerin und Lady hineingesteigert, daß ich es fast selber glaubte. Und jede Intimität hätte unser striktes Künstler-Kritiker-Verhältnis gestört. So wie es war machte es eigentlich auch viel mehr Spaß.

Als die Geschichte schließlich platzte, war es nicht Renie, die mich verpfiff, sondern die kleine fette Frau des Garagenwarts im Hinterhaus. Sie kam eines Morgens gegen 10 rüber, um sich etwas Kaffee oder Zucker zu borgen. Sie hatte nur so einen dünnen, losen Morgenmantel an, und als sie sich vorbeugte, um ihren Kaffee oder was weiß ich in Empfang zu nehmen, fielen ihr die Titten raus.

Es war richtig gewöhnlich. Sie wurde rot und richtete sich schnell auf. Ich spürte, wie alles heiß wurde. Wie wenn ich von einer tonnenschweren Masse purer Energie eingeschlossen sei, die mich ständig bearbeitete. Im nächsten Augenblick hatte ich sie an mich gerissen. Ich dachte daran, daß ihr Mann vermutlich gerade auf seinem kleinen Rollschlitten unter einem Wagen lag und fluchend mit einem schmierigen Schraubenschlüssel hantierte. Ich bugsierte sie ins Schlafzimmer. Sie war eine fette kleine Butterpuppe. Es war gut. Dann ging sie. Wir hatten die ganze Zeit kein Wort gesagt.

An einem der nächsten Abende, wir saßen gerade gemütlich bei einem Drink, sagte Miriam: »Ich höre, du hast die kleine Dicke von da hinten gebimst.«

»Na«, sagte ich, »so dick ist sie eigentlich gar nicht.«

»Das spielt jetzt auch keine Rolle. Jedenfalls kann ich sowas nicht haben. Wenigstens solange ich hier für das Geld sorge. Mit uns zwei ist Schluß.«

»Kann ich nicht wenigstens heut nacht noch bleiben?« fragte ich. »Nein.«

»Aber wo soll ich denn hin?«

»Von mir aus geh zum Teufel.«

»Nach all der Zeit, die wir zusammen waren?«

»Nach all der Zeit, ja.«

Ich versuchte sie umzustimmen. Es nützte nichts. Es wurde nur noch schlimmer.

Ich hatte schnell gepackt. Meine paar alten Klamotten füllten den kleinen Pappkoffer nicht einmal zur Hälfte. Glücklicherweise hatte ich noch etwas Geld. Ich fand ein hübsches, billiges Apartment am Kingsley Drive. Zuerst begriff ich nicht recht, wieso Miriam das mit der kleinen Dicken herausgekriegt hatte, ohne gleichzeitig auch der Sache mit Renie auf die Spur zu kommen. Aber wahrscheinlich wußte sie auch davon. Vermutlich steckten sie alle unter einer Decke. Frauen haben so eine Art, sich untereinander zu verständigen.

Manchmal, wenn ich die Western Avenue hinunterfuhr, sah ich auf den Aushang am Klub. Da stand ihr Name: Renie Fox. Aber sie war nicht die Hauptattraktion. Das war eine andere. Ihr Name leuchtete in dicken Neonbuchstaben. Renies Name stand zusammen mit zwei oder drei anderen auf einem Pappkarton. Ich ging nie rein.

Miriam sah ich noch einmal wieder, vor einem Thrifty Drugstore. Sie hatte den Hund dabei. Er sprang mich an und wedelte. Ich tätschelte ihn.

»Naja«, sagte ich, »wenigstens der Hund vermißt mich.«

»Das merk ich auch«, sagte sie. »Deshalb hab ich ihn mal

genommen und bin rüber zu dir, aber bevor ich auf die Klingel gedrückt hab, hat da drin bei dir so 'n Flittchen gekichert. Ich wollte nicht stören und bin wieder gegangen.«
»Das mußt du dir eingebildet haben. Bei mir ist noch nie jemand gewesen.« »Ich hab mirs aber nicht eingebildet.«
»Hör zu«, sagte ich. »Ich sollte vielleicht mal abends bei dir vorbeischauen ...«
»Nee, das solltest du nicht. Ich hab jetzt einen sehr netten Freund. Er hat einen guten Job. Er ARBEITET, verstehst du? Er geniert sich nicht, was zu arbeiten!«
Und damit drehte sie sich um, und damit verschwanden Frau und Hund aus meinem Leben. Ich sah ihnen nach, wie sie weggingen und ihre Hinterteile schlenkerten. Ich stieg in den Wagen. Ich stand an der Kreuzung und wartete, bis es grün wurde. Dann gab ich Gas und fuhr weg. In die andere Richtung.

Ich lernte sie in einer Buchhandlung kennen. Sie trug einen sehr kurzen, engen Rock und Schuhe mit enorm hohen Absätzen, und ihre Titten zeichneten sich sogar noch unter ihrem weiten blauen Pullover sehr deutlich ab. Ihr Gesicht war irgendwie streng, sie trug kein Make-up, und ihre Unterlippe schien etwas schief zu hängen; aber bei einem solchen Körper konnte man das schon in Kauf nehmen. Man erwartete unwillkürlich, daß sich ein massiver, bulliger Macker in ihrer Nähe aufhielt. Ihre Augen schienen keine Pupillen zu haben, man sah nur ein endloses, tiefes, schwarzes Leuchten. Ich stand da mit einem Wälzer über Pferderennen in der Hand. Ich beobachtete sie, wie sie sich ab und zu niederbückte – sie kramte in einem der unteren Fächer mit Fachliteratur über Mystik und okkulten Kram und so –, und dabei zeigte sie mir jedesmal ihre strammen Schenkel und einen Hauch von Arsch.
Ich ging zu ihr hin. »Entschuldigen Sie«, sagte ich, »Sie haben so eine magische Anziehungskraft. Ich fühle mich einfach unwiderstehlich zu Ihnen hingezogen. Ich glaube, es sind Ihre Augen ...« »Gott«, sagte sie, »zieht uns unwiderstehlich in seinen Bann.«
»Sie sind Gott. Sie sind mein Schicksal«, sagte ich. »Darf ich Sie zu einem Drink einladen?«

»Gern.«

Wir gingen in die Bar um die Ecke, und dort blieben wir, bis die Bar schloß. Sie redete völlig wirres mystisches Zeug. Ich tat das gleiche. Und das half. Ich brachte sie dazu, daß sie mit auf mein Zimmer ging, und sie war eine ganz große Nummer.

Ich machte ihr ungefähr 3 Wochen lang den Hof, und dann fragte ich sie, ob sie mich heiraten wolle. Eigentlich hätte mir schon bei ihrem Namen etwas auffallen müssen. Sie hieß nämlich Yevonna. Jedenfalls, sie sah mir lange in die Augen. Sie sah mich so lange an, daß ich fürchtete, sie hätte die Frage womöglich schon längst wieder vergessen. Schließlich machte sie den Mund auf: »Also gut. Aber ich heirate dich nicht aus Liebe. Es ist nur . . . ich fühle, ich MUSS dich heiraten, es ist meine Bestimmung. Wenn es nur aus Liebe wäre . . . das wäre nicht recht . . . das würde nicht gut gehen . . . Aber so . . . Ich fühle, daß es so sein muß.«

»O. K., Sweetheart«, sagte ich.

Wir waren kaum verheiratet, als die kurzen Röcke und die hochhackigen Schuhe verschwanden und sie tagaus tagein in einem langen roten Morgenrock aus Kordsamt umherlief. Und das Ding war nicht mal allzu sauber. Und darunter hatte sie ständig ein Paar zerfledderte blaue Schlüpfer an. In diesem Aufzug ging sie auch auf die Straße, ins Kino, überall hin. Und beim Frühstück ließ sie mit Vorliebe ihre Ärmel in die Butter hängen.

Anfangs sagte ich noch: »He, du schmierst dich ja ganz mit Butter voll!«

Aber sie reagierte nie darauf. Statt dessen schaute sie zum Beispiel aus dem Fenster und rief: »OOOOOOH! Ein Vogel! Dort auf dem Baum, SIEHST du ihn?« Oder: »OOOOOOH! Eine Spinne! Schau doch, dieses liebe kleine Geschöpf Gottes! Ich LIEBE Spinnen! Ich kann Leute, die etwas gegen Spinnen haben, einfach nicht verstehen! DU hast doch nichts gegen Spinnen, Hank, oder?«

»Hm. Darüber hab ich mir eigentlich noch keine Gedanken gemacht.« Nun, die ganze Wohnung wimmelte von Spinnen und Fliegen und Wanzen. Und alle waren sie liebe kleine Geschöpfe Gottes.

Als Hausfrau war sie eine Katastrophe. Sie bestand darauf, das sei völlig unwichtig. Ich dagegen hatte sie im Verdacht, daß sie einfach stinkfaul war und außerdem ein bißchen *eigen*.

Ich war gezwungen, ein Dienstmädchen einzustellen. Es hieß Felicia.
Eines Nachts kam ich nach Hause und überraschte die beiden, wie sie die Rückseite eines Spiegels mit irgendeiner Salbe beschmierten und darüber beschwörende Bewegungen mit den Händen machten und merkwürdige Laute von sich gaben. Als sie mich sahen, schrien sie auf, rannten weg und versteckten den Spiegel vor mir.
»Also ich will verdammt sein«, sagte ich, »was ist denn das für ein Zirkus hier?«
»Keines Fremden Auge darf auf den Magischen Spiegel fallen«, sagte Yevonna.
»Das stimmt«, sagte Felicia. Aber dann stellte sich heraus, daß auch Felicia längst keinen Finger mehr krumm machte und die Wohnung allmählich wie ein Saustall aussah. Auch sie hatte die fixe Idee, das sei alles unwichtig.
Entlassen wollte ich sie allerdings nicht, denn auf der Matratze war sie fast so gut wie Yevonna. Außerdem konnte sie ganz gut kochen, wobei mir jedoch oft nicht klar war, WAS sie mir da eigentlich auftischte.
Dann wurde Yevonna schwanger, und immer häufiger wurde mir von Nachbarn hinterbracht, daß sie sich in meiner Abwesenheit immer merkwürdiger aufführte. Sie selbst erzählte mir, sie habe ständig solche irren Träume, und ein Dämon sei im Begriff, von ihr Besitz zu ergreifen. Sie beschrieb mir das Ding. Der seltsame Macker schien ihr in zweierlei Gestalt zu erscheinen. Eine davon hatte große Ähnlichkeit mit mir. Das andere war eine Kreatur mit dem Gesicht eines Menschen, dem Körper einer Katze, Beinen und Krallen wie ein Adler, und Flügeln wie eine Fledermaus. Die Erscheinung sprach nie zu ihr, aber allein das Ansehen schien sie auf komische Gedanken zu bringen. Einer dieser komischen Gedanken war, daß ich an ihrem ganzen Elend schuld sei; und das löste eine unbändige Zerstörungswut in ihr aus. Nur ließ sie ihre Wut nicht an den Schmeißfliegen und Wanzen aus oder an dem Dreck und dem Schmant, der sich überall ansammelte, sondern an Dingen, die mein gutes Geld gekostet hatten. Sie ramponierte die Möbel, riß die Jalousien herunter, verbrannte die Vorhänge, zerfetzte die Couch, warf ganze Rollen Toilettenpapier durch die Zimmer, ließ die Badewanne überlaufen und setzte die ganze Wohnung unter Wasser. Außerdem führte sie endlose Ferngespräche mit Leuten, die sie kaum

kannte. Wenn sie einen dieser Anfälle hatte, blieb mir in der Regel nichts anderes übrig, als mit Felicia ins Bett zu steigen und drei oder vier Nummern nach allen Regeln der Kunst abzuziehen, bis ich aus reiner Erschöpfung alles um mich herum vergaß.
Schließlich brachte ich Yevonna so weit, daß sie sich bereit erklärte, einen Psychiater aufzusuchen. »Na schön«, sagte sie, »wenn du meinst . . . Aber glaub mir, das ist kompletter Nonsens, du bildest dir das alles nur ein. In Wirklichkeit hast nämlich *du* einen Dachschaden.«
»All right, Baby«, sagte ich, »aber überlassen wir das doch dem Fachmann, hm?«
»Hol schon mal den Wagen raus«, sagte sie. »Ich komm gleich nach.« Ich wartete draußen im Wagen. Als sie herauskam, hatte sie einen engen Rock an, hohe Schuhe, nagelneue Nylons an den Beinen und makelloses Make-up im Gesicht. Sogar frisiert hatte sie sich – zum erstenmal seit unserer Hochzeit.
»Gib mir einen Kuß, Baby«, sagte ich. »Ich werd schon ganz scharf.«
»Nein. Erst zum Psychiater.«
Als wir schließlich dem Psychiater gegenübersaßen, hätte sie sich nicht normaler aufführen können. Kein Wort von dem Dämon. Sie lachte, wenn der Mann einen Scherz machte, sie kam nie ins Plappern, sie ließ immer den Doktor zuerst kommen. Er kam zu dem Schluß, daß sie in ausgezeichneter körperlicher und geistiger Verfassung sei. Daß sie in ausgezeichneter körperlicher Verfassung war, wußte ich selbst.
Wir stiegen wieder in den Wagen und fuhren zurück. Zu Hause hatte sie sich im Nu umgezogen und lief wieder in ihrem dreckigen Morgenmantel herum. Und ich stieg wieder mit Felicia ins Bett.
Die Erscheinungen des Dämons hörten auch nach der Geburt unseres ersten Kindes nicht auf. Yevonna behauptete steif und fest, daß er sie nach wie vor peinigte. Sie wurde langsam schizophren. Sie konnte ganz ruhig und umgänglich sein, und im nächsten Augenblick fing sie an zu keifen und zu sabbern und drehte durch.
Manchmal, wenn sie in der Küche stand, hörte ich so ein häßliches, lautes, heiseres, bellendes Geräusch. Es klang wie eine Männerstimme. Ich stürzte rein und fragte: »Was hast du denn, Schatz?«

Und sie sah mich ganz kühl an und sagte ruhig: »Was meinst du denn?«
»Na«, sagte ich dann, »da will ich doch ein dreckiger Motherfucker sein ...!« Ich schenkte mir einen kräftigen Drink ein und verzog mich wieder.
Eines Tages gelang es mir, einen Psychiater ins Haus zu schmuggeln, während sie wieder einen ihrer Anfälle hatte. Er stimmte mir zu, daß sie nicht mehr alle Tassen im Schrank hatte, und riet mir, sie in eine Anstalt einweisen zu lassen. Ich füllte die nötigen Formulare aus, und ein Hearing wurde anberaumt. Wieder kam sie mit ihrem kurzen Rock und den hohen Schuhen an. Aber diesmal spielte sie nicht die kleine normale, kichernde Ziege, diesmal kehrte sie die Intelligenzbestie heraus. Sie hielt einen brillanten Vortrag über ihren intakten Geisteszustand. Sie stellte mich als hinterhältigen Ehemann hin, der sich auf schäbige Weise seiner Frau entledigen will. Sie brachte es fertig, die Aussagen mehrerer Zeugen als völlig erstunken und erlogen vom Tisch zu fegen. Sie trieb zwei vom Gericht bestellte Gutachter in die Enge und brachte sie dazu, die Waffen zu strecken. Schließlich brach der Richter das Hearing ab und erklärte: »Das Gericht findet keinen hinreichenden Grund, der die Einweisung von Mrs. Radowski in eine Anstalt rechtfertigen würde.«
Ich chauffierte sie wieder nach Hause und sie schlüpfte wieder in ihren abgerissenen, verdreckten Morgenmantel. »Weiß Gott«, sagte ich, »wegen dir dreh ich am Ende noch selber durch.«
»Du HAST ja längst einen Schaden«, sagte sie. »Warum steigst du nicht wieder mit Felicia ins Bett, damit du wenigstens deine Zwangsvorstellungen los wirst.«
Genau das tat ich auch. Aber diesmal stand Yevonna neben dem Bett und sah zu. Sie rauchte eine Kingsize-Zigarette aus einem langen Elfenbein-Mundstück und lächelte die ganze Zeit. Ich machte mir nichts daraus. Vielleicht war sie inzwischen völlig hinüber und würde in Zukunft keine Scherereien mehr machen.
Aber damit war es nichts. Am nächsten Abend, als ich von der Arbeit kam, stellte mich der Hausbesitzer in der Einfahrt. »Mr. Radowski! Mr. Radowski, Ihre Frau, IHRE Frau hat schon wieder mit den Nachbarn Streit angefangen, und in Ihrer Wohnung hat sie sämtliche Fenster eingeschlagen! Ich muß Sie bitten, die Wohnung auf der Stelle zu räumen!«

Wir packten und fuhren zu Yevonnas Mutter nach Glendale. Die alte Dame war noch ganz gut in Schuß, aber der ständige Budenzauber mit Räucherwerk, Beschwörungsformeln und magischen Spiegeln ging ihr bald so auf die Nerven, daß sie uns nahelegte, uns auf ihre Farm bei San Francisco zu verziehen. Wir ließen das Baby bei ihr und fuhren rauf. Dort stellte sich allerdings heraus, daß die Farm von einem Pächter besetzt war, einem gewissen Final Benson, der entschlossen schien, seine Stellung um jeden Preis zu halten. »Ich hab dieses Land mein ganzes Leben lang bearbeitet, und hier kriegt mich keiner runter. KEINER.« Und da er eins-neunzig groß war und gut 3 Zentner wog, mieteten wir uns im Nachbarhaus ein und beschlossen, die Sache einem Rechtsanwalt zu übergeben.

Aber schon in der ersten Nacht ereignete sich etwas, das die ganze Situation grundlegend änderte. Ich war gerade dabei, mit Felicia das neue Bett auszuprobieren, als ich aus dem Wohnzimmer ein fürchterliches Stöhnen hörte. Außerdem klang es, als krache die Couch aus allen Fugen. »Moment«, sagte ich und stellte das Rammeln ein. »Es hört sich so an, als ob Yevonna Schwierigkeiten hat.«

Und in der Tat, sie hatte Schwierigkeiten: Final Benson war nämlich dabei, sie nach allen Regeln der Kunst zuzureiten. Es war ein überwältigendes Schauspiel. Benson leistete die Arbeit von vier Männern zugleich. Ich schlich mich zurück ins Schlafzimmer und schob meine kleine Nummer zu Ende.

Am nächsten Morgen war Yevonna nirgends zu sehen. »Ich möchte nur wissen, wo dieses behämmerte Weibsbild wieder steckt«, murmelte ich. Erst als ich mit Felicia beim Frühstück saß und zufällig aus dem Fenster sah, merkte ich, was los war. Yevonna, in Blue Jeans und einem olivfarbenen Männerhemd, rutschte im Garten auf den Knien herum, und neben ihr kniete Final Benson, zwischen sich hatten sie einen Korb voll Rüben. Final hatte sich eine Bauersfrau angeschafft.

»Ach du große Scheiße«, sagte ich. »Jetzt aber nichts wie weg hier!« Felicia und ich packten unsere Sachen und ergriffen die Flucht. In Los Angeles stiegen wir in einem Motel ab. »So, meine Süße«, sagte ich, »die Sorge wären wir los.« Wir besorgten uns eine Flasche Whisky und feierten.

In der Nacht weckte mich eine laute Stimme. »Unseliger garstiger Quälgeist!« hörte ich Felicia sagen. »Ist keine Ruh vor dir in diesem Leben? Yevonna hast du mir genommen, und jetzt verfolgst du mich! Von dannen, Dämon! Hinweg mit dir! Entfleuch und laß mich auf immer!«

Ich setzte mich jäh auf. Ich folgte Felicias Blicken und glaubte etwas zu sehen – ein großes, rotglühendes Gesicht, aus dem zwei lange gelbe Zähne hervorstanden, und die Fratze schien uns anzugrinsen wie ein schweinischer Witz.

»Hinweg« sagte Felicia. »Im Namen des Allmächtigen Jah, im Namen Buddhas und im Namen von tausend Göttern verweise und verstoß ich dich aus unsern Seelen für alle Ewigkeit!«

Ich machte das Licht an.

»Es ist nur der Whisky, Baby«, sagte ich. »Der Whisky und die Anstrengung von der langen Fahrt.«

Ich schaute auf die Uhr. Es war halb zwei. Ich brauchte dringend einen kräftigen Schluck. Ich stand auf und zog mich an.

»Wo gehst du hin, Hank?«

»Was zu saufen holen. Ich kanns grad noch schaffen, bevor der Laden zumacht. Die Fratze da hat mir wirklich einen Knacks gegeben.« Ich stand jetzt angezogen an der Tür.

»Hank?«

»Was is, Sweetheart?«

»Ich muß dir was sagen.«

»O. K., aber machs kurz. Muß mich beeilen, bevor der Laden dicht macht.«

»Ich bin Yevonnas Schwester.«

»Ah ja.«

Ich beugte mich herunter und gab ihr einen Kuß. Dann machte ich, daß ich weg kam. Das Motel war im Osten, fast an der Vermount Avenue. Ecke Hollywood und Normandie war ein Laden, der noch offen hatte. Ich kaufte eine Flasche, stieg wieder in den Wagen und fuhr weiter nach Westen.

Well, ein Final Benson läuft einem nicht jeden Tag über den Weg, dachte ich. Jedenfalls nicht mit *der* Potenz. Aber manchmal muß man diese wahnwitzigen Mösen einfach in den Wind schießen, damit man wieder zu sich kommt. Manchmal ist da ein Preis drauf, den einfach KEIN Mann bezahlen will.

Ich fand ein Hotel unten in der Nähe von Vine Street und nahm mir ein Zimmer. Als ich auf den Fahrstuhl zuging, sah ich eine in der Halle sitzen. Ihr Rock war bis über den Hintern hochgerutscht. Ich versuchte mich zu beherrschen. Sie starrte die Flasche an, die aus meinem Tragbeutel heraus-

ragte. Ich starrte ihren Hintern an. Als sich die Fahrstuhltür schloß, war sie mit mir drin.
»Sie werden diese Flasche doch nicht ganz allein austrinken, Mister?«
»Nur wenn ich muß.«
»Sie müssen nicht.«
»Fein«, sagte ich.
Der Fahrstuhl blieb stehen. Die Tür ging auf. Sie drückte sich an mir vorbei und schlängelte sich hinaus auf den Flur. Es kribbelte mir in sämtlichen Gliedern.
»Zimmer 41«, sagte ich.
»O. K.«
»Übrigens, du interessierst dich nicht zufällig für Okkultismus, Fliegende Untertassen, Geister, Hexen, Dämonen, Magische Spiegel und solche Sachen ...?«
»WAS? Kapier ich nicht ...«
»Schon gut. Vergiß es, Baby.«
Sie ging vor mir her, ihre hohen Absätze klapperten, ihr Körper tanzte und schlenkerte im schummrigen Flurlicht. Ich konnte es kaum erwarten. Zimmer 41. Ich schloß auf, fand den Lichtschalter, schloß die Tür ab, fand zwei Gläser, spülte sie aus, schenkte den Whisky ein und gab ihr ein Glas. Sie setzte sich damit auf die Couch, schlug betont langsam ihre Beine übereinander und lächelte mich an.
Na also. Alles war wieder normal.
Alles würde gutgehen.
Für ein paar Stunden.

Einer meiner besten Freunde – und einer der stärksten Dichter unserer Zeit – schleppt es gerade in London mit sich herum; schon die alten Griechen kannten es; es kann einen in jedem Alter erwischen, aber das beste Alter dafür scheinen die späten Vierziger zu sein: es äußert sich als innere Verhärtung und Stasis, als völliges Einfrieren der Lebensenergie, als totale innere Vereisung – ich nenne es das *›Frozen Man Syndrom‹*.
Früher oder später erwischt es jeden einmal und deutet sich an in Redensarten wie: »Ich schaff es einfach nicht«, oder: »Da ist doch schon wieder alles zu spät«, oder: »Grüß mir den Broadway«. Aber gewöhnlich bleibt es ein vages, ober-

flächliches Unbehagen, und der Betroffene kehrt schnell wieder zu seinem normalen Leben zurück, verprügelt weiter seine Frau und steckt weiter seine Karte in die Stechuhr. Bei meinem Freund dagegen ist es keine vorübergehende Schwäche. Es scheint geradezu ein chronisches *organisches* Leiden zu sein. Er hat Ärzte in zahlreichen Ländern konsultiert – in der Schweiz, in Frankreich, Deutschland, Italien, Griechenland, Spanien, England. Ohne Erfolg. Von einem ist er sogar gegen Würmer behandelt worden. Ein anderer hat es mit Akupunktur versucht. »Das könnte es sein«, schrieb er mir, »Tausende von goldenen Nadeln in den Armen, im Nacken, auf dem Rücken ... mit dem Trick könnte es vielleicht klappen.«

Aus seinem nächsten Brief erfuhr ich, daß er es jetzt mit einem Voodoo-Zauberer versuchte. Und dann versuchte er gar nichts mehr. Er war bedient. Er war geliefert. Er war endgültig und für immer zum »Frozen Man« geworden.

Einer der großen Dichter unserer Zeit, abgezehrt und paralysiert in seinem Bett in einem kleinen, dreckigen Zimmer in London; unfähig zu schreiben, unfähig etwas zu sagen; angewiesen auf die immer seltener werdenden Zuwendungen einiger peinlich berührter Wohltäter; innerlich erstarrt, gelähmt, versteinert – ein lebendes Fossil.

Ich empfinde eine tiefe innere Verwandtschaft zu diesem Mann, denn ich selbst bin – und war schon immer, soweit ich zurückdenken kann – der *geborene* ›Frozen Man‹. Meine früheste Erinnerung ist die an unser Badezimmer, in dem ein dicker schwarzer Lederriemen hing, den mein Vater – ein lärmender, brutaler Schrank von einem Mann – weniger dazu benutzte, um seine Rasiermesser daran zu schärfen, als mir mehrmals am Tag damit den Rücken und den Hintern zu polieren. Diese Prügelszenen im Badezimmer schienen nach einem geheimen, undurchsichtigen Mechanismus abzulaufen und verdichteten sich allmählich in meiner Erinnerung zum Inbegriff eines zwanghaften Rituals der totalen Sinnlosigkeit.

Zwischendurch pflegte er völlig planlos herumzulaufen und zu singen: »Oh when I was single / my pockets did jingle« (Ach, als ich noch Junggesell war / da zahlte ich immer in bar) – immer wieder, immer wieder diese beiden blödsinnigen Zeilen. Ich glaube, manchmal war es geradezu eine Erleichterung für mich, wenn er abrupt mit seiner Singerei aufhörte und wieder zum Riemen griff. Ich hatte das Gefühl, daß

er mich für die Inkarnation seiner sämtlichen Schuldgefühle hielt.
Einmal in der Woche mußte ich ihm den Rasen mähen – einmal längs und einmal quer – und dann mit der Rasenschere die Ränder trimmen. Und wenn dann auch nur *ein* Grashalm noch aus der Fläche herausragte, gab es Prügel. Das war gleichzeitig der einzige Fall, wo ich einen *handfesten* Grund für die Prügel erkennen konnte. Nach den Prügeln mußte ich dann jedesmal hinaus und den Rasen *gießen*. Und inzwischen spielten die anderen Jungens in der Nachbarschaft Baseball oder Football und wuchsen zu normalen amerikanischen Menschen heran.
Der große Augenblick kam immer, wenn sich der Alte flach auf den Rasen legte und seine Luchsaugen über die gemähte Fläche streichen ließ – auf der Suche, nach dem EINEN Grashalm, der aus der Reihe tanzte. Er fand ihn immer. »Da, ich hab ihn! Du hast einen ausgelassen! DU HAST EINEN AUSGELASSEN!« Und dann brüllte er zum Badezimmerfenster hinüber, an dem meine Mutter – ein edles germanisches Weib – in diesem Augenblick regelmäßig zu stehen pflegte: »ER HAT EINS AUSGELASSEN! ICH SEH ES! ICH SEH ES!« Und dann hörte ich die Stimme meiner Mutter: »Wie? Er hat eins AUSGELASSEN? Eine SCHANDE ist das!« Und dann brüllte er: »REIN INS BADEZIMMER!« Ich also rein ins Badezimmer, Hosen runter und über die Kloschüssel gelegt. Und er riß den Riemen von der Wand und Ring frei zur nächsten Runde.
Obwohl die Schmerzen gräßlich waren, empfand ich keine Wut. Ich fühlte nichts. Es war ein Mechanismus, dessen Ursachen mir verborgen blieben; Schuld empfand ich keine, folglich war das Ganze für mich uninteressant.
Am schlimmsten war das Heulen. Ich wollte nicht heulen. Ich versuchte es zu unterdrücken. Es gelang mir nie. Hinterher bei Tisch wollten sie mir immer ein Kissen unter den lädierten Hintern schieben. Dabei schienen sie mit perversem Vergnügen meine inneren Kämpfe zu beobachten, ob ich das Kissen nun annehmen sollte oder nicht. Ich nahm es nie an.
Eines Tages beschloß ich, nun auch nicht mehr zu heulen, wenn mich der Alte verdrosch. Es löste einen Schock bei ihm aus. Man hörte nur noch das Sausen des Riemens und das klatschende Geräusch, wenn er auf meinem nackten Hintern landete – ein merkwürdig fleischiges und widerwärtiges Geräusch in der Stille des trostlosen Badezimmers. Die Tränen

liefen mir übers Gesicht, aber ich gab keinen Laut von mir. Ich lag einfach da und starrte auf die Fliesen. Gewöhnlich verabreichte mir der Alte 15 bis 20 Hiebe; diesmal stoppte er nach sieben oder acht. Er starrte mich entgeistert an, dann rannte er hinaus und schrie: »He, Mama, ich glaub, unser Junge is VERRÜCKT geworden, er schreit überhaupt nicht mehr, wenn ich ihn verdresche!«

»Glaubst du, er ist verrückt geworden, Henry?«

»Ja!«

»Ach! Zu dumm!«

Das war das erste *erkennbare* Anzeichen des FM-Syndroms. Das Verhalten der Eltern suggerierte, daß etwas mit mir nicht stimmte, aber ich hielt mich nicht für übergeschnappt. Ich hatte lediglich kein Verständnis dafür, wie man sich über völlig belanglose Dinge derart aufregen konnte, im nächsten Augenblick ein blödsinniges Lied vor sich hinträllern konnte, und im nächsten Augenblick zum Riemen greifen konnte; wie man sich überhaupt für IRGEND ETWAS interessieren konnte, wo doch alles im Grunde völlig uninteressant war.

Im Sport oder beim Spielen mit den Nachbarkindern war ich nicht besonders gut. Ich hatte keine Angst vor handgreiflichen Auseinandersetzungen, aber ich hatte auch keinen besonderen Ehrgeiz. Es bedeutete mir einfach nichts. Wenn ich mich mit einem raufte, empfand ich keine Wut und fühlte nicht das Bedürfnis, ihn zu *besiegen.* Ich kämpfte nur, weil es sich gerade so ergab und weil es unvermeidlich schien. Die Wut und den Haß in meinem Gegner konnte ich nicht verstehen. Oft vergaß ich ganz einfach, mich zu wehren, so sehr war ich damit beschäftigt, seinen Gesichtsausdruck und seine Bewegungen zu beobachten; und das Ganze gab mir nichts als Rätsel auf. Hin und wieder raffte ich mich auf und versetzte ihm ein paar solide Haken, nur um zu sehen, ob ich es auch konnte, *wenn ich wollte;* dann verfiel ich wieder in meine Lethargie.

Irgendwann kam dann unweigerlich mein Alter herausgestürzt und brüllte: »Schluß jetzt! Schluß mit der Rauferei! Aus! Schluß!«

Die Jungs hatten alle Schiß vor meinem Alten und liefen weg.

Und dann sah er mich geringschätzig an. »Du hast keinen Mumm in den Knochen, Henry. Du bist halt einfach kein Mann! Du hast dich schon wieder verdreschen lassen!«

Ich reagierte nicht.

»He, Mama, unser Junge hat sich schon wieder von diesem Chuck Sloan verdreschen lassen!«
»Unser Junge?«
»Ja, unser Junge!«
»Was für eine SCHANDE!«
Schließlich, glaube ich, hat mein Alter dann doch den Frozen Man in mir erkannt. Aber auch das kümmerte mich nicht. Ich hatte ihm nichts zu sagen. Es interessierte mich nicht.
Mit 17 fing ich an zu saufen. Ich trieb mich mit einer Bande älterer Jungs herum, und wir raubten Tankstellen und Spirituosenhandlungen aus. Sie hielten meine Interesselosigkeit für ein Zeichen von Mut und Kaltblütigkeit. Ich war beliebt bei ihnen, aber es berührte mich nicht. Ich war GEFROREN. Sie schütteten Wein und Bier und Whisky in mich rein, aber sie schafften mich nicht. Wenigstens wurde ich nie so voll, daß ich vom Stuhl kippte. Die anderen fingen an zu grölen, die Inneneinrichtung zu demolieren und sich gegenseitig die Nasenbeine zu brechen – ich saß starr und steif an meinem Tisch, kippte noch ein Glas runter, fühlte, wie ich mich innerlich immer weiter von ihnen entfernte.
Ich wohnte immer noch bei meinen Eltern, es war jetzt die Zeit der Wirtschaftskrise, 1937, und man bekam nirgends mehr einen Job. Aus reiner Gewohnheit kam ich nach jeder Schlägerei oder Sauferei und nach jedem Raubüberfall wieder nach Hause und klopfte an die Tür.
In einer Nacht machte meine Mutter das kleine Guckfenster in der Tür auf und schrie: »Er ist besoffen! Er hat schon wieder gesoffen!« Und von drinnen hörte ich die laute Stimme meines Alten: »Was? Schon WIEDER besoffen?!«
Er kam an die Tür. »Du kommst mir hier nicht rein! Du bist eine Schande für deine Familie und für dein Land!«
»Es ist scheißkalt hier draußen«, sagte ich ruhig. »Entweder du machst die Tür auf oder ich renn sie dir ein. Ich bin den ganzen Weg bis hierher gekommen, und jetzt will ich auch rein.«
»Nein, mein Lieber, du verdienst es nicht, daß man dich reinläßt. Dies ist ein *anständiges* Haus. Du bist eine Schande für deine Familie und für ...«
Ich ging ein paar Schritte zurück, senkte die rechte Schulter und lief an. Ich tat es nicht aus Wut oder Verärgerung, sondern nur aus dem Bedürfnis, eine Sache, die rein mathematisch bis zu diesem Punkt gelangt war, nun auch zu Ende zu führen.

Ich krachte gegen die Tür. Sie ging nicht auf, aber das Schloß gab nach und ein starker Riß ging von oben bis unten durchs Holz. Ich trat wieder zurück, um einen neuen Anlauf zu nehmen.
»All right«, sagte mein Alter. »Komm rein.«
Ich ging rein. Aber dann sah ich den miesen Ausdruck auf ihren Gesichtern, auf diesen sterilen, toten, grauen, heimtükkischen Hackfleisch-Visagen, und es drehte mir den Magen um. Ich kotzte auf ihren schönen Wohnzimmerteppich, in dem das ›Baum-des-Lebens‹-Motiv eingestickt war. Ich stolperte darauf herum und reiherte ihnen den ganzen Teppich voll.
»Weißt du, was man mit einem Hund macht, der einem auf den Teppich scheißt?!«, fragte mein Alter drohend.
»Nee.«
»Well, man steckt ihm die NASE rein, damit er's nicht WIEDER tut!«
Ich schwieg.
Er trat auf mich zu und packte mich hinten am Hals. »Und du BIST ein Hund«, sagte er.
»Du weißt doch, was man mit einem Hund macht, oder?«
Ich schwieg.
Er drückte mich hinunter auf den Boden, hinunter auf meinen See aus Kotter auf dem ›Baum des Lebens‹.
Und hinter ihm stand meine Mutter, das edle germanische Weib, in ihrem schmuddeligen langen Nachthemd, und sah schweigend und mißbilligend zu.
»Also hör mal«, sagte ich zu meinem Alten. »Ich glaub, das langt jetzt . . .«
»Nein. Du weißt, was wir mit einem HUND machen . . .!« »Ich hab gesagt, das LANGT jetzt.«
Er drückte meinen Kopf weiter runter, bis meine Nase dicht über der Kotze war. Ich vermochte nicht recht einzusehen, warum ich mir die Nase in meine eigene Kotze stecken lassen sollte. Hätte es einen Grund dafür gegeben, dann hätte ich sie SELBER reingesteckt. Aber so konnte ich es nur als ein Versuch ansehen, meine spezielle *Mathematik* der Vorgänge durcheinander zu bringen. Und das störte mich.
»Hör auf«, sagte ich. »Ich sags jetzt zum letzten Mal, hör auf damit.« Er drückte mir die Nase noch tiefer. Ich warf mich zur Seite und schlug mit dem rechten Bein aus. Ich traf ihn mit dem Absatz voll am Kinn. Er taumelte zurück, das ganze

brutale Empire zerrann zu Scheiße, er krachte mit weit ausgestreckten Armen auf sein Sofa, BANG, er hatte glasige Augen, ich ging auf ihn zu, wartete, daß er wieder hochkam ... er kam nicht mehr hoch. Er lag einfach da und starrte mich mit seinen glasigen Augen an. Er *versuchte* nicht einmal aufzustehen. Trotz all seiner wilden Brutalität war mein Alter also ein feiger Hund. Es überraschte mich nicht besonders. Für einen Augenblick kam mir der Gedanke: da der Alte ein Feigling ist, bist du wahrscheinlich auch einer. Aber da ich ein Frozen Man war, konnte mich auch das nicht jucken. Es bedeutete nichts.

Und dann fing meine Mutter an, mir ihre Fingernägel durchs Gesicht zu ziehen und zu zetern: »Du hast deinen VATER geschlagen! Du hast deinen VATER geschlagen! Du hast deinen VATER geschlagen!«

Na und? dachte ich. Ich blieb bewegungslos stehen und ließ sie mein Gesicht bearbeiten und mir mit ihren dreckigen Fingernägeln die Haut und das Fleisch in Fetzen abziehen, und das Blut und die Fetzen kleckerten mir aufs Hemd und hinunter auf den beschissenen ›Baum des Lebens‹. »DU HAST DEINEN VATER GESCHLAGEN!« Ich wartete. Allmählich ließ ihre Energie nach. Ich wartete. »Du ... hast ... deinen ... VATER ... geschlagen ... deinen Vater ...«

»Bist du fertig?« fragte ich. Ich glaube, es waren die ersten Worte (außer »Ja« und »Nein«), die ich seit 10 Jahren zu ihr gesagt hatte. »Ja«, sagte sie.

»Du gehst jetzt auf dein Zimmer«, sagte mein Alter mit schwacher Stimme. »Wir sprechen uns morgen früh.«

Aber am nächsten Morgen war ER auch ein Frozen Man. Ich schätze, es blieb ihm einfach nichts anderes übrig.

Ich hab mir oft von Nutten und sonstigem Weibervolk das Gesicht malträtieren lassen, so wie damals von meiner Mutter. Das ist zu einer dummen Angewohnheit von mir geworden. So wie die Dinge stehen, muß ich mich eben damit abfinden, daß die Kinder auf der Straße und manchmal auch die Erwachsenen zusammenzucken und sich abwenden, wenn sie mein Gesicht sehen ...

Na ja, wahrscheinlich interessieren euch diese Stories zum Thema FM nicht so sehr wie mich; deshalb will ich versuchen, es kurz zu machen.

Zwischen 1936 und 1938 war ich in der Los Angeles High School. Man hatte in der Schule die Wahl zwischen Sportunterricht und ROTC*, so 'ner Art Kadettenverein. Nun hatte ich am ganzen Körper solche großen, häßlichen Pickel. Ich hatte weiß Gott keinen Hang zum Militär, aber ich sagte mir, in einem Trikot sieht man die Pickel und in einer Uniform nicht. Also meldete ich mich zum ROTC.

Jeder, der was auf sich hielt, machte natürlich auf Sport. Die Versager, die Deppen, die Irren und die Aussätzigen wie ich gingen zum ROTC. Mir selbst machten die Pickel nichts aus, aber irgendwie fühlte ich mich verpflichtet, diesen reinen Helden, diesen Auserwählten meinen Anblick zu ersparen; und außerdem wollte ich vermeiden, daß sie mich ständig mit ihren mißbilligenden Röntgenaugen anstarrten. In Uniform war ich gegen ihre Röntgenstrahlen immun. Ein inneres Verhältnis zum ROTC fand ich nicht.

Schließlich war ich GEFROREN.

O. K. Eines Tages fand ein Schau-Exerzieren statt, in dessen Verlauf ein Wettbewerb ablief – ich glaube, es ging darum, den Karabiner zu zerlegen und in der richtigen Reihenfolge wieder zusammenzusetzen. Die Tribünen waren vollgepackt mit Idioten – sämtliche Eltern, Verwandten usw. – und wir standen auf dem Exerzierfeld in der glühenden Sonne und führten all die unsinnigen Kommandos aus. Bald waren 50 % ausgeschieden, dann 75 %, und schließlich waren nur noch 10 % von uns übrig, und ich war immer noch dabei mit meinen großen, roten, häßlichen Pickeln im Gesicht, und es war HEISS, ich schwitzte wie ein Affe, und ich sagte mir ständig: Menschenskind, mach einen Fehler, mach doch endlich einen Fehler, und du bist aus der ganzen Scheiße raus. Aber ich konnte mich einfach nicht dazu ZWINGEN, einen Fehler zu machen. Wieder das mathematische Ding, der zwanghafte mechanische Tick des Frozen Man, der unbeirrbar ablief wie ein Uhrwerk in einem Zementblock.

Schließlich waren nur noch zwei im Rennen: mein Freund Jimmy und ich. Well, dachte ich, Jimmy Hadford ist so ein krankhafter Streber, daß er einfach gewinnen MUSS, für ihn ist das schließlich lebensnotwendig, also hoffentlich macht ers, und alles hat seine Ordnung. Und dann kam das Kommando: »Order Arms!« – nein, es ging so: »Order . . .« (lange Pause) ». . . Arms!« Da ich nie ein guter Soldat war, weiß ich nicht mehr, welchen Handgriff man draufhin auszuführen hatte.

* Reserve Officers' Training Corps.

Wahrscheinlich mußte man den Bolzen in den Verschluß einsetzen oder sowas. Jedenfalls, ich rammte das Ding rein, und dann schaute ich rüber und sah, daß Jimmy Mist gebaut hatte. Jimmy, der sich immer für die ganze Scheiße begeistert hatte, der vor Ehrgeiz schier aus den Nähten platzte, auf den die ganze Mannschaft ihre Hoffnung setzte . . . und jetzt, 5 Minuten vor zwölf: abserviert. Und da stand ich, allein, verschwitzt, die Pickel quollen mir aus dem Kragen, überzogen meinen ganzen Schädel, sogar in den Haaren hatte ich welche, und es war heiß, unerträglich heiß, das Uhrwerk lief ab, und ich stand teilnahmslos da, empfand weder Freude noch Ärger, einfach gar nichts. Und all die adretten Girls auf den Rängen stöhnten auf und vergingen vor Mitleid mit ihrem armen Jimmy, und seine Eltern ließen den Kopf hängen und verstanden die Welt nicht mehr.
Das alte Arschloch von Kommandeur – ein gewisser Oberst Muggett, der sein Leben lang mit der Army verheiratet gewesen war – kam angekrochen, um mir die Medaille ans Hemd zu stecken, unter dem meine verschwitzte, pickelige Haut juckte. Er pinnte mir das Blech an die Brust und streckte mir die Hand hin. Ich nahm seine Hand und grinste ihn an. Sein Gesicht war todtraurig. Er hielt mich für eine Mißgeburt, völlig untaugliches Material. Und ich hielt ihn für einen Deppen.
Ein guter Soldat grinst nicht. Das Grinsen schien ihm klarzumachen, daß ich ihn nicht nur für einen Deppen hielt, sondern daß ich auch wußte, daß das Schicksal ihm und dem ganzen Verein an den Karren gefahren war. Er zog seine Hand zurück und wischte sie am Hosenbein ab. Ich marschierte zurück zu meiner Einheit.
Und ihr werdet es nicht glauben: unser Leutnant baute sich vor uns auf und sagte: »Ich möchte dem Gefreiten Hadford meine Hochachtung dafür aussprechen, daß er zweiter Sieger geworden ist. Die Kompanie ist stolz auf ihn.«
Dann: »Stillgestanden!«
Dann: »Wegtreten!« oder was weiß ich.
Ich sah, wie die Jungs Jimmy umringten und ihm gratulierten. Niemand sagte etwas zu mir. Dann kamen Jimmys Eltern von der Tribüne herunter und nahmen ihn in den Arm. Mir wurde schlecht. Ich ging weg.
Vor einem Drugstore machte ich mechanisch die Medaille ab und ließ sie in einen Gully fallen. Jimmy wurde ein paar

Jahre später über dem Kanal abgeschossen. Sein Bomber erhielt einen Volltreffer; er befahl seinen Leuten, auszusteigen, und versuchte, das ramponierte Ding noch zum Stützpunkt zurückzubringen. Er schaffte es nicht. Etwa um diese Zeit lebte ich, u. k.-gestellt, in Philadelphia und fickte eine 3-Zentner-Hure, wobei sämtliche vier Beine an meinem Bett zu Bruch gingen.

Das alles soll nicht den Eindruck erwecken, als ob mich überhaupt nichts berührte, als ob ich keinerlei Mitgefühl hätte und zu keinerlei Emotionen fähig sei. Ich will damit nur sagen, daß meine Gefühle, meine Gedanken und Verhaltensweisen offensichtlich einem Schema gehorchen, das es mir unmöglich macht, mit den anderen WARM zu werden.

Mein Freund in London beschreibt seine Erfahrungen als Frozen Man so: ». . . ich stecke in diesem Goldfischglas, verstehst du, in diesem riesigen Aquarium, und meine Flossen sind anscheinend zu schwach, um mich in dieser großen Unterwasser-city bewegen zu können . . . Ich tu, was ich kann, aber der magische Funke springt nicht mehr über. Es scheint, ich komme einfach nicht mehr aus diesem Cold Turkey*-Zustand heraus, alles ist erzwungen und gequält — das Schreiben, das Ficken, das Essen und Trinken, ich werd nicht mal mehr high . . . es ist nicht nur Sand im Getriebe, der ganze Mechanismus ist im Eimer. Ich richte mich auf ein langes Überwintern ein, es wird eine lange, dunkle Polarnacht. Mehr als das: ich bin an die Sonne gewöhnt, an die Wärme und die grellen Farben des Mittelmeers; ich bin daran gewöhnt, mit dem Arsch auf einem Vulkan zu sitzen, wie in Griechenland — dort gab es wenigstens Licht, dort gab es noch ein paar Menschen, dort gab es sogar so etwas wie Liebe. Und jetzt: nichts mehr von alledem. Abgespannte, frühzeitig gealterte Gesichter. Gesichter, die einen im Vorübergehen krampfhaft anlächeln und »Hello« sagen. Ein ständiges tristes Halbdunkel, grauer Nebel, Kälte. Ein alternder, ausrangierter Poet, der in seiner eigenen Scheiße verkommt.

Ich bin von Arzt zu Arzt gelaufen, von einer Klinik zur anderen mit Urinproben und Schitproben, und immer das gleiche Lied — kaputte Leber, kaputter Magen, und keiner kann was dagegen tun. Ich wüßte was: alles liegen und stehen lassen und mir eine sagenhafte junge Schönheit auftun, die mir den

* Zwangsweise ›kalte‹ Entziehungskur (d. h. ohne medizinische Hilfe).

Arsch in Schuß hält, wenig Ansprüche stellt und sich im übrigen still verhält. Aber wo findet man so etwas? und wie? Außerdem, was könnte ich ihr schon bieten? Aber Shit, es ist durchaus möglich, daß ich mit sowas wieder die Kurve kriegen könnte ...
Ich wünschte, ich wäre hartgesotten genug, um nochmal von vorn anzufangen und das Ganze stärker, härter und klarer als zuvor zu Papier zu bringen. Aber ich habe nicht mehr das gewisse Etwas, ich bin auf der Rolle, und ich verwende meine ganze Energie darauf, Zeit zu schinden.
16.40 Uhr. Der Himmel ist dunkelgrau und stellenweise rot angelaufen. Rush hour. Verkehrsstockungen. Drüben im Zoo hecheln die Steppenwölfe in ihren engen Käfigen. Der Mandrill knurrt gereizt, zieht sich die faulen Bananen und Äpfel aus dem Arsch und bombardiert damit die Zuschauer. Bevor ich abkratze, möchte ich nochmal nach Kalifornien, an die Küste südlich von Los Angeles, nahe an der mexikanischen Grenze. Aber das ist ein Traum. Und all die Briefe, die ich aus den Staaten bekomme, sind von Dichtern oder Künstlern, die mal hier waren, auf dieser Seite des Atlantik, und alle reden davon, wie beschissen es zu Hause zugehe, wie lausig die ganze Szene sei usw.
Ich weiß nicht, was ich davon halten soll. Aber im Moment ist es sowieso nicht drin, denn meine ganzen Geldgeber sitzen hier drüben, wollen mich in der Nähe haben und würden mich wahrscheinlich in den Wind schießen, wenn ich weggehe.
Ich weiß, daß es bei Dir noch beschissener aussieht, aber versuch, irgendwie am Ball zu bleiben. Und entschuldige diesen tödlich langweiligen Brief; ich kann nicht recht in Stimmung kommen mit all diesen Arztrechnungen und Mahnungen und all der Scheiße auf dem Tisch, dem rußigen Himmel und der vergrätzten Sonne draußen, und es sieht nicht so aus, als ob sich daran bald was ändern wird. Naja, du weißt ja, wie das ist. Stehen wirs eben durch. Cheers, alter Freund.

Harold.«

Well, mein Freund in London sagt das alles viel besser als ich. Und ich weiß nur zu gut, daß es sich hier nicht um lahmarschige Trägheit oder mieses Selbstmitleid handelt. Vielleicht begreift das nur einer, der selbst zu Stein und Bein gefroren im Käfig sitzt. Aber was soll's. Sogar ein verkrüppelter Zwerg, den man hochheben muß, damit man seinen Kopf in die Schlinge kriegt, kann noch einen Steifen kriegen. Und ich bin Mateo Platch und Nichlos Combatz in einer Person, und die Sonne ist eine abgehalfterte, eingeäscherte Möse. Und drüben auf der Plaza zwischen dem Terminal Annex und der Union-Station sitzen die alten Männer im Kreis und schauen stundenlang den Tauben zu, und im Grunde sehen sie gar nichts. Vereist und versteinert werden wir uns weiter durch die Nächte quälen mit unseren sinnlosen Träumen, wie schemenhafte paranoide Maulwürfe, die sich für nichts und wieder nichts die Pfoten blutig scharren und am Ende eins werden mit ihren Löchern. Und das ist auch alles, was von uns eines Tages übrig bleiben wird: sinnlose, blutende Löcher in der Nacht.

Charles Bukowski

Aufzeichnungen eines Außenseiters
Aus dem Amerikanischen von Carl Weissner
Band 10484

Das Leben und Sterben im Uncle Sam Hotel
Stories
Aus dem Amerikanischen von Carl Weissner
Band 10479

Die Ochsentour
Bild-Text-Band 10679

Fuck Machine
Stories
Aus dem Amerikanischen von Wulf Teichman
Band 10678

Kaputt in Hollywood
Stories
Herausgegeben und aus dem Amerikanischen
von Carl Weissner. Band 10680

Schlechte Verlierer
Stories
Herausgegeben und aus dem Amerikanischen
von Carl Weissner. Band 10482

Charles Bukowski/Carl Weissner (Hg.)
Terpentin on the rocks
Die besten Gedichte aus der amerikanischen
Alternativpresse 1966-1977
Band 10918

Fischer Taschenbuch Verlag

fi 179 / 8

Jayne Anne Phillips

Das himmlische Tier
Short-Stories
Aus dem Amerikanischen von Walter Hartmann
Band 5169

»Jayne Anne Phillips' Sprachgebrauch ist äußerst sinnlich. Bei ihr wird die Gassensprache zur Poesie, an der Grenze zum Surrealismus schwebend... Sie kann schreiben: mit der größten Schlichtheit und mit metaphorischer Könnerschaft. Diese Prosa geht unter die Haut.« *Times Literary Supplement*

Maschinenträume
Roman
Aus dem Amerikanischen von Karin Graf
Band 9199

Ein Familienroman von großer Intensität, der den Einfluß zweier Kriege, des Zweiten Weltkrieges und des Vietnamkrieges, auf das Leben in einer amerikanischen Kleinstadt wiedergibt.

Überholspur
Short-Stories
Aus dem Amerikanischen von Karin Graf
Band 10172

Mit der Erzählungssammlung *Black Tickets* wurde Jayne Anne Phillips in den USA berühmt. Die Literaturkritik bescheinigte ihr bereits bei diesem Debüt, eine Meisterin dieser amerikanischsten aller Kunstformen zu sein: der Short-Story.

Fischer Taschenbuch Verlag

fi 135 / 7